U0091142

被休的代嫁 2

安濘 著

目錄

第二十七章

日子過得很快，沒幾天，便到了洛子煦大婚的日子。

那天，蕭雲一直睡到日上三竿，起來簡單地扒了兩口飯，就去找吟月。

「吟月，我們今天去逛街吧！」蕭雲說出了自己的計劃。

今天洛子煦和謝老三結婚，在街上是不可能遇上熟人的，她可以去玉容閣看看，說不定還會遇上李辰煜呢！

可憐的李公子，喜歡的人今天要和別人結婚了，他會躲在哪個拐角痛哭流涕呢？

「蕭大夫想買些什麼？」吟月問道。王府裡什麼都不缺，她怎麼突然想要出門了？

「女人逛街，不僅僅是為了買東西。」蕭雲搖了搖右手食指，說道：「吟月，妳告訴我，妳是不是從來不逛街？」

吟月沒有猶豫地點了點頭。

蕭雲詫異。逛街可是女人的天性，居然有個女人從來不逛街！

蕭雲奇道：「妳不喜歡買胭脂水粉？衣服？手絹？」

即使買回後束之高閣，女生對那些小玩意兒也是情有獨鍾的好不好？

吟月抿嘴，默認了。哪有女子不愛這些的？只不過自己沒那麼多的時間而已。

「我就說嘛！」蕭雲一把摟住她的肩膀，豪氣沖天地道：「走，不用擔心工錢不夠花，今天想買什麼就買什麼，我請客。」

「蕭大夫從帳房支了銀子來嗎？」吟月有點擔心。帳房裡的銀子是王爺的私人財物，她可不敢動用半分。

「幹麼要從帳房支銀子？這又不是我家。」蕭雲好笑道。「我自己有點私房錢，足夠我們用了。走吧，盡情地Shopping！」

「肖品？」吟月迷茫。

蕭雲笑著解釋道：「就是逛街購物的意思啦！」

到了門口，八大門衛攔住了她們，不容商量地冷聲警告道：「婢女出府，不可走正門。」

吟月上前一步，厲眸掃過他們幾人，沈聲說道：「這位是蕭大夫，要出去走走，你們不得阻攔。」

「蕭大夫？」

眾守衛互相看了看。他們依稀記得，大概幾個月前，有位自稱大夫的少年前來求見，後被沈風大人帶了進去。

蕭雲怕麻煩，於是拉過吟月，說道：「要不我們走後門吧！」

「不行。」吟月搖頭，解釋道：「後門也有守衛，我們必須有王爺的權杖才能私自出府。」

這樣啊……蕭雲琢磨了一下，過去禮貌地對守衛們說道：「我當時是女扮男裝，進來之後便沒再出去，你們不認識我也很正常，以後多見幾次就熟了。王爺今日去參加煦王爺的婚宴，我待在府中無事，便想出去走走，麻煩幾位大哥通融一下？」

幾個守衛還有點疑惑。「妳的容貌不像啊！」

「我才十六歲，正是長身體的時候，半年的時間長高一點，五官比之以前成熟些，不足為奇啊。」

「那王爺可有給妳權杖？」

蕭雲攤開手掌，很是無奈地道：「我忘記跟他要了。」

守衛們圍在一起商量了一會兒，決定先讓她們走，等她們回來的時候再查得嚴一點，到時候可以請管家來看看，管家肯定認識。

到了繁華的街道，蕭雲和吟月看到地面還有許多粉紅色的花瓣，一直延伸到她們看不到的地方，街頭的百姓們嘴裡談論的仍舊是煦王爺的婚事，許多孩子手裡拿著喜糖，在路邊歡快玩耍。

這場婚禮，大有一種普天同慶的態勢。

「想必這場婚禮聲勢浩大。」

「好大的手筆，好大的排場。」

蕭雲和吟月不約而同地感慨道。

話語一前一後地落下，吟月擔心地偷偷瞄了瞄蕭雲。她已經從沈風那兒得知了蕭大夫以前的身分和經歷。今日昫王爺娶了她的妹妹，不知她會不會傷心難過？

知道內情的人都能看出呤月心裡的想法。蕭雲白了她一眼。趙王府裡知道她身分的人就趙長輕和沈風兩個，趙長輕不可能沒事去和一個侍女說這些八卦，沈風寡言少語，不像喜歡八卦的人，但他們兩人對比一下，還是沈風嫌疑最大。

蕭雲無所謂地抿嘴笑道：「幹麼這種眼神看著我？心裡有什麼問題就直接問出來。很多事情的真相容易被喜歡說人是非的人，以訛傳訛給傳錯了一大半。」

呤月急忙申辯道：「沈風不是愛搬弄是非之人，只是跟我提過關於蕭大夫的事，讓我注意點分寸，不要亂問不該問的問題。」

「這不是我的禁忌，妳想問什麼隨便問好了。」蕭雲笑著揮了揮手，一臉的無所謂。

「那什麼才是蕭大夫的禁忌？告訴奴婢，下次好注意點。」

蕭雲食指放在下巴上作冥思狀。片刻，她道：「我沒什麼禁忌欸，妳想問什麼都可以問。」

呤月悻悻地笑了兩聲。的確，她問什麼蕭大夫便答什麼，很少有尷尬不回答的時候。只不過有些話真，有些話不真罷了。

呤月已經不指望從蕭雲嘴裡套出她的身世之謎了，只問眼前的。「那昫王爺娶蕭大夫的妹妹，真的一點也不傷心？」

「我有什麼好傷心的？我這麼好的一個人，休了我是他的損失。」蕭雲自信地道，又在心裡補充了一句：是我主動讓他休了我的好咩？

吟月了然。蕭雲的話，既在她的意料之中，也在她的意料之外。

多日相處下來，她發現蕭大夫真的非常與眾不同，她身上有一種難以言說的氣質和莫名的暖意，默默吸引著別人忍不住向她靠近，跟她說話。就連王爺那麼不得了的人物，都對她另眼相待。煦王爺休了她，的確是他的損失。

意外的是，吟月想不到蕭大夫會就這麼毫不掩飾自己的優點，直言說了出來，一點也不謙虛。不過，卻也不覺得她傲慢，反而覺得她很率真。或許這就是她獨特的魅力所在吧！

「奴婢也這麼認為。」吟月真誠地贊同道。

兩人像一對剛放出來的好姊妹，一起在街邊的各攤位上左看看、右摸摸。

吟月終於顯露出了女兒家的本性，主動拉著蕭雲往胭脂水粉、絲絹這些小攤上去。不過兩人的眼光不一樣，吟月看好的東西，問蕭雲意見，蕭雲搖頭，不管她外加多少句「不要在乎別人的眼光，自己喜歡就買」，吟月還是不會下手。

「花點小錢取悅一下自己有什麼？我們都是靠自己賺錢的獨立女性，難道花點錢還要看別人的臉色？買！」蕭雲故意繃起臉，喝令道。

吟月咬住嘴唇，猶豫了半天，最終還是沒買。

東西很便宜，估計不是錢的問題。蕭雲好笑地腹誹道：女人就是糾結。她以前在現代時，逛街也經常會這樣。

「也許是天性使然，見到精美的小首飾、小東西，就想據為己有。其實買回去，也未必用得上。」吟月理智說道。

蕭雲點頭表示同意。「嗯，亂花錢是女人的本性。很多東西買回去之後就扔一邊去了，但是下次看到時還會再買。所以購物，大部分原因是為了享受花錢的快感。」

吟月像遇到知音似的兩眼一亮。「蕭大夫也這麼認為？」

蕭雲白眼。「難道我不是女的嗎？」

吟月笑言：「我以為您與別的女子是不同的。」

「哪裡不同？」蕭雲攤手，奇道：「還不都是一個鼻子兩隻眼？」

吟月含笑搖了搖頭。她自己竟渾然不覺自己的特別之處，她不是一直很有自信的嗎？

走了一會兒，蕭雲看中了一條絲絹，問吟月，吟月搖了搖頭，說：「不適合。」潛臺詞其實是「這是溫柔可人的女兒家用的，您是嗎」。

蕭雲可能也是這麼想的，所以便沒買。

吟月揶揄道：「光說我，蕭大夫倒也買呀！」

蕭雲不好意思地乾笑兩聲。「嘿嘿。」

結果逛了半天，東西沒買幾件，她們倒是吃了一大堆小吃。

蕭雲有點渴，可惜街上沒有飲料店，想喝東西還得坐下來。與其去路邊攤喝涼茶，不如去茶樓，還能順便聽聽消息呢！於是蕭雲對吟月說道：「我們去茶樓坐坐吧？」

「對了，蕭大夫要不要買幾根簪子？」吟月突然想起這件事，便問道。

「不用了，王爺選的木頭很結實，到現在還沒斷。就算將來斷了，他也能分分鐘地削一根出來。」

「分分鐘？」

「就是飛快的意思。」

吟月別有深意地掃了蕭雲頭髮一眼。有了王爺親手相贈，也許她這一生都不用在外面買簪子了。

吟月笑道：「那我們去茶樓吧！」

到了茶樓，蕭雲習慣地爬上二樓，選了個臨窗的座位。

坐了一會兒，兩人喝了一壺綠茶，三盤點心幾乎沒動。

蕭雲本以為能聽到一些關於玉容閣的事情，期待再聽聽別人八卦著白牡丹的傳奇，可是今天所有人都在議論煦王爺的婚事。

蕭雲失望地撇撇唇，過了半刻鐘，她起身說道：「我們走吧。」

「這就回去了嗎？」吟月問道。「什麼都還沒買呢！好歹帶些東西回去，也不算白跑一趟。」

「我突然有個地方想去，去過了再逛吧！」

出了茶樓，蕭雲拉著吟月往玉容閣那條路走去。

走了不到一半的路，她們看見街道凌亂，許多攤位被砸了，地上一片狼藉，很多人圍成一團，交頭接耳叫嚷著什麼。

空氣裡瀰漫著一股奇怪的味道，蕭雲鼻子嗅了嗅，聞到了血腥味，不由得瞪大眼睛看向吟月，說道：「我好像聞到血的味道了？妳聞聞。」

吟月早就聞出來了，訓練有素的她見慣了廝殺的場面，自然對這種味道很熟悉。不過為了不讓蕭雲懷疑，鎮定的她故意表現出驚訝，雙眼卻敏銳而警戒地悄悄觀察著四周，隨手拉過附近一個人打聽。「這位大哥，請問這裡發生了何事？」

戴巾帽的瘦小男子一臉驚嚇，惶恐地道：「剛才有人當街殺人，好多人啊！姑娘家，妳們還是趕緊回去吧！別讓壞人擄了去。」

蕭雲詫異。「這可是天子腳下，什麼人這麼大膽？當街砍人？」而且還選在煦王爺結婚這天大開殺戒，誰這麼膽大妄為？

「這我哪知道！」男子害怕地連連擺手。

吟月神色凝重地抓住蕭雲的手腕，往趙王府方向急奔。「我們趕緊回去。」

「欸，妳不用怕，妳不是會點拳腳功夫的嗎？而且那些人早走遠了，現在巡街的士兵肯定很嚴格。」蕭雲拖著步伐，扯著吟月跑不起來。

「可能是王爺遭到了暗殺。」吟月轉頭，嚴肅地說出了自己的猜測。

蕭雲臉上的表情一僵，心裡頓時咯噔一下，腳下生了風似的，二話不說飛快向趙王府奔去。

到了趙王府，蕭雲和吟月看見守門的人數竟然比中午出來時多了好幾倍，個個黑著臉，神情肅然，更加證實了吟月剛才的猜測。

兩人互相看了看，皆是一臉的擔憂之色。

因為王爺遭遇暗殺，所以守衛對出入的人查得特別嚴格。蕭雲和吟月在門口等了好長時間，直到他們請來管家，證實了兩人的身分，才得以進去。

蕭雲一邊著急地往趙長輕房間跑去，一邊氣自己，沒事幹麼出去瞎溜達！

「趙長輕，你沒事吧？」她推門而入。

趙長輕此時坐在凳子上，已解開衣衫，上身赤裸袒露，正巧被蕭雲給看了去。

蕭雲馬上止步，愣了一下，旋即不好意思地低下頭，道：「我什麼都沒看見。」心裡又覺得自己剛才好像看見趙長輕的背上橫豎躺著許多瘡疤，猙獰可怖，於是又滿眼訝然地抬起頭。

趙長輕回眸，淡淡瞥了她一眼，不慌不忙穿回衣服，帶著磁性的聲音沙啞無比。「嚇著妳了？」

蕭雲輕皺著眉頭看著他。「你……受了很多傷？」

趙長輕露出一抹微笑，輕描淡寫說道：「縱橫沙場多年，難免會受點小傷。」

那麼多疤痕，還說是小傷？蕭雲心裡一酸。無意中瞥見他衣服上血跡斑斑，心裡一緊，關切地說道：「你穿上幹什麼？還不趕緊脫衣服止血？」說著欲轉身迴避。

「這是敵人的血。」

「你沒受傷？」

趙長輕對著她搖了搖頭。

蕭雲隨口嗔怒道：「那你脫衣服幹什麼？」

趙長輕嘴角勾起一抹無奈的笑，語氣有些慵懶。「因為衣服髒了。」

啊?!這樣啊……蕭雲感覺有一排烏鴉從頭頂飛過。

瞬間，她驚覺自己竟然腦子混沌，完全喪失了正常的思維邏輯，是不是有點關心過頭了？

蕭雲十分不自然地視線四處亂掃，嘴裡嘟囔道：「都怪沈風，這種緊要時刻，他應該寸步不離才是。他要是在門口，我就不會……」

「他受了輕傷，在白錄那兒敷藥了。」

蕭雲啊了一聲，關心問道：「那他傷得嚴不嚴重？」雖然他們平時交流得少，但是她已經習慣了他無聲的存在，早把他當朋友了。聽說他受了傷，心裡自然為他擔心。

趙長輕不得不耐心地再解釋一遍。「只是輕傷。」

「喔！」蕭雲點了點頭，瞥了一眼屏風後面，見隱約有熱氣繚繞，估計已經準備好了沐浴的熱水。她不好意思地背過身去，說道：「那你忙吧，我去看看沈風。」

「等一下。」趙長輕急切地喚了一聲。直視著蕭雲的背影，喉間暗湧，眼神不禁炙熱。略微遲疑了一下，最終還是忍不住問道：「很擔心我？」

蕭雲愣怔。是的，她很擔心，無法抑制地擔心，一聽說他遭到暗殺，擔心得差點要哭出來。為什麼這麼擔心呢？

垂下眼眸，蕭雲默默思忖，或許是有些東西不一樣了。

沈寂了良久，蕭雲轉過頭，展顏一笑，說道：「當然了，你是我的朋友嘛！我也很擔心沈風，因為你們都是我的好朋友啊！」為了證明自己說的是真的，她又很肯定地加了一句。「就是這樣的。」

趙長輕的黑眸閃著複雜的光芒，聲音似比剛才還低沈沙啞。「勞妳掛心了。」

回話間，他已坐回輪椅上，朝屏風那兒而去。

蕭雲悄然退了出去，順便將門關上。

關門聲一響，此間只剩趙長輕一人。

他頓了頓，垂下手，猛然用力抓住膝蓋。

方才坐在轎子裡，刺客從四面而來，他雙手難敵，千鈞一髮之際，雙腿帶動身體凌空一閃，躲過了一劍。

當時純粹是出於本能，當沈風帶著侍衛將他身邊的刺客打退之後，他的腿又恢復了之前的遲鈍。

莫非，只要再密集地訓練一段時間，就能完全恢復了？

可是經過這件事，他已經等不了了。

他急不可耐地想要重新站起來，回到邊關去，將御國徹底制伏。

趙長輕緊緊咬住牙關，用意志控制兩條腿，將腿挪到地面上，然後雙手放在輪椅兩側的扶手上，眉頭緊蹙，緩緩地撐起身體……

去白錄那兒找沈風時，蕭雲發現吟月也在。

剛才一進門，蕭雲急著跑去找趙長輕，吟月則詳細問了管家具體情況，得知王爺毫髮無損，沈風受了輕傷，她便放下了心，直接過來找沈風。

「一共有幾個刺客？」

沈風寒著臉沈聲敘述道：「抓了八個，當場自盡了，還有兩個逃了。」

「看得出身手嗎？」

沈風搖了搖頭。

白錄一邊專業地幫沈風包紮傷口，一邊提出自己的疑問。「他們是用什麼方法自我了斷的？服毒？」

沈風和吟月都明白他的意思。御國人不擅用藥，所以若是他們服毒自殺的話，很可能不是御國人。

「他們是用內力自震內臟而亡。」沈風否定了白錄的猜想。「不難保證是蒼弩的人為了隱瞞身分而刻意為之。」

吟月犀利說道：「反正他們都是敵人，主上遲早要將他們全部殲滅。」

「不知主上心裡是否已有了算計。」沈風期望地道。

蕭雲敲門進來，看見他們三人一臉嚴肅，誤以為是沈風傷得太重了，擔心地問長問短。

沈風很是意外。他對蕭大夫一直是以禮相待，交情並不深厚，想不到她待他竟是這般真切，不禁怔住，不知道說些什麼。

吟月在一旁解釋道：「他傷得並不重，我們是在為死掉的侍衛惋惜。」

蕭雲悽惻，深表同情。

「只能好好補償他們的家人了。」

「這些刑務監會辦理的。」

第二十八章

蕭雲點了點頭，默哀了片刻，然後朝沈風受傷的手臂上看了看，問道：「疼嗎？」

沈風用「明知故問」的眼神瞟了她一眼，嘴上卻酷酷說道：「男子漢大丈夫，這點小傷算什麼？」

為表示自己的關心，蕭雲推薦道：「我給你做好吃的吧？豬腳燉花生好不好？以形補形。」

吟月噗哧笑了出來，消沈的心情緩解了許多。

沈風埋怨地瞥了她一眼。她這是關心他，還是罵他呢？

「這個對你手臂上的傷的確有好處。」白錄在一旁不冷不淡地插嘴道。自從聽蕭雲提出「食療」這個方法後，他便鑽研起來，透過多次驗證，他也認同了食療的價值。

「我現在就去做頓大餐，你和王爺今天在外受驚了，都需要好好補一補，今晚我們一起吃。」蕭雲認真地說道。

白錄眼紅地舉起手，看著她即將離去的背影乞求似的問道：「能不能順便帶上我？」

「有你什麼事呀？」蕭雲故意趾高氣揚地抬起下巴，傲嬌地說道：「你不是要閉關修練嗎？我們哪敢叨擾你呀？」

白錄討好地對她笑了笑。他真有點懷念在邊關時，兄弟們聚在一起喝酒聊天的日子，好不熱鬧。

「勉強帶上你吧！」蕭雲很「勉強」地答應了。

白錄暗自慶幸了一下，就知道這個女人愛記仇，所以上次給她開藥時，他才沒敢弄太苦的方子給她吃。

早就聽說蕭大夫做的一手好菜，他一直都錯過了，今天終於可以品嚐到了！

晚上，白錄、沈風、吟月和蕭雲齊聚一堂。

坐下之後，趙長輕穿著黑色長衫進來。

大家立刻拘謹起來，除了蕭雲，皆起身行禮。

「你們別這樣嘛！王爺又不會吃人。我跟他說好了，今天晚上我們聚餐。你們不會是不歡迎他吧？」蕭雲扯著身邊一左一右的白錄和吟月的衣袖，讓他們坐下。

「奴婢不敢。」

「屬下不敢。」

三人不約而同地齊齊垂首，惶然說道。

「你們無須拘禮，坐下吧，當是同在邊關一樣。」趙長輕換了一身乾淨的黑色長衫，神清氣爽地推著輪椅，慢慢滑到桌邊。

三人面面相覷。駐紮荒漠之地時，生活極其貧苦，他們大多數時候會圍坐在篝火旁同鍋用飯。當時條件艱辛，主上不想受特殊禮待，麻煩了士兵，所以便與他們一起席地而坐。

今日主上已是王爺身分，一人之下萬人之上，住在洛京的王府裡，自然不可同日而語。要是知道蕭大夫也喊了王爺，他們是無論如何也不敢來的。

「你們不坐下，我哪好意思開吃？」蕭雲拿起筷子，看著他們。

趙長輕沈靜的深眸掃了他們三人一眼，幾人會意，馬上正襟危坐。

開動片刻後，蕭雲見他們幾個默默埋頭吃飯，互不交流，一點氣氛也沒有，連嘆了幾口氣。有人看她時，她就故意瞪眼過去，以表示不滿。

吟月和白錄偷偷對視了一眼，心裡同時想著：蕭大夫，您不怕王爺，那是王爺給了您特權，我們可沒有這種特權。

蕭雲主動講了一個笑話，可是他們都沒有笑，這頓飯吃得很沈悶。她想，他們可能還是被刺殺的陰霾籠罩著，沒什麼心情吧？

瞄一眼趙長輕那張風華絕代的俊臉。雖然他沒說什麼，臉上沒有任何表情，但是蕭雲能從他機械地咀嚼著嘴裡的食物，對她的唉聲嘆氣充耳不聞的反應中感覺得到，他滿腹心事。

由於這場突如其來的變故，蕭雲和趙長輕原本商定好的特訓計劃也臨時取消了。好好休息了幾天，蕭雲打算再次提起此事，趙長輕卻突然說要進宮。

「你瘋啦？敵人在暗你在明，一不小心命就沒了，你還敢這個時候進宮？」蕭雲飆聲道：「你聽沒聽過一句話叫做『大難不死，必有下回』？」

趙長輕眸光一閃，瞬間又恢復了本色，帶著淡淡的笑意，說道：「我記得妳初進趙王府時，是對我說大難不死，必有後福。」

「我那是客套的安慰話，沒有預謀的意外傷害才合用，和你這個狀況完全不一樣。」蕭雲擋在他面前，說什麼也不讓他走。

趙長輕忽而失笑，道出了實情。「逃走的刺客被皇上派出去的頂尖侍衛抓到了，我進宮去認人。」

「抓到了？這麼快？」蕭雲愣了一下，奇道：「他們沒有咬舌自盡嗎？」

「被制伏了，嘴裡塞了東西。」

蕭雲還是有點擔心。「會不會是敵人故意犧牲兩個人所設下的陷阱？」

關切如此，真摯如此。趙長輕微微動容，心裡的懷疑被她所表現出的真實一點一滴地攻破。他搖了搖頭，道：「放心吧，皇上已經安排了一隊頂尖侍衛在暗中保護我。」

「你在這兒等我一會兒，很快。」

蕭雲突然想到一個好主意。她跑去找白錄，索要一些毒藥。白錄說自己是正義之客，從不耍那些陰招。蕭雲白了他一眼，問道：「那有沒有可以在關鍵時刻迷惑敵人，保護自己的藥？」

白錄搖了搖頭。

「總可以現配吧？」

蕭雲催促白錄馬上配出無色無味的迷藥，留給趙長輕貼身帶著，以防萬一。

這種藥方簡單，白錄兩三下就配好了。

有了這個藥，蕭雲終於放心讓趙長輕出府了。

晚上，趙長輕沒有回來。

蕭雲安慰自己，沒有消息就是好消息。但憂慮了一整夜，直到第二天天要亮，她才昏睡過去。

到了晚上，趙長輕終於回來了。

他沒有受傷，安然無恙，蕭雲暗鬆了一口氣。

抓到的人正是逃掉的那兩名刺客。經過連夜的審問和嚴刑拷打，他們死活不肯交代是誰派他們來的，最後朝廷宣布將他們斬首示眾。

「這種硬漢子既然敢來行刺王爺，肯定是抱著視死如歸的決心，你們不該用嚴刑逼供。」蕭雲聽完之後，用一副「就猜到結果會是這樣」的口吻自信說道。

「喔？那依妳之見，該如何是好呢？」趙長輕揚眉，問道。

蕭雲陰沈沈地壞笑。「要是我，就給他們搔癢，讓他們笑個不停，笑得流眼淚，最後受不了，主動招供。」

趙長輕勾起嘴角，莞爾笑道：「不失為一個好主意。」

蕭雲噘嘴，控訴道：「你的笑好像是在笑話我這個主意像小孩子玩家家酒。」

趙長輕抿嘴一笑。難道不是嗎？

「這種另類的懲罰聽起來好像不嚴肅，但是真的很管用。這個叫攻其弱點。」蕭雲認真說道。「刺客既然做了這一行，就料到了會有這一天，必然早將生死置之度外。」

似乎有幾分道理。趙長輕點了點頭。如果下回抓到了刺客，或許能用上這個辦法。

「不必了，他們後日便斬首。」趙長輕面色無波地道：「這個風波過去，會平靜一陣子，正好利用這段時間，好好鍛鍊雙腿。若我能重新站起來，多少刺客也無所謂。」

蕭雲蹲下身體，將手放在他的膝蓋上，堅毅的目光直視著他，鼓勵道：「一定可以，相信自己。」

趙長輕望著極其認真的她，頓時感覺到此時的她極為動人，目光專注，水眸清澈見底。他黑眸閃動，望著她溫婉的面容，心中已有決定。

他抬起右手，輕輕撫上她細嫩的面頰，動情地請求道：「等我好了之後，妳可否暫時不要離開？有些事，我們重新計議，可好？」

也許是被他帶著磁性的聲音迷惑了，也許是被他攝人心魄的外貌誘惑了，抑或是被他溫柔的神情蠱惑了，蕭雲一時意亂情迷，沒有閃躲，溫順地任由他撫摸臉頰，怔怔地點了點頭。

本以為這件事情過去，他們就能開始特訓，誰料趙長輕突然發起了高燒，在床上整整躺了六天。

這幾天，蕭雲每天親自下廚為他熬羹湯，不過白錄和趙長輕皆以怕傳染的理由將她隔離在簾帳之外。

每每過來時，蕭雲便隔著幾重紗，望著床上的人喝下她煲的湯，擔憂地思慮他什麼時候才能好轉。

整整六天，他們只是隔著簾帳相見。

趙長輕生病，說話也沒什麼力氣，聲音都變了。蕭雲只是送湯水的那點時間和他說幾句話，其餘時間都在克制自己不來打擾他休息。

他初好那一天，蕭雲拿著自己寫的字獻寶似的給他看。「是不是進步很多？」

「我生了幾天病，妳不但沒有荒廢，還長進不少，為師甚感欣慰。」趙長輕評鑑了一下蕭雲臨摹的一首詞，很意外自己假病了一場，卻使她在書法上突飛猛進。他打趣道：「倘若我再病個半年，全洛國無妳的對手了。」

「呸呸呸，不吉利的話快吐掉。」蕭雲較真道。

「那我該說，大難不死，必有後福，還是必有下回呢？」趙長輕笑道。

蕭雲用肯定的口吻說道：「一定是必有後福。」

趙長輕看她的目光不由得灼熱了幾分。

眼下正是秋高氣爽的好時節，趙長輕和蕭雲一坐一站，看著院落裡的秋葉飄落。靜了片刻，趙長輕仰起頭看著天空，柔聲說道：「窩在房裡許久，想出去走走。」

「你想去郊遊？」蕭雲問道。

趙長輕點點頭。「妳意下如何？」

蕭雲當然舉雙手贊成，可是……她憂慮道：「萬一遇上刺客怎麼辦？」

「這次斬首示眾，有一定的威懾，他們不敢再放肆，甚至會懷疑我們此番行為是引蛇出洞。」趙長輕肯定地分析道。「妳若害怕，我可多調些暗衛悄然跟隨我們身後。」

「我有什麼好怕的？他們的目標又不是我。像我這種小人物，活著對任何人都產生不了威脅，殺了我有什麼好處？」蕭雲說道。「你還是多帶些人手，以防萬一。」

對任何人都產生不了威脅嗎？

趙長輕愣怔，但願真是如此吧。儘管不能毫無保留地信任她，至少，他已經放下了對她的懷疑和試探。

等這件事情過去以後，一切塵埃落定，他再與她詳談一次。

這次郊遊，蕭雲自願攬下了郊遊所需要的一切東西：餐布、燒烤叉子、雞腿、雞翅等，悄悄放在了一個包裹裡，準備給他們一個驚喜。

為了不引人注意，沈風令馬車停在了後門。趙長輕用枴杖輕而易舉地上了馬車，蕭雲尾隨而上。

王府的馬車空間很大，足夠容納六、七個人，為了方便，趙長輕讓沈風他們三人一起坐進來，另外安排了一隊十人的便衣騎兵跟在遠處，暗中還隱了一隊高手。

馬車輕便地出了城外，蕭雲忍不住撩起簾子向外看。

「真是好山好水好人家啊！」蕭雲的心情一下子飛揚起來，不由得想起半年多前和秀兒時常穿梭於山水之間，想想已經好久沒有見到這種自然景觀了，真是懷念啊！

「小心這些散戶是敵人變裝埋伏的。」沈風酷聲道。

蕭雲放下了簾子。心裡暗讚：好強的反恐意識！

「難得出來一趟，又帶足了人手，你們無須草木皆兵，大殺風景。」趙長輕淡淡說道。

沈風垂首，道：「是。」

蕭雲十分認真地說道：「關鍵時刻，這樣做是應該的。小心駛得萬年船。」

「不必緊張。」趙長輕將手輕輕放在蕭雲的手背上，似是安撫地按了按，有點像開玩笑地道：「我看妳面帶福相，不似短命之人。」

蕭雲噗哧一笑。「你還會算命？」

趙長輕不置可否，溫柔地看著她，露出淺淺的笑容。

過了一會兒，馬車緩慢下來。到了一座小山腳下，沈風拉開簾子，縱身出去，吟月尾隨而下。

「妳先下吧，小心腳下。」趙長輕這時才鬆開手，在蕭雲耳旁溫柔提醒道。

蕭雲的手一直被他的大手抓著，渾然忘了自己身在什麼地方，要去幹什麼。直到趙長輕鬆開，溫度漸漸散去，蕭雲才猛然回神，幾乎是落荒而逃地跳下了馬車。

「哇——」剛下馬車，蕭雲的情緒瞬間被眼前的天然景觀吸引過去。低低的山谷上轟轟沖下來好多水，淌到一條小溪流裡，水底有什麼東西都能看見。

跨過那條小溪流，那邊是各種顏色聚集的廣闊天地。

蕭雲拉著吟月來到山間田野中，大把大把地採摘著野花。田野裡有很多野生的矮牽牛和秋海棠，一片一片的，風吹過之後，捲起了一波又一波的花浪，非常漂亮。

吟月緊緊跟在她身邊，戒備地觀察著四周的環境，但凡有一點風吹草動都十分緊張。保護好蕭雲是她今天唯一的任務，不容有任何閃失。

剛才在車上，王爺表現得那麼明顯，蕭雲的重要性昭然若揭。吟月感覺肩上的擔子更加沈重了一些。

採好了一大捧鮮花，蕭雲跟吟月要了條絲帶，將它們紮好，繫了個蝴蝶結，然後在吟月眼前晃了晃。「好不好看？」

「蕭大夫好巧的心思。」吟月由衷地讚道。

「我們現在去鋪餐布。待會兒吃飯時把它放在餐布上，是不是感覺很溫馨、很浪漫啊？」

吟月笑了笑，心裡琢磨「浪漫」是什麼意思呢？

蕭雲拿著餐布，四處張望了一圈，最後將用餐地點定在了小溪流旁邊，白錄二話不說地在她旁邊支了個火架。

「你眼色真靈活，我正要請你們生火準備烤肉呢！」蕭雲半眯起眼睛，指著他懷疑道：「你偷看過我的包裹？」

「呃……」白錄支吾，一時接不上話。為了防止她有可能在食物裡給他們下毒，所以他悄悄檢查了一遍，想不到居然在這個細節上露了餡兒。

沈風和吟月緊張地對視一眼。

趙長輕幽深的黑眸掃過他們，落到白錄身上時停頓了片刻。

他忘了囑咐他們一聲不用再試探了，沒想到還生出這件事來。不過如此一來，恰好可以證明蕭雲的警覺性究竟高不高。若她是細作，絕對會有所警覺，並且深想下去。若她只是迫於生活的無奈，不得不故意隱瞞身分，對任何人沒有威脅，她便不會深想。

「瞧你嘴饞的，想偷吃吧？」吟月急中生智，跑過去猛捶了他一拳，用玩笑的口吻解圍道：「要不是這些東西是生的，不定還有你的口水呢！」

蕭雲噗哧笑了出來，瞪著他嗔怒道：「白錄，你最近是不是閉關閉得走火入魔啦？偷吃這種事你也幹得出來？你在我心目中的形象越來越……俗了！」

白錄愛理不理別人的時候是超級酷的，他高超的醫術更是為他增添了幾分神秘，蕭雲幾乎在心中對他冠以「神醫」的地位。神醫怎麼能做出「偷吃」這麼俗氣的行為呢？無語。

再低頭看看壽司，蕭雲用食指認真地數了起來。

數到一半她才想起來，自己做的時候也沒數有多少個，她怎麼知道少沒少呢？看盒子裡的空隙不大，和裝好之前差不多，估計沒少，只是仍然不能接受白錄偷吃的癖好。

以前怎麼就沒發現呢？難道真的是閉關閉得轉了性子？

蕭雲撇撇唇。「算了，就罰你待會兒少吃點這個壽司。」

三人對視一眼，暗鬆了一口氣。

趁著蕭雲背過身去專心準備食物，趙長輕用內力密音傳聲給他們。「待會兒你們看好她，不要再出亂子了。不管她是誰，我都不希望看到她受傷。」

即便她真的是敵人，他也容不得別人傷她分毫。

其間的意思已經十分明顯了。

吟月三人對望一眼，心裡有了數。

「欸，沈風，你去撿些柴來吧！吟月，我們把這些生的東西串到叉子上。白錄，你繼續搭火架子，待會兒用來燒烤。王爺，你就在附近隨便轉轉，很快就能吃了。」

沈風沒有猶豫，爽快地去那邊砍樹枝。行軍至荒漠時，生火的活兒都讓白錄搶先了去，每回都是他去到處撿柴，他已經習慣了。

趙長輕轉動輪子行至溪水邊，不捨的眼神時不時地睨向蕭雲。

今日一別，恐怕要許久見不到她了……

第二十九章

「我是小溪流，永遠向前流。小溪流呀小溪流，永遠不回頭～～」蕭雲完全沈浸在野餐的樂趣之中，歌聲無比歡快。

一曲唱完後，吟月附和地問道：「蕭大夫，妳唱的是什麼曲？好歡快的調子。」

「就是看到小溪流後靈感大發，隨口唱出來的。」

「蕭大夫可真厲害，隨口就能編出一首這麼好聽的曲子來。」

蕭雲不好意思地乾笑了兩聲。這個小溪流到底是誰唱的？好像是哪個喜劇片裡的，她也忘了，自己就暫時替原作者受一下功吧！

白錄伸長脖子，猶猶豫豫問道：「那個什麼司，是不是很好吃？」

蕭雲愣了一下，反應過來後不由得哈哈大笑。「白錄啊白錄，我終於發現你的缺點了。原來你愛吃呀！好可惜，你閉關了那麼久，我們在外面不知道吃了多少好東西。」

「真的？」白錄惋惜地摸了摸腦袋。前段時間沈迷於王爺的腿患治療和醫書中，一直無法分心做別的事，竟然錯過了這麼好的機會。

「可不是？除了別具一格的菜式，還有很多可口的點心小食。」吟月一一列了出來，最後問道：「前些日子天氣熱，不是還給你送了彩色的沙冰去嗎？你覺得口味如何？」

回想起那個冷冰冰的鐵盒子，白錄驚愕。當時他心不在焉的，把它給隨手扔哪兒去了？

須臾，蕭雲和吟月已經串好了帶來的食材，沈風也撿了一堆柴禾走過來。
見人都到齊了，蕭雲拿出精緻的木製食盒，對他們招招手，說道：「不過這個壽司是我第一回做給你們吃，是我特意為你們準備的驚喜。來來來，快來嚐嚐。」
三人離蕭雲近些，放眼看去，木盒子裡一團一團的東西，夾在白米飯的周圍，煞是可愛，教人蠢蠢欲動，但是他們又不敢先王爺一步動手。
蕭雲看出了他們的顧忌，無奈地拿出幾個壽司放在蓋子上，端過去和趙長輕一起吃，其餘的留給他們。
「放心，我洗過手了。」蕭雲到了趙長輕面前，用手拿一塊遞給他。
趙長輕攤開手掌，笑而不言。意思就是說他沒洗過手。
在王府裡，用膳之前，侍女都會拿溫熱的濕布給他淨手。如今荒郊野外的，上哪兒找熱水去？吟月拿著軟布，想問王爺今日用小溪裡的涼水行不行，轉頭看過去，王爺正低頭就著蕭雲的手品嚐食物，想必是無須淨手了。
吟月重新坐回餐布上，朝他們兩人看了看。三人無聲對視著，心裡紛紛猜測，王爺究竟會給蕭雲什麼樣的身分呢？
「好不好吃？」蕭雲很自然地拿起一塊壽司塞進趙長輕的嘴裡，然後也塞一塊送進自己的嘴裡。
趙長輕滿意地點了點頭。對她做的東西從來沒有失望過。
「真的好吃，你也別吃多了，待會兒還有更好吃的呢！」蕭雲甜甜笑道。順便又塞了一個給他。

一共才幾塊壽司，你一口我一口，很快就吃完了。

「獎勵你，多吃一個。」蕭雲開心地把最後一個壽司塞進趙長輕的嘴裡，然後走到火架旁邊，問吟月他們。「你們覺得怎麼樣？是不是很好吃啊？」

「嗯，想不到幾樣簡單的食材加在一起，會有這種口味。妳是怎麼把它們弄成這種形狀的？」吃的時候，白錄好奇地掰開壽司研究了一下，發現只有小黃瓜、白米飯等簡單的食材，不禁更加後悔前段時間錯過品嚐她做的其他美食了。

「這個做法很簡單，主要是醬和肉鬆做起來耗點時間。」

白錄又好奇地掰開壽司，指著那絲狀的褐色東西問道：「這個東西叫肉鬆？是肉做的？難怪吃著有股肉香味。」

「肉類做成肉鬆或肉乾的話，可以保持長時間不壞，等將來你們再去荒漠時，我給你們做點帶著，伙食就不會太差了。」蕭雲隨口說道。「把那些雞翅遞給我，我來烤肉。」

上次烤肉還是三年前，在現代沒出車禍時，當時大家說好了之後再一起出來玩的。後來她出了車禍，朋友就沒有再找她出去，她以為這輩子都不會再去郊遊了。

當時怎麼也沒想到，下一次烤肉，會是在古代。

這一晃，竟過去了這麼久，還發生了「穿越」這麼不可思議的事情。現在，當年的那些朋友還記得她嗎？

蕭雲臉上劃過一絲超脫年齡的釋然之笑。

說者無心聽者有意。蕭雲的話在白錄他們聽來，明顯是已經打算好要留在王爺身邊了。這樣還用說什麼做好了讓他們帶上？直接帶上她不就得了！

「咳咳咳！」煙氣升騰，蕭雲被燻得咳嗽了幾聲。

「這種粗活還是讓我們男人來做吧！」白錄看她被煙嗆著，瞄了瞄王爺的臉色不大好，便連忙過去將蕭雲手裡的叉子拿過來，幫忙燒烤。

沈風幫忙撥柴禾，控制火苗。

很快，食物差不多烤好了，蕭雲和吟月將所有東西擺整齊了，蕭雲拿出那束野花放在餐布一角，然後過去推趙長輕。

「擺了一束花兒在上面，果然增色不少。」吟月讚美道。

蕭雲露出溫婉的笑容，說道：「那當然，美好的生活是需要用心去營造的。」

五人席地而坐，旁邊是篝火。這種情景頗有幾分他們當年在邊關打仗時的感覺，和王爺同坐的拘謹頓時消失了許多，唯一可惜的是差了一罈美酒。

蕭雲看著他們百感交集的複雜神情，知道英雄素愛美酒，微微一笑道：「我本來想為你們準備蒸餾酒的，可是怕遇上壞人，你們喝醉了無力抵抗。所以等回去有機會了，再嚐嚐蒸餾酒吧！」

「蒸餾酒？」白錄一聽有酒，馬上來了精神。「沒喝過，比起女兒紅怎麼樣？」

「蒸餾酒濃度較高，口感清冽，你們應該會喜歡。」蕭雲回道。

趙長輕淺笑道：「如此好酒，倒是想馬上喝上一口。」

「回去有的是機會嘛！」蕭雲說道。

幾人眼眸微閃，錯過了今日，不知下個機會是何時……

「蕭大夫，怎麼每隻雞翅上都有幾道刀口？」吟月拿起一隻烤雞翅好奇地問道。

「這樣就不會把外面烤糊了，裡面卻還沒熟，醬料更容易入味。」

吟月將信將疑地咬了一口，連連點頭。「肉質鮮美，比燜的還要嫩呢，還保留住了裡面的肉汁。」

白錄和沈風嚐了一口，也紛紛點頭稱好。

「欸，既然大家這麼開心，我給大家講個笑話吧！」蕭雲最喜歡講笑話了。雖然大多數時候，他們幾個不懂得她的冷幽默，不過這也不妨礙他們在一起時的開心。

大家一邊吃一邊開著玩笑，盡情享受著溫馨時刻。碧藍如洗的萬里長空下，不時傳出他們清朗的歡笑聲。

食物吃完了，他們談笑的心情仍然高漲。吟月提議爬上山坡去，順便消消食，幾人便起身在草地上慢條斯理地邊說邊走。

蕭雲展開雙臂，旋轉身體，十分肆意地笑道：「好藍的天空！」微風輕輕拂過她的臉，很舒服。

忽然，蕭雲感覺一陣異風颳來，停下來，盯著前方靜靜看了幾秒鐘，不禁抬手指著前方好奇道：「怎麼感覺那邊有很多黑點……還越變越大？」

不知是不是後面的士兵突然大喊了一聲「有刺客」，空中立刻傳來響亮的拔劍聲音，所有人警戒起來。

白錄和沈風挺身而出，擋在趙長輕他們三人前面。

兵刃相交的聲音越來越密集，發出刺耳的響聲。

定睛一看，果然，綠色的草地上多了許多人，一半是他們這方的士兵，還有一些人身穿黑色衣服，身材高大，動作矯捷，每人手持一把長劍，正在和士兵們廝殺。

來人的身分不用說，是刺客。

他們配合得十分默契，一半的人纏住士兵，另一半直接越過他們，筆直撲向白錄這邊。

雪亮的劍鋒迫近，空氣瞬間變得陰冷而肅殺。

蕭雲眼前一花，卻見白錄唰的一聲，神速般從腰間抽出一把閃亮的銀劍，準確無誤地擋住來人，敏捷的身手和沈風不相上下。她驚詫不已，直到現在才知道白錄還會武功，而且不比沈風這個專業級的遜色。此時看他的側臉，散發出堅毅果敢的氣息，半點吃貨的流氣也沒有，充滿了男子氣概。

可饒是他們都身懷蓋世武功，卻也難敵這麼多的對手。

漸漸地，刺客將他們五人打散開了。沈風和白錄各占一方，分別被三個刺客包圍著，吟月緊跟在趙長輕和蕭雲身邊。

耳邊不時傳來刀劍撞擊的乒乓聲響，以及死傷之人的慘叫聲。

蕭雲在刀光劍影的逼迫下，心臟跳動過猛，正隱隱作痛。

「別怕，有我在。」趙長輕拉住她的手心，緊緊握在手中，目光沈靜地掃射著四周。

危機迫近，蕭雲的腦子卻無比清醒和冷靜。她不知道自己是因為像遇到車禍那樣，還沒有回過神來，還是因為趙長輕手掌心傳來的溫熱使得她安下了心。

「吟月——」沈風重傷一個刺客的手臂，從他那兒奪過利劍拋向空中。吟月矯捷的身姿輕鬆地騰空一躍，穩穩抓住了劍柄。

花拳繡腿裡還包括輕功？蕭雲為吟月的身手大吃一驚，猛然發覺趙長輕身邊的人都很不簡單。吟月像是陡然出現在她身邊的，一點也不像王府裡的普通侍女。

一直以來，她忽視了很多東西。

山坡下的敵人殺了上來，步步緊逼，蕭雲和趙長輕一直往後退、往後退。

吟月沒有加入廝殺陣容，而是展開手臂，擋在趙長輕和蕭雲的身前，來一個她便阻擋一個，敵人退開，她也不追。

想誘走她並不容易，兩個刺客停下來交頭接耳說了幾句。

「他們一定在商量什麼鬼主意！」蕭雲指著他們緊張地說道。

吟月銳利的雙眸半瞇起來，冷靜地說道：「他們一定是想讓武功高一點的那個纏得我脫不了身，另一個人負責行刺。王爺、蕭大夫，千萬小心。」

果不其然，一個黑衣人舞出複雜的劍花，在吟月的周圍不停閃動，將她困於其中，另一個人則提起劍，飛身直指趙長輕的面門而來。

「站到我身後去。」趙長輕柔聲說道。

「什麼？」蕭雲的注意力還在和吟月交手的那個人身上。剛才他使出的劍花很漂亮，蕭雲不由得看呆了，耳邊傳來趙長輕的聲音，她才收回視線，看向趙長輕。

但為時已晚，另一個刺客已經刺向了這邊。

趙長輕目光陡然一沈，突地抬起視線，陰冷地看向揮來的劍尖，伸手一擋，輕而易舉地用食指和中指夾住了那柄劍。黑衣刺客頓在了半空中。

劍光火花只發生在眨眼的瞬間，蕭雲沒來得及反應他剛才說的話，便看到了那柄散發出陰冷之氣的銀劍在眼前無聲地裂開，趙長輕翻手一轉，將所有碎片攥在手中，然後使出內力，揮袖一散，黑衣刺客被一陣氣流震得飛出了老遠。

好——厲——害！

蕭雲目瞪口呆。

他的武功竟比他的長相還要驚天動地。

只見他一臉的雲淡風輕，眼神遠眺，遊目四方，方才的危機似乎沒有驚起他絲毫的緊張，世間萬物在他眼裡都不算什麼。

足夠強大，才無謂至此吧！

蕭雲頓時像吃了一顆定心丸，情緒一下子平復下來。想來剛才心頭掠過的驚悚真是可笑，死於她來說算什麼？又不是沒死過，幹麼要表現出一副膽戰心驚的樣子，讓敵人看笑話呢？趙長輕曾教過她，不管內心多麼害怕，也要表現出不懼的樣子，這樣才會讓敵人捉摸不定，不敢輕易動手。

打退了一個，又有一個黑衣人突破重圍而來，放眼望去，死傷無數，士兵居多，黑衣人逐漸聚攏，向他們不斷衝刺過來，幸而都被趙長輕一一破解了。

但是情況不容他們樂觀，四周驀地又多出了許多人，攻勢也越發猛烈。

「我怎麼覺得穿黑衣服的人平空多了好多？」蕭雲迷茫地看著前方，喃喃道：「是我的錯覺嗎？」

「妳沒看錯，是真的。」趙長輕的嘴角幾不可察地鬆了一下，莫測的深眸凝視著黑衣人，慢聲道：「我們退後。」

蕭雲心裡腹誹，保家衛國也不容易啊，這麼多人想他死！轉頭看看身後，還有一大片空地，而敵人一直進攻，不得不退，所以聽從他說的，連連往後退。

他們五人只剩趙長輕和蕭雲兩個人在一起，其餘三個人都被分開了。

趙長輕手裡沒有任何武器，只憑赤手空拳阻擋別人的刺殺，還要保護蕭雲，不過片刻工夫，趙長輕和蕭雲離他們已經越來越遠。

「我要不要去撿把劍給你？」蕭雲在一旁幫不上一點忙，只能乾著急。

「有劍未必最厲害。」趙長輕輕蔑的口吻刺激了他眼前的兩個刺客，他們一隻手舞劍，另一隻手從腰間發出如密雨般的暗器，飛向兩人。

趙長輕神情一凜，從身上脫下外衫，輕鬆地將敵人的陰招包裹其中再反射回去，一舉擊倒四、五個黑衣刺客。

蕭雲被保護在他的身後，心裡說不出的踏實。那麼密集的飛刀，躺著都容易中槍，她卻毫髮無傷。他給了她從未有過的依賴和安全感，彷彿只要有他在，就沒有人能夠傷害她一根寒毛。

「妳沒受傷吧？」趙長輕一邊觀察著周圍的動靜，一邊問道。

蕭雲搖了搖頭，回答道：「沒有。」

趙長輕越是厲害，黑衣刺客便越攻向他。多數刺客逐漸擺脫眼下的敵人，飛身奔向他這邊，欲集中勢力將他刺殺。

趙長輕再厲害終歸只有兩隻手，雙腿又固定在輪椅上行動不便，還要顧及蕭雲的安危，他的肩膀和手臂上不可避免地被敵人的利劍刺傷了，幸好傷口較淺，沒有噴出血來。

不過蕭雲還是嚇得尖叫了一聲，白皙的臉瞬間失去血色。

她很想不顧一切地抓住他看看傷勢怎麼樣，可是她知道這樣做只會連累他受更多的傷害。

他的氣力流失過快，動作逐步艱難遲滯，額頭沁出密密的細珠，有些自顧不暇，卻還護著她，蕭雲陡然生出一股無力感，難過又自責。

沈風見情勢不妙，猛地發力逼開與他纏鬥的三人，箭一般地疾衝過來，於千鈞一髮之際解除了趙長輕的危急，擋在刺客和他中間。

吟月接著脫身過來，身影交疊在沈風之後，白錄也是如此，幾人護住趙長輕和蕭雲，且戰且退。

最後，他們被逼到了一處懸崖邊。

「妳站在這兒不要動，待我們打退敵人，便帶妳離開。」趙長輕留出一個不易遭受攻擊的死角給蕭雲，將她安置好便奮身加入沈風他們，和對方廝殺起來。

為了不給他們添麻煩，蕭雲認真地點點頭，乖乖站在那兒看著，一動不動。

精采的武打場面就在眼前，許多大製作都難得看到的動作，被他們如行雲流水般舞動出來，沒有任何輔助工具和電腦修飾，看起來十分震撼。可是蕭雲沒有一點觀賞的心情，她的小心肝隨著他們的身影而上下起伏，誰被敵人傷到一下，她的心就會劇烈地顫抖一下，恨不得衝過去打死那些下手狠毒的壞蛋。

吟月的武功和他們比起來弱了一大截，但是沈風和白錄將她保護得很好，有幾劍都是他們幫吟月擋下的。

時間一分一秒地過去，敵人也慢慢少了，勝利在望。

不過他們不敢掉以輕心，因為剩下那幾個黑衣人身手十分敏捷，稍不留神就會被他們鑽了空子。

交手中，趙長輕的身體忽然脫離輪椅，騰空飛起，於半空中和對方纏鬥。

蕭雲以為他施展輕功和敵人交過手後便會坐回原位。孰料，他和敵人對掌之後，身體突然像紙片那樣失去了重心，飛了出去。

那邊可是深不見底的懸崖，他就這麼落下去……

蕭雲頓時大腦充血，心猛然收緊，彷彿重重地跌向深淵。

沒來得及想什麼，她撲身過去伸手抓了一把——

第三十章

趙長輕感覺身體在半空之中，沒有任何事物可以依靠，臉上卻沒有一絲一毫的畏懼，神志一片清明。

其實以他的武功，完全有能力自救，可是，他沒有這麼做。

這一切，都在他的算計之內。

下落的瞬間，他還在思量著，自己是否算無遺策？

可是，耳邊風聲尚未呼嘯而起，趙長輕忽然感覺手腕上一緊，被人緊緊拉住，身體頓了一下，懸在崖邊。

是誰救他？

思維凝滯的瞬間，心裡已猜出七、八分。他之前囑咐過沈風他們，所以不可能是他們三人，那只可能是她——抬起頭，他看到一張清雅的少女面孔，此時正匍匐在崖邊，嬌小的身體因為拽著他而慢慢向下滑落，卻堅韌地始終不肯放手。

她的臉因為用盡力氣而脹紅，五官全部揪在一起，很醜、很醜。

可是，他卻被深深吸引住了，捨不得移開眼睛。

「快來……幫忙！」蕭雲用力大喊一聲，希望他們誰能暫時抽個空過來拉她一把。她力氣不足，不僅沒有拉住趙長輕，反而被他下墜的力量一起拉了出去，摔在崖邊，她另一隻手扣住崖邊的石頭，身體緊貼著地上，才勉強支撐住，沒有被拽下去。

吟月和沈風在打鬥空隙對望了一眼，心裡非常著急。他們萬萬沒想到蕭雲會突然來這麼一齣。如果她和主上一起掉下去，這個計劃就有可能被破壞，他們到底該怎麼辦呀？

白錄也在心裡乾著急了一把，思前想後，索性聽之任之，當作沒聽見，繼續和真假刺客周旋。

蕭雲拉著趙長輕過百斤重的身體，向下滑落的趨勢越來越明顯。

趙長輕動容地凝視著她，眼神炙熱。

「傻瓜！快鬆手，我不會有事的。」趙長輕於心不忍，溫柔地對她笑道。

「不要……放……手。」蕭雲搖了一下頭，咬住牙齒，艱難地從嘴裡吐出四個字。身體有一部分已經露出懸崖，她感覺手腕好像快要斷了，卻不由自主地更加用力握緊趙長輕的手腕，甚至放棄了抓在石頭上的那隻手，一齊用上。

「妳瘋了?!快鬆開！」趙長輕大怒，愣怔地看著蕭雲，腦子裡閃過無數個他們在一起時的畫面。她雖然來路不明，但是從來沒有傷害過他分毫，對他至情至性，不曾有過刻意欺瞞之意。她的謊言或許是逼不得已，自己為何要抓住她的難言之隱不放，一直質疑她、試探她呢？

若有心竊取他的信任、刺探軍情，何須搭上自己的性命？

相對於趙長輕的震驚，蕭雲心中卻是一片清明，無奈地苦笑了一聲。

在這個局面下，最理智的自保方法是立刻放開手，放下趙長輕這個巨大的負擔。

這麼淺顯的道理她自然知道，可是——她做不到。

這山坡雖不算高，可也畢竟是一座山，摔下去不死也半殘。一想到趙長輕要獨自面對著命運的不公，她就一陣心痛，即使她救不了他，但是希望，她可以陪伴他一起，或生或死。

她是從死神手裡逃脫過好幾次的人，生命有多可貴，沒有人比她更加明白、更加懂得珍惜，她不想失去上天憐憫她的這條性命。

但是，現在在她的心中，有了她更不想失去的東西。如果失去了，她僅僅是想一下就感到萬念俱灰，如果真的失去了，她肯定每呼吸一下都會覺得無比的疼痛。

白錄以一敵四，遊刃有餘，因為其中三個都是自己人。看準形勢後，他對其中一個自己人打了個眼色，然後聯合其他兩人故意露出一個空隙給他，將長劍朝蕭雲的手臂那兒擲去。

蕭雲眼明手快，本能地抬手一擋，將劍打偏了一點，擦過她的頭頂，將她的髮髻削開，那根木簪子從中間三分之一處斷開，長髮輕柔地散落下來，遮蓋住她的臉容。

刀劍無眼啊！

蕭雲驚出一身冷汗，此時她抓著趙長輕手腕的兩手手掌也沁出了汗水，濕滑得越來越抓不住。她咬牙說道：「抓緊我，別放手！」

趙長輕的瞳孔緊縮，他從方才那一劍的方向，看出他們的用意是想讓蕭雲因為猝不及防而放手。

可是，她寧願受傷，也沒有閃躲一下。

奈何他現在身在懸崖下，視線被擋住了，根本無法對他們打暗號。這樣等下去，不知道他們又要亂出什麼花招。

看著蕭雲的臉容埋在散髮的陰影之中，一雙眼睛卻明亮瑩澈，煥發出動人心魄的光芒，趙長輕幾乎打算放棄原本的計劃，帶她遠離此地。

但內心掙扎了一會兒，最終還是理智占了上風。

他抬起懸空的那隻手，小指抵在唇間，鼓動內力一吹。

打鬥中的三人聽到這個信號，互視了一眼，離得最近的吟月掙脫眼前的人，飛身過去，扶著蕭雲的身體不讓她繼續下滑。

蕭雲見終於有人過來幫忙，心中大喜。

吟月伸手過來和她一起拉住趙長輕的時候，她終於放心地將緊繃的身體緩下來。

就在吟月的手靠近趙長輕的手腕時，突然感到背後有一道劍氣揮來，她一個空旋翻身，放開了自己的手。蕭雲猝不及防，手下猛地一滑，沒來得及抓緊，眼睜睜地看著趙長輕在她的注視之下沈墜而落。

「不——」蕭雲大驚失色，衝著下面嘶吼，身體幾乎跟著他一起向下滑去，幸而吟月及時拉住了她。

「趙長輕——」蕭雲頓時淚如雨下，對著崖下面大喊道。

敵人死亡的死亡，撤退的撤退，山崖上面只剩下幾人，蕭雲撕心裂肺的吼叫在空中不停迴響。

吟月雙眼通紅，扶著蕭雲顫巍巍的身體，擔心地喚道：「蕭大夫？」

沈風和白錄一臉哀傷地低下頭。

驀地，蕭雲停止哭泣，一下子站起來，急切而惶恐地道：「快，我們快下去，去看看他傷得怎麼樣了？」

沈風難過地垂著頭，痛聲陳述道：「這山看著不高，下面卻布滿了荊棘，毫無防備地摔下去，必死無疑。」

「不！我不信……我不信！」蕭雲怒吼道。「活要見人，死要見屍！」

她瘋了般地飛撲下山，四處找不到路口可以通到山崖下，又折了回來。

「有沒有繩子？」蕭雲望著崖下，想試著將繩索綁在石頭上，自己爬下去找找看。

「蕭大夫，沈風已經派人回府組織搜尋隊伍了，下面荊棘密布，這樣貿然下去，妳連自保的能力都沒有，還是讓他們去吧！」吟月哀聲說道。

蕭雲呆愣地點了點頭，又搖搖頭，語無倫次地道：「對，我不能死，我還要幫他做復健呢！我不能死，不能死……我死了誰來幫他？他要是骨折了怎麼辦？我不能死、我不能死……」

吟月擔憂地和白錄對望一眼，無計可施。

沈風召集剩餘的士兵收拾殘局，幾個人一直站在山崖上，等待著隊伍的搜尋結果。

搜尋隊伍下去了好幾批，沈風和白錄也下去了，皆是一無所獲，很多人還帶了傷上來。

「人從這兒掉下去的，哪有屍骨無存的道理？只要看不到他的屍體，我就有理由相信他還活著。」蕭雲搖頭，堅信道。

她一定會想到辦法下去營救他的。有什麼辦法，有什麼辦法……

蕭雲閉上眼睛，努力讓自己冷靜下來。想想在現代看到的真人實錄，那些攀岩愛好者落入山谷後是怎麼得救的……

飛機、生命探測儀……腦子一片混亂，蕭雲拚命搖頭。這裡是古代，哪有那些東西？沒有辦法了，沒有辦法了……

「蕭大夫，別這樣！」吟月含淚扶住顫抖的蕭雲，哽咽道：「入夜了，山上涼，我們回去等消息吧？」

「不。」蕭雲搖了搖頭，聽不進任何勸告。為了避免給他們添亂，她已經忍住了不下去，在上面等還不許嗎？

夜色漸漸沈了，大家點燃了火把。救援隊伍下去了一批又一批，上來歇一會兒後繼續下去尋找。

他們在山下找了一夜，蕭雲在上面等了一夜。

皇天不負苦心人，天快朦朦亮的時候，下面終於傳來了驚喜的叫聲。

「找到了……我們找到了……在這兒！」

蕭雲大喜過望，惴惴不安的心終於放下了，她開心地抱住吟月，歡呼道：「太好了，太好了！」

吟月勉強笑了兩聲。希望越大，失望越大。

蕭雲站在崖邊俯身望著，趙長輕的身體被五、六個侍衛抬了上來。看到他的身體時，蕭雲整個人如被一盆冷水自頭頂澆下一般，從頭涼到了腳，滾燙的眼淚瞬間傾瀉而下。

「嗚……」蕭雲跪在他身邊，不敢相信地緊緊捂住嘴巴。

所有看到趙長輕現在模樣的人都倒抽了一口氣。

他渾身上下血肉模糊，沒有一塊完整的地方，那張驚為天人的臉如今面目全非，滿是血跡，瞧不出一絲原本的風華。

蕭雲痛心疾首地伸手過去，想輕撫他的肩膀安慰他，可是，她不知道該將手放到哪裡，他才不會感到疼痛。

這時，白錄從另一條繩索下面爬上來，推開眾人，來到趙長輕身邊時愣了一下，然後一臉沈痛地單膝跪地，拿過他的手腕。

白錄眼裡閃過一抹同情，輕輕拿著趙長輕的手腕，查看傷勢。

片刻，他放下手，沈重地低下頭，悲壯地吐出四個字。「無力回天。」

蕭雲的心在一刻鐘之內從谷底飛上天空，又從雲層跌入了地獄。她的身體如遭雷劈般僵直，許久許久，才總算回過神來，斷斷續續地抽噎道：「不會的、不會的，不……嗚嗚嗚……」

哭到最後，她嗓音嘶啞，說不出話來，只是拚命搖著頭，直到意識一步步渙散，失去了知覺……

蕭雲很累，剛才拉著趙長輕，後來又不停地大喜大悲，好像把幾天的力氣全部透支了一般，這一睡，睡了一天。

睜開眼睛，蕭雲猛然坐起身體。周圍一片漆黑，但她仍然能靠著稀疏的月光辨別出這是自己賴了一夏天，最後索性一直賴下去的地方——趙王府的書房，再熟悉不過了。

低頭看看自己穿著褻衣，剛才，她只是作了一個很長很長的夢吧？

可是為什麼，她感覺眼睛很腫、很乾澀？

怔悚間，她感到一陣蝕骨的寒冷緊緊包裹著自己。她蜷縮起身體，將雙腿抱在懷中，目光沒有焦距，微微張開嘴唇，聲音輕得幾乎聽不見。

「趙長輕走了？」發出聲音，她才恢復了思考的能力，先前發生的一切再度在腦海中重播。

眼淚撲簌撲簌地落下，瞬間傾瀉。蕭雲止不住渾身顫抖，嘴裡不停地呢喃著他的名字。

「趙長輕，趙長輕，趙長輕……」

她感覺自己就好像漂蕩無蹤的浮萍，一切都失去了意義。

淒厲的哭泣聲在靜謐的黑夜裡飄向了屋外，飄出了牆院，傳到了站在那兒的四個人的耳朵裡。

最中間站著一個高大挺直的身影，他那張風華絕代的臉，此刻正藏在深深的夜色中。他身邊的其他三個人不時地對望，心裡猜測主上到底要怎麼做。

這三個人就是白錄、沈風和吟月。

「要不，我進去陪著她？」等了很久，吟月開口說道，眼睛詢問地看著中間的人。

他就是趙長輕。沈風和白錄也同時看著他。

那個從山底抬上來的屍體，只是一個和他身形很像的替身，他事先安排好的。也只有那個山谷，下面長滿了荊棘，可以將一個人完全毀容，認不出真假。荊棘的上面，他也早已掛好了網，以他的輕功，跳下去後毫髮無損，完全沒有問題。先前裝病的那段日子，他就是為了秘密布置這些。

她的那句「大難不死，必有下回」當時讓他醍醐灌頂。

只要他一日不死，御國和蒼弩絕不會善罷甘休。

等待是沒有用的，只會惹來無窮無盡的麻煩，是時候還擊了。

正好參加喜宴回來的途中，面臨刺客的追殺，危急關頭，他已恢復了大半知覺的雙腿竟然站了起來，躲過了一劫，只是動作比以前遲緩了一些，但也足夠將看到他站起來的刺客滅口。

後來幾日，白錄專心給他做秘密治療，點穴、針灸、泡浴，他的腿終於恢復到受傷以前的狀態。

連上天也在助他！

於是，他隱瞞此事，精心布局，用假刺客引出真刺客，將他們控制住，殺了大部分，又故意留幾個活口，讓他們真的以為他已經死了，再透過他們的口，將消息傳出去。不管這批刺客後面的主子是不是御國，這個消息都會麻痺他們，讓他們更加猖獗、更加鬆懈。

到時候，他神不知鬼不覺地悄然潛回邊關，帶兵攻入御國，殺他們一個措手不及。他們萬萬不會料到他還活著，更不會料到他的雙腿已經好了。

這一次，非要讓他們徹底投降不可！

可是，聽到蕭雲絕望的呼喚聲，他狠不下心就這麼走了。他捨不得扔下她一個人在那兒哭泣，尤其是知道她傷心得昏厥過去，更是放不下心。

一直以來，他冷心冷情，不受兒女情長羈絆，一心從軍。他知道，唯有心無牽掛，才能坦然面對生死，無所畏懼；如此，才會戰無不勝，無堅不摧。

但是，偏偏讓他遇上這麼個人，如水一般，在他還沒來得及阻擋時便無聲無息地闖入了他的生命中，帶走了他全部的心思，一步一步占據他的內心，教他牽腸掛肚，情根深種。

正如她所說吧，當一個人真心愛上的時候，是控制不住的。

趙長輕在心裡無奈地嘆息了一聲，心疼地聆聽著她的哭泣，無數感情湧了出來，雙腿不由自主地邁向院子。

「主上？」沈風低低地喚道。

「主上三思。若她是細作，我們便功虧一簣了。若主上不忍，大可勝利歸來時再好好解釋一番。」白錄隻身擋在趙長輕面前，壓低聲音勸阻道。

蕭雲來歷不明，令人起疑的地方多得數不勝數，若她是埋伏很深的細作，那麼他們半月來的精心安排可就全泡湯了。

這一點趙長輕不是不知道，可是，他控制不住自己的內心。他願意，先將真心交付。

趙長輕越過白錄，走進院子裡面。

「連老爺和夫人都沒有告知，主上竟然對一個認識不到半年的女子坦露，實在令人匪夷所思。」白錄呆呆說道。

沈風和吟月互相看了看，不約而同地白了他一眼。

吟月說道：「跟隨主上十多年，你何時見他心軟過？即便是宛露公主，王爺亦不曾透露過半分軍情。」

白錄仍然不明所以。

「如此信任，可見主上對她的心意。」沈風涼涼說道。

話說得這麼直接，白錄終於明白了，同時驚訝道：「什麼？主上對她？」

「蕭大夫有句話說得真對，老天給一個人開一扇窗時，一定會關上那道門。你不但精通醫理，武功底子又高，我以前還常常羨慕老天給了你這麼好的資質，現在麼……」吟月上下掃了他一眼，掩嘴輕笑。

「妳那種眼神是何意？」白錄惱道：「我怎麼了？哪個男人不喜歡溫柔可人的女子？她哪點溫柔可人了？就是做的飯還可以。」

「那是因為你鮮少看到她。她大多數時候都很安靜，看起來相當有修養，比起大家千金不差分毫，也比木訥的千金小姐有趣多了。」吟月公平地說道，望了望沈風，又問道：「是嗎？」

第三十一章

沈風簡練而乾脆地答道：「我覺得蕭大夫很好。」

「起初我也認為蕭大夫配不起主上的天人之姿，但是認識得深了，瞭解了蕭大夫獨特的性情，我便覺得，只有主上這種不一般的人物，才能配得上蕭大夫。他們在一起的場面總讓我覺得很溫馨、很和諧。」吟月睿智分析道。「宛露公主夠高貴、夠美豔，但就是降不了主上的心啊！」

白錄揚揚眉，癟癟嘴。蕭雲的性情的確與眾不同，他與她接觸的時日尚短，瞭解得並不深刻，所以也沒什麼資格批評什麼，只要主上認同這個女人，他瞭不瞭解又有什麼關係呢？何況主上應該不想他去瞭解她，只希望他對她足夠尊重而已。

是的，感情這回事，其實沒有什麼特定的條件，不一定大家公認的兩個好人在一起就能相親相愛。所謂天生一對，就是兩個人在一起時感覺開心輕鬆，並且能互相降得住對方。

開門聲幽然響起，蕭雲沈浸在傷心之中，沒有聽到。

直到趙長輕的手掌撫上她的臉頰，親吻她的淚眼，柔聲說道：「別哭了。」蕭雲的抽噎聲才戛然而止。

呆愣愣地抬頭，看到那張熟悉的臉孔，蕭雲傻住了。

趙長輕露出柔和的笑容，輕聲說道：「妳哭起來的樣子好醜，我還是比較喜歡看妳不計形象地大笑。」

蕭雲傻呆呆看著他，眨眨眼睛，說道：「你、你掐我一下。」

趙長輕失笑，輕輕在她水嫩的臉蛋上捏了一下。

「不疼。」

趙長輕無奈，微微用了力。

「嘶——」蕭雲痛呼，急忙捂住臉，揉了揉。

「這可不怪我。」趙長輕滿臉無辜。

蕭雲睜大眼睛，問道：「你沒死？」

「是的，那是我誘敵的一個計策。」趙長輕坦白道。

蕭雲沒好氣地白了他一眼，卻也沒有多加責怪。

「第一次見妳，在馬蹄之下一臉平靜，一副大無畏的樣子，似乎人世間什麼事都無法令妳害怕。為何我死了，妳會如此驚惶？」趙長輕灼熱的視線緊緊直視著蕭雲，腦海中情不自禁回想起初次遇見時的場景——或許就是那驚鴻一瞥，此後便再難忘記。

「我、我……」蕭雲又傻了。是啊！他死了，她哭得那麼傷心幹什麼呢？

趙長輕憐惜地摩挲著蕭雲嬌嫩的面容，眼中一片柔情。她滿臉淚痕，眼睛都哭腫了，可憐兮兮的模樣勾動了他心底最柔軟的那根弦，他情不自禁捧起她的臉，慢慢俯身過去，親吻她臉上的淚，低低呢喃道：「不要再哭了，我會心疼。」

清涼的臉頰碰上他溫熱的嘴唇，蕭雲頓時渾身顫慄，眼睛睜得大大的。

「把眼睛閉上。」趙長輕輕聲蠱惑道。

像受了催眠一樣，蕭雲閉上了眼睛。

趙長輕情難自禁地將蕭雲緊緊箍在懷中，沿著淚痕向下，覆上了她的紅唇，濕潤的舌尖舔舐著她的柔軟，誘惑她慢慢放開，然後不由自主撬開她的貝齒，攻入她的城池，深入這個吻。

蕭雲生澀地回應著他的熱情，心裡滲出絲絲的甜蜜。

趙長輕眼裡閃過訝異之色，旋即更加瘋狂地掠奪。

「唔……」蕭雲有些喘不過氣來。他密集而猛烈的親吻幾乎令她窒息，她動動喉嚨，想讓他停一下，可是聲音一出，卻是那種……好像很享受的那種曖昧的聲音，充滿了情慾，蕭雲瞬間滿臉通紅。

這個聲音無疑刺激了趙長輕，他感到下腹一熱，血液翻湧，連喘息聲也變得粗獷，難以自持地將蕭雲壓到身下，一手固定住她的頭，一手伸進她的褻衣內，在她曼妙的身體上游移。

蕭雲嚇得扭動身體，四處躲閃。

「別動。」趙長輕用僅存的一點點理智強迫自己停下來。帶著重重的喘息，他垂下眼眸，深情凝望著身下的人兒，磁性的聲音中還夾雜著一絲慾火未消。「妳這麼亂動一通，只會讓我更加控制不住自己，知不知道？」

蕭雲聞言，立刻定住身體，不敢再亂動一下，連大氣都不敢喘。

趙長輕莞爾，低聲誘惑道：「看著我。」

蕭雲不由得將頭垂得更低，整個脖子都縮著，就是不好意思與他對視。

「怎麼這麼羞澀？嗯？」趙長輕在她耳邊笑著說道，然後伸手抬起她的下巴，讓她看著自己，慎重問道：「雲兒，做我的女人，好嗎？」

蕭雲眼神閃躲，不知道該怎麼回答他。她現在大腦一片空白，思緒一片混亂，完全不知所措。

「妳沒有答應，但也沒有即刻拒絕，是否表示妳並不討厭我，只是我太唐突，嚇到了妳？」趙長輕問道。

蕭雲暗暗白了他一眼。廢話！現在這種情況，不是明擺著問：嘿，妳願不願意跟我嘿咻？太色情、太直接了吧?!她能馬上答應嗎？她對他只是那麼一點點的好感而已！

而且，怎麼也沒想到，他對她真的有那個意思……為什麼呢？明知道她是個下堂婦啊，還……等等，古代不是很注重禮節的嗎？絕不允許婚前那什麼的，即便是納妾，也要用轎子抬進來，等過了門才可以那什麼的，他是不是以為她是個下堂婦，就可以忽略那些禮節？

蕭雲深想了一通之後，不禁自嘲地笑了笑，也不再自戀了，心平靜了下來，抬頭坦然回視著趙長輕，笑問道：「你喜歡我？」

趙長輕看著她，鄭重地點了點頭。

「那你喜歡我什麼？」

趙長輕想了一下，搖了搖頭。「不知道。」

蕭雲也不惱，反而笑了出來。心下明白，可能是自己和他認識的那些千金小姐或女中豪傑不一樣吧，所以他對她產生了好奇。

「就是控制不住自己，想跟妳在一起。只要妳一出現，我的視線便會不由自主地投到妳身上。」

蕭雲譏笑。

趙長輕一怔，從她的表情裡讀懂了她的諷刺，蹙眉道：「妳不信我？」

「信啊，我信。」蕭雲哂笑地回答道。

「不，妳不信我說的話。」趙長輕搖了搖頭，扳正蕭雲的臉，鄭重說道：「我原本的確有心騙妳，利用這次詐死瞞天過海，偷偷潛回邊關去，徹底攻下御國。」

趙長輕對蕭雲和盤托出。蕭雲聽完之後，不由得驚呆了。這麼大的事情，他都沒有告訴親生父母，只是不忍心看著她獨自難過，所以不惜計劃破滅的危險，現身安慰她。

他的那句「不捨得丟下妳一個人，獨自難過」讓蕭雲感動得一塌糊塗。從來沒有人對她說過這樣的話，即使是親姑姑，也對她說，不管遇到什麼事，不要期待別人幫她一起解決，她要靠自己。

他卻對她說，不捨得丟下妳一個人，獨自難過。蕭雲動容，鼻尖一酸，輕聲喚道：「趙長輕……」

「妳明白我的心意就好。相信我，絕不再騙妳。以後，喚我長輕吧！」趙長輕握住她的手，柔聲說道，然後坐起身體，將蕭雲也拉了起來，從懷裡拿出一個東西，挑起蕭雲的一綹長髮握在手中，隨意綰成一個結，用他拿出的那個東西固定住。

蕭雲抬手摸了摸，是一根簪子，比以前那根重了許多。

「收好它，這是我對妳的承諾。等我回來就兌現。」

「什麼……」蕭雲不明白，想問他這個是什麼意思。

趙長輕望著窗外，有些急切道：「我必須走了，等我回來。記住，妳說過的，人艱不拆。」

「人艱不拆？」蕭雲一愣，就是說不要拆穿他，這是他們之間的秘密？

蕭雲嚴肅地點了點頭，不捨地看著他。

趙長輕不捨地將她擁入懷中，在她額頭上吻了一下。「不要用這種眼神看著我，我會捨不得走。倘若我這次不走，以後我們還要分開更長時間。這次走了，等我回來，我們再也不分開。」

蕭雲羞赧地低下了頭。

「早些休息。」趙長輕夢一般低沈的聲音響起，修長的手指拂起蕭雲臉頰旁的一綹青絲，停駐了片刻。他伸手在她身上點了幾處穴位，將她放到床上，蓋好棉被。他最後睇了一眼熟睡的蕭雲，轉身離去。

翌日上午，蕭雲被吵鬧聲驚起。

起身後，她感到心頭一陣恍惚，一切恍若一場夢，是那麼虛幻。

將夢境回憶了一遍，蕭雲猛然抬起手，摸了摸頭髮，的的確確有一綹髮絲被簪子纏住。抽下來一看，是她隨手從趙長輕書桌上拿去，後來又還給他的那根沈木簪子。

昨晚發生的一切不是夢！

是真的，他真的沒死！蕭雲抑制不住內心的歡喜，一個人坐在床上面傻呆呆地發笑。

直到輕輕的敲門聲響起，將蕭雲拉回了現實中。

她轉頭看去，吟月已經捧著一件白色的衣服推門進來了。

「蕭大夫，醒了？」吟月愣了一下，說道：「奴婢以為蕭大夫還沒醒，就沒想打擾，打算放下衣服便出去的。」

蕭雲嗓子有些乾啞地回道：「我、咳咳，我剛醒。」

吟月穿著喪服，神情黯然地走過來，遞過手裡那件衣服，對蕭雲說道：「我們身為王府的下人，王爺去了，自然要穿喪服。蕭大夫不是趙王府的人，不必穿喪服，可也要穿白衣，免得衝撞了神靈。」

說得跟真的一樣，她真的不知道？蕭雲挑眉睨了她一眼，頭腦裡想起「人艱不拆」四個字。莫非趙長輕真的只對她一個人講了這件事？

吟月將衣服放到床邊，過去倒了杯水給蕭雲。嗓子滋潤了，蕭雲感到舒服多了，思維也逐漸回來，她問道：「外面怎麼吵吵鬧鬧的？」

「外面在辦喪事，自然有些鬧聲。太學府的主子們昨日便過來了，該辦的事都辦了，喪禮今早正式開始，奴婢見蕭大夫一直未醒，考慮到蕭大夫並非王府的人，所以便沒來喚起蕭大夫。」吟月哀聲回答道。

昨天她太累了，外面什麼動靜都聽不到。長輩們在外面哭得昏天暗地的，她這個晚輩在這裡呼呼大睡，是不是不大好？掂量了一下，蕭雲問道：「妳說我該不該去弔唁呢？」要是哭不出來，不就穿幫了嗎？

「白錄過來看過，說蕭大夫傷心過度，需要好好休息。況且蕭大夫非趙王府中人，不出去參與也無可厚非。」吟月早就為她想好了說詞。

這個藉口太好了。蕭雲連連點頭，一邊說一邊躺倒，繼續裝睡。「對對對，我好累，特別需要好好休息。」

「那奴婢退下了。蕭大夫若是醒來想出去走走，記得穿上這身白衣。」

「喔，妳放這兒吧。」蕭雲嘴上應承著，心裡卻腹誹，鬼才敢出去呢！碰到他們家人問長問短的，她可怎麼回答？萬一自己不小心說漏了嘴，豈不是辜負了趙長輕對她的信任？

吟月走到一半的時候，蕭雲忽然想起一件事，忙起身大喊道：「欸，等一下！」

「蕭大夫還有何吩咐？」吟月轉身，恭敬地問道。

「呃……我想問一下，妳知不知道，送別人簪子有什麼寓意？」

「蕭大夫何故突然有此一問？」吟月奇怪地看著她。她果然是不知道的。

蕭雲支吾道：「就是、就是……想起一點事，順口問問，不知道就算了。」

吟月恭謹地答道：「那要看是誰送的，送給誰的。若是女子送給女子的，表示金蘭情深，終身不變。若是男子送女子的，則表示對這位女子許以正妻之位的承諾。洛國曾流傳過這樣一首詞：若君為我贈髮簪，我便為君綰長髮，洗盡鉛華，從此以後，勤儉持家。」

蕭雲愣怔，握著簪子的手不由得攥得更緊，略微諷刺地喃道：「正妻之位？」心裡冷笑，以她的身分，讓她做大老婆，是不是太抬舉她了？

吟月不敢過問主子的事，答完之後便福身退了出去。

外面哭海連天，棺材最前列的太學大人老淚縱橫，心酸地看著躺在棺材裡、曾引以為傲的兒子。可憐他為國為民，最後竟落得面目全非、英年早逝的下場，他還沒娶親哪！

平真公主哭得暈了過去，被人抬下去休息了。

忙著招呼前來弔唁的人是個青年男子，他約莫二十四、五的年紀，身形挺拔，外貌俊朗，略顯清瘦的臉上帶著淡淡的哀傷，他就是趙長輕的大哥——趙長喻。

他長得和站在趙太學旁邊那個哭天喊地的中年婦人有些相像，這個中年婦女一邊大哭，一邊呼喊著：「長輕啊，你死得好慘哪！你連個家都沒成，怎麼就去了呢？」但身邊沒人的時候，她的眼裡劃過一絲陰森的笑意。

趙王府的喪禮舉行了三天，府外的洛國人也哀悼了三天，幾乎全洛國的百姓都在為這個大英雄的亡魂弔唁。送葬那天，洛京街道上人人都穿著素色外衣，跟在送葬隊伍後面默然相陪。雖然沒有家家戶戶掛白旗，但是場面一點也不亞於國喪。

不管外面是什麼樣的，蕭雲始終在書房裡，每天就靠吟月給她送吃喝的那點時間聽一下消息，然後就是練字、練字、練字。

趙長輕有一句話說得很對，寫字可以鍛鍊一個人，撫平內心的不安。瞧她，不管吟月傳什麼消息回來，她都一臉淡然，不像以前那樣大驚小怪了。她不急不躁，耐心等待著趙長輕的歸來。

不管他是想讓她做大老婆也好，小妾也罷，她想遵照自己的內心，先看到他平安歸來再說。

這天，吟月敲門進來，喊道：「蕭大夫。」

她不在飯點來，準是有事，果然──

「公主來了，說要見蕭大夫。」

「公主？」蕭雲手下一頓。她們不熟啊，找她幹什麼呢？

蕭雲稍微整理了一下妝容，打扮得像個標準的丫鬟，然後隨吟月出了書房。來到前院廳內，吟月先是福身，改口柔聲說道：「公主，雲兒帶到。」

吟月讓開身體，蕭雲對著上首的宮裝美婦人盈盈一拜，問安道：「奴婢參見公主，公主萬福。」

「起吧。」公主的聲音聽起來很蒼涼。

蕭雲抬起頭看她，她依然打扮得貴氣十足，穿著端莊，但是精緻的妝容卻難掩蒼白之色，美目微微腫起，比上次見到憔悴許多，也老了許多。

「看座。」平真微微頷首，叫人端來凳子，讓蕭雲坐到她身邊來。嘆息了一聲，她掀起眼簾，看向蕭雲，說道：「雲兒，妳伺候王爺有些時日了吧？」

「回公主，五個多月了。」蕭雲恭敬答道。心想，她問這個幹什麼呢？

平真喔了聲，上下掃了蕭雲一眼，說道：「倒是看不出。」

蕭雲眨眨眼睛，不明所以。看不出什麼？

「長輕負傷回來後，本宮終日以淚洗面，逼迫他不得已搬到了自己的府邸，遠離我們。我們也不敢來看望他，唯恐觸景傷情，又忍不住在他面前傷心落淚，惹他自責。」說著說著，平真的眼角又泛起了淚光，泣吟道：「我可憐的孩兒啊……」

她一哭，她身邊的那些丫鬟也跟著哭。碧竹一邊拍著公主的背，自己也掩面哭泣。

「公主，您、您快別這樣。」蕭雲是啞巴吃黃連，有苦說不出啊！這喪禮不是結束了嗎？怎麼又到她面前哭起來了？是不是公主這幾天在靈堂沒見著她來哭喪，所以生氣了，特意來折磨她一下呢？

蕭雲起身過去，站在公主的另一邊拍撫她的背，安慰道：「王爺他、他若地下有知，會更自責的。」

平真聞言，哭聲頓時止住。碧竹眼疾手快地遞過手帕，平真接過去擦了擦淚水，點頭說道：「對，雲兒說得對極了，長輕最是見不得本宮的眼淚。」

碧竹感激地衝蕭雲點點頭，倒了杯茶給公主。

回到正題，平真繼續問蕭雲。「怎麼這幾日，沒見妳出來弔喪？」她的語氣帶著淡淡的惆悵，沒有半分責怪的意思。

這個……這個……

「回公主，」吟月開口替她解圍。「雲兒由於傷心過度，哭得暈了過去，醒來後一直將自己關在屋內，不想見人。」

蕭雲低頭附和道：「奴婢失禮了。」

第三十二章

「好孩子，委屈妳了。妳對他情深意重，他卻連個身分也沒來得及給妳，便……」說到傷心之處，平真再次抑制不住地想流淚，她連忙抬起下巴，眨眨眼睛，不讓眼淚流下來。「以後，妳就隨了本宮吧！」

「啊？」蕭雲駭然。

「王爺還未娶親，妳是他身邊唯一的紅顏知己，除了妳，他也不曾有別的寵妾，可見妳於他而言還是十分重要，他定然是放心不下妳的。」

蕭雲嘴角猛抽。「這個就、就不煩勞公主操心了吧？」

「妳真懂事，可是，妳沒個身分，今後無依無靠，要如何在這世上立足？本宮好歹是公主，保妳一生衣食無憂並非難事。」

碧竹附和道：「雲兒，公主記掛著妳，妳當感恩。」

蕭雲一臉為難。一個女人剛死了兒子，還有這樣寬闊的胸襟接納兒子未過門的紅顏知己，安排好她的未來，這當然是十分難得可貴的。可是，她兒子又不是真死了……

蕭雲猶豫的時候，平真站起，目光深遠地看著外面，悵然道：「長輕雖貴為皇親國戚，但是戎馬半生，一直在邊關荒漠吃苦受累，幾乎未曾享受過身為貴族的殊榮。這半年，他雖然行動不能自如，但是賦閒在家，又有妳伴在身側，該是他此生最幸福的時光了。」

他幸福嗎？因為她的存在而幸福？蕭雲心裡覺得很溫暖。她也因為他的存在而感到很幸福，所以，甘心在這裡等待。

「自他投軍以來，本宮每日都提心弔膽，擔心他戰死。這日子，一熬便是七年。沒想到，沒想到啊……」平真深吸了一口氣，繼續說道：「他都回朝了，最終還是難逃一死……呵，這就是命吧！」

「公主，請節哀。」蕭雲說道。

「也罷。以後，倒可睡個安穩覺。」平真口是心非地說道：「不用再為他擔憂了。」

蕭雲聽得出她這是氣話，不過也慶幸她能看得開，憔悴固然憔悴，但是也不至於萬念俱灰。想必從趙長輕參軍那天起，他便告訴父母，就當沒了這個兒子吧！所以他們二老從那天開始，就做好了隨時失去這個兒子的準備。難怪趙長輕狠得下心瞞著父母。

「但願他下輩子，投到平凡的小富人家，做個富貴閒人，一生碌碌無為，並且沒有大起大落，四肢健全。」

「其實他……」蕭雲幾欲脫口而出。

那天晚上，由於趙長輕的意外出現，讓她的心情起伏，忘記問他的腿怎麼樣了。後來他走的時候，她昏睡了過去，完全沒有印象他是怎麼離開的。不過事後想想，既然他敢獨闖邊關，一副勢必打倒御國的態度，加上之前對他的診斷，他的雙腿應該已經來去自如了。

「公主心地善良，真情動天，老天爺一定會保佑王爺下輩子投個好人家，一生平安的。」吟月及時開口，阻止了蕭雲。

平真寬慰地點點頭。「但願如此吧。」她將身體轉了回來，目光投注到吟月身上，端詳了她一會兒，說道：「妳這丫頭，跟著王爺有些年頭了吧？前幾年長輕回來時還見過妳，這幾年回來，卻沒有看到妳，還以為妳嫁人了呢！」

「多謝公主記心，奴婢不敢當。奴婢前幾年被王爺調派去服侍一位重病的故友，直到他病故後，才回到王爺身邊。」

平真慢慢走回來，和聲說道：「那妳以後隨雲兒一起，跟著本宮吧！」

蕭雲眼睛一亮，緊緊盯著吟月，看她怎麼回答公主。心中腹誹，原來她是趙長輕的老部下！難怪覺得她跟沈風和白錄都特別熟。

「多謝公主美意，王爺早已將賣身契給了奴婢，如今脫了奴籍，乃自由之身，奴婢打算處理完一些事情，便回鄉下老家去。」吟月從容地婉拒道。

平真悽苦地笑了笑，為自己的兒子感到驕傲。她的兒子身分尊貴，卻總能體貼百姓之苦，善待下人。想來他的隨從也有著落，不用她安排了。「既然有了去處，那本宮便不勉強妳了。」

正當蕭雲暗忖公主的意思是不是也放過她了，平真突然說道：「但是雲兒無論如何也要跟著本宮。」

「為什麼？」蕭雲欲哭無淚。

平真走到蕭雲面前，慈愛地看著她，握起她的手，說道：「妳與長輕有夫妻之實，他來不及給妳身分，本宮斷不會委屈了妳。至於妳過去的事，便既往不咎了。過些時日，本宮便向皇上請旨，賜妳為『雲夫人』。」

蕭雲心中驚訝。公主這麼說，難道是知道了她以前叫謝容雪？這樣的情況下，她竟然還能容忍自己做她兒子的夫人？不可能，煦王好像是她的姪子吧？不管公主知不知道，蕭雲無論如何也不能答應。「不行。」

平真一愣，很是嚴肅地說道：「妳若是有了身孕，這孩子可就無名無分了，本宮怎麼能讓長輕的子嗣流落在外？」

什麼——

蕭雲心裡轟隆一聲，被雷得外焦裡嫩。「我什麼時候說過我……有、有孩子了？」這個烏龍可大了，怎麼會這樣？

「你們正當齡，在一起這麼久了，有了子嗣也不意外。趕明兒宣太醫給妳診診脈。」

蕭雲無語問蒼天。他們最多、最多親了一下而已，怎麼可能會有寶寶呢？這個公主是不是被刺激過頭，精神失常了？喔～～難怪也不問她的出身過往，就讓她當「王爺夫人」呢，原來是後代的問題。

古人注重門當戶對，更注重血脈。

「即使沒有，本宮也不會將妳趕走。放心吧！」平真見蕭雲一臉難色，以為她是擔心自己沒有懷上，所以拍拍蕭雲的手背，寬慰道。

「公主，請聽奴婢一言。」蕭雲想了想，覺得是時候該跟公主說清楚了，正欲開口解釋，不料這個時候，太子忽然駕臨。

「姑姑。」太子進來時看到公主的鳳輦在外，所以猜到平真公主來了。

「太子殿下，怎麼來了？」平真對於太子的到來十分意外。按理說長輕在家，他時常過來也沒什麼，如今趙王府裡只有一個女眷，還不是正主，他來做何？「太子前來，是找雲兒的嗎？」

「這於禮不合吧？雲兒雖說是你送予長輕的，但畢竟已是長輕的人，長輕剛過世，你這是來要人的？」

太子瞟了一眼一身白衣的蕭雲，眸光閃了閃，轉回視線坦直地答道：「正是。」

「姑姑誤會了。正如姑姑所講，雲兒乃本殿送予長輕的，他方過世，雲兒在府中尚無名分，本殿遂前來問候一聲。前些日子忙於喪禮，處理長輕留下來的軍務，沒有時間過問此事，今日剛好閒下，順道來看看，要如何安置雲兒是好。」太子順理成章地喚了蕭雲的小名，眼角瞥了瞥蕭雲，見她面無反感之色，心下安然。

平真愁容滿面地嘆了口氣，緩聲說道：「難得你有心了。雲兒是長輕的人，長輕沒來得及納了她，本宮自不會給長輕留下遺憾。本宮幫不上別的，安排好雲兒還是不成問題的。太子還是專心應付國事吧！皇上老矣，不適合奔波，想必這次會派你替他御駕親征。」

「姑姑所料不假，我們正在商議此事。正因如此，才想著離去之前安排好雲兒。」

平真慈祥地在他肩膀上拍了拍，大有皇室貴族的從容和氣概，堅韌地說道：「放心吧！有本宮在。長輕去了，再也輔佐不了你，你今後一個人，文武兼顧，可得小心身子，別累壞了。長輕不管是遭了誰的毒手，你要時刻牢記，切莫意氣用事，帶著私人恩怨上陣殺敵。你要將國家放於眼前，將百姓放於眼前，冷靜與敵人周旋，明白嗎？」

「小姪一定牢記姑姑教誨，定不負姑姑厚望。」太子正色應道。

平真欣慰地點了點頭，長嘆一口氣，道：「既然來了，就與雲兒說幾句吧！本宮有些乏了，先行回去，碧竹妳留下，替雲兒收拾包袱。」

「奴婢遵命。」碧竹恭順地點頭應道，然後率著趙王府的下人福身。「恭送公主殿下。」

平真帶著一眾人離開了趙王府，碧竹拉過吟月，讓她帶她去蕭雲的房間收拾行李。

「這個……」吟月望向蕭雲，看她是怎麼說的。

「碧竹姑姑，要不妳等一會兒？我和太子說完話，我們再說這件事，可好？」蕭雲央求地看著碧竹，碧竹心軟，點了點頭。蕭雲連忙讓吟月帶她去後院坐會兒。

她們退下去後，廳裡只剩下蕭雲和太子兩人。

蕭雲正猶豫著該用什麼開場白好，太子忽然開口輕聲問候。「許久不見，妳可好？」

太子直直注視著蕭雲，眼睛還帶著淡淡的血紅，這幾日定是忙壞了，眼神卻絲毫不隱藏自己的思念之情。蕭雲今天穿著白色衣服，纖細的身量玲瓏有致，尤顯氣質出塵。

蕭雲回視著他，禮貌地與他寒暄。「謝謝殿下關心，我很好。聽說太子殿下前些日子被皇上派出去微服私訪了？可有收穫？」

「一切都好。」太子簡單地一語帶過。「長輕不在了，妳在這裡也無意義，跟我走吧！我為妳安置一處容身之地。」

「多謝太子的好意，心領了。」

「妳要留下？」太子盯著蕭雲，問道：「聽說長輕墜崖那天，妳傷心得幾欲昏厥。妳對長輕……」

蕭雲否認道：「太子多心了。我與王爺，絕無可能。」

「是嗎？」太子輕嘲道：「長輕雖然沒有親口承認，但是他的行為已經告訴了我，他對妳，動了真情。」

他的行為？他什麼行為？蕭雲疑惑。

「呵，我真的是沒有想到，沒想到啊！」太子臉上劃過挫敗之色，冷笑道：「長輕口口聲聲勸我，自己卻泥足深陷。到底是我低估了妳，還是長輕有意離間妳我？」

蕭雲蹙眉，轉身不悅道：「太子殿下，故人已去，這個時候說這種話，不覺得過分了嗎？」

太子凝視著蕭雲，嘴角勾起一抹譏笑。「裝得像模像樣的，怪不得長輕會告訴妳。」

「你？」蕭雲一怔，清亮的明眸看著太子。他全都知道？

「此乃國事，關乎洛、御兩國生死，他豈能孤軍奮戰？」

蕭雲垂眸。也對，說不定太子名義上是去微服私訪，實際上是和趙長輕籌謀，秘密安排什麼去了，那他一定知道趙長輕現在的情況。

蕭雲急切地問道：「他現在怎麼樣？」

「瞧妳擔心的，還說沒有可能？放心吧，一切都在計劃之中。」

她淡淡回視著太子，決心在今天跟他表明了自己的態度。「我擔心他，純粹是不想我辛苦了五個多月的時間白費，出於朋友的關心而已。我跟他是不可能的……我希望我的丈夫，這輩子只有我一個。」

太子完全呆立。很久很久，他才緩緩開口說道：「妳，竟是這麼想的？」

「我說的是真心話。我寧願此生孤獨終老，也絕不願意委曲求全，跟別的女人共侍一夫。」蕭雲表情嚴肅認真地說道。

太子不可置信地搖頭，諷刺地笑道：「妳的要求，別說是長輕，估計天下沒有幾個男子能為妳做到。妳知不知道自己的想法，太過……太過……太過荒誕了！」

「所以我說我們之間不可能。」蕭雲淡然說道，面色保持平靜。這種話不管她說多少遍，聽到的人都是一臉不可置信，所以除非萬不得已，她都懶得再說了。這種堅持，不是古人能夠理解的，而她也做不到隨波逐流，又迫於在這樣的環境中，所以她選擇沈默，寧可獨善其身。

當時面對趙長輕的表白，她的確很心動，很想和他一輩子在一起。她是個正常的女孩子，正當大好年華，自然渴望愛情；對方又那麼優秀、那麼溫柔，她實在是拒絕不了。恐怕他當時給她一碗毒藥，她也會毫不猶豫地喝下去，心裡還很甜蜜。

但是，冷靜了幾天之後，她漸漸恢復了理智，也問清自己的心，在此等待究竟為何？以前，她一直告訴自己，留下來只是想確認他平安歸來而已。

但捫心自問，舉國同慶的消息，不管她身在洛國的何處都能聽到，又何必在這裡等呢？

她期待的，不過是再次見到趙長輕，好好告個別而已。

「願妳能找到如此良人。」太子說道。心底那點還沒來得及擴大、表露出來的好感，瞬間被他自己掐滅了。

以這樣的理由拒絕他，多多少少給了他一些安慰。

「謝謝，我會的。趙王府我也不會待太久，過些時日，我會悄悄離開的。」

做不了一對，太子倒也樂意跟這樣豁達的人做朋友。他從懷中掏出一塊玉牌遞給蕭雲，說道：「人生在世不常稱意，百姓自有百姓的難處。不論妳身處何地，皆會遇上壞人。這塊玉牌用處甚大，關鍵時刻，妳可拿它求助其地方官。」

通透的一塊長方形玉石上，雕刻著一個「泓」字，看起來挺珍貴的樣子。「這麼貴重，我不能收。」

「雲兒連朋友也不屑與我相交？」

「當然不是了。可是……」

太子將玉牌硬塞給蕭雲。「別的我不再多言。預計用不了幾日，我便會率軍出發，前去朐陽。名義上是發兵御國，實際上是為了麻痺御國，讓他們疏於防範。長輕會在此其間帶兵攻進御國天都城，直扼要塞。以後不知能否再見，但，此生能遇上妳這樣的奇女子，是我三生之幸。」

長輕給他的信中沒有明說他的心意，但是將這麼大的國事告訴一個一直查不出來歷，懷疑為細作的人，可見其心。他明白，長輕是對蕭雲動了真情。

如果長輕知道蕭雲是這麼想的，不知會不會和他一樣，只求做個朋友便罷了？

蕭雲真摯地說道：「多多保重。」

太子點頭說道：「保重。」然後，轉身離開。

經此一別，便是各生歡喜了。

碧竹和吟月正坐著聊家常，蕭雲過來，她們兩人起身，碧竹畢恭畢敬地躬身喚道：「雲夫人。」

「使不得。」蕭雲連忙上前虛扶一把，說道：「碧竹姑姑還是喚我雲兒吧！」

碧竹嘴角掛著和藹的笑，說道：「遲早的事。」

「不。我……」蕭雲揉了揉眉頭，斟酌了一下，說道：「方才那麼多人在，我不好意思開口與公主細說。這裡只有我們三人，我就直接說了吧！我跟王爺並非公主想的那般。妳們也看得到，王爺雙腿負傷，行動不便，所以我們之間並無夫妻之事，又何來子嗣呢？」

「這……」碧竹呆愣。

「還煩勞姑姑跟公主說一聲，雲兒多謝公主的美意，但心繫鄉下老家，實在不想留在洛京，還望公主諒解。」

碧竹皺眉問道：「雲兒鄉下的家中尚有親人在？」

吟月拿眼瞄了蕭雲一下，見她表情平定，無比真摯，心裡不禁暗暗折服。這說謊的功夫如此高明，說得跟真的似的。

「還有一個姊姊。再說，葉兒總要歸根的嘛！」蕭雲摸了摸鼻子，訕訕道：「遲早要回去，不如現在。」

「可我聽公主說，太子此番為王爺挑選的人都是底子乾淨，從小便被雙親遺棄的孤兒啊？」碧竹蹙眉，疑惑道：「這批新入府的侍女可是宮廷內務監從小栽培出來的，怎麼可能還有家人在呢？」

昤月豎起耳朵，想聽聽看蕭雲怎麼圓謊。

「呃……女孩子嘛！小時候不經事，大些了總會想著家人，正巧有個年長我十歲的同鄉人與我在一個公公手底下受訓，因為很照顧我，我便認了她做姊姊。後來她出了點事，身體不大好，又到了年數，便求了聖恩，遣回原籍了。」蕭雲眼珠子一翻，話已出口，說話時，目光坦然與碧竹對視，心想反正她又不會去求證。

昤月咋舌。好功夫是好功夫，但那是公主啊！公主都敢誆騙?!

第三十三章

「那，好吧，妳多多保重。」碧竹拍拍蕭雲的手，道。

她聽了蕭雲說與王爺並無夫妻之事後，心裡就琢磨著，既然如此，她又執意要走，公主也不大可能強留她，所以就沒有過多挽留，這樣回去覆命也算有個交代。

碧竹走後，蕭雲回屋去收拾東西。呤月見狀，嚇了一跳，忙攔住她的手，呼道：「蕭大夫莫不是真的要走？」

蕭雲頓時垂手，目光渙散，臉上浮出一絲寂寥的表情，幽幽嘆息了一聲，說道：「嗯，我準備離開這裡了。」

「什麼？」呤月驚詫道。「為何？」難道她不是在推託公主？

「以前留在這兒，是為了治療王爺的腿，現在……」蕭雲落寞地笑了笑，聲音清涼如水。「我留下還有什麼意義？」

呤月著急道：「蕭大夫三思啊！」如果蕭大夫走了，她可怎麼向王爺交代？

「還三思？我都百思過了。我去意已決，呤月，妳就不要再浪費口水勸我了，我真的還有好多事情要做呢！」

「不行，蕭大夫千萬不能走，不能走啊！」呤月過來抓住蕭雲的手，一臉焦急道。

蕭雲不以為然，只當呤月是因為詫異於她的突然離開，所以才焦急地開口挽留。只要給她點時間，做好準備，就沒什麼了。

她安慰道：「放心吧！我一時半會兒走不了。我還要去會幾個老朋友呢！」

只要在趙長輕回來之前離開，就好。她想明白了，她不能等到親口問趙長輕，願不願意這輩子只娶她一個，而趙長輕卻說不願意。她接受不了。

吟月不想勸太多引起蕭雲懷疑，決定去和沈風他們商量商量再說。反正蕭雲暫時又不走。

這一日，皇上身著金絲龍袍，率文武百官，在太和殿前的廣場上為眾位將士舉行餞別儀式。

太子頭戴金冠，身著重金鎧甲，一臉肅穆地率著大軍，對天地做了隆重的拜禮。前排將領仰天大喊一聲。「勇猛殺敵，保家衛國。」然後讓眾位士兵跟隨他一起宣誓。響亮的聲音響徹整座皇城，大大激勵了眾人的愛國之心。

皇上眼中迸出狠戾之色，投向太子。太子明白皇帝的意思，是要他帶回歸降書，否則就告訴長輕，將御國斬盡殺絕。

他慎重地點了點頭，用眼神保證，這次一定不負所望，全勝而歸。

皇上頷首，精銳的眸光中閃過一絲勝利在望的自信，對於長輕密謀的這個計劃，他十分滿意。長輕的驍勇善戰，也一點不輸他當年。

大軍出城這一日，蕭雲料到街上人多，所以躲在房裡老老實實地練了一天的字。

翌日，她破天荒地起了個大早，給全府的人做了頓鮮美的魚湯麵當早餐。蕭條了幾日的趙王府終於恢復了幾絲生氣。

「蕭大夫，今日是否有什麼特別的事？」吟月見蕭雲反常，緊張地問道。

「嗯，我今天要出去見幾個老朋友。」蕭雲面色平靜地說道。

吟月目光一頓，暗想：見完朋友，是不是就要走了？還是直接就走？吟月急忙說道：「那奴婢陪蕭大夫一起去吧？」

「喔，可以啊，隨妳便。」蕭雲隨口答應道。

看她這表情，估計是不打算今天走的。吟月放下心，改口說道：「奴婢突然想起還有幾件事沒做，還是不跟蕭大夫出去了吧！」

蕭雲好笑地斜睨著吟月，無所謂道：「好吧。」

吟月雖然沒跟著蕭雲，可是並不放心蕭雲一個人出去。她跑去跟沈風說了一聲，沈風暗中跟了出去。

她探過蕭雲的口風，確認蕭雲是鐵了心要走。吟月和沈風三人已商量好，無論如何，都要讓蕭雲帶上他們三人一起走。走之前，他們要把與西疆、與王爺的連線安排好了，以免到時候聯繫不上。

和西疆聯繫的密函一直都是吟月寫的，其中的暗號也只有她和王爺會寫，所以這件事不能讓沈風來做，只能她處理。

出了王府，蕭雲直奔紅袖坊，打算買幾套衣服。

交談中，掌櫃無意地說道：「也不知怎的，東家和少東家鬧起了矛盾，兩人離家出走了。」

「什麼？」蕭雲意外道。離家出走？好前衛的父子！

「甩下這麼大的家業，說走就走了，妳說東家怎麼這麼不負責任呢？分鋪的掌櫃都找上我這兒來了。」

這對父子玩什麼呢？李老闆不像是那種會離家出走的人啊？蕭雲問道：「什麼時候的事啊？」

「就這幾天。西城那邊的鋪子出了點事，掌櫃的找了過來，我就與他一起去了東家府上，管家這麼跟我們說的，聽說老爺都被少爺給氣哭了，還嚷嚷著什麼都不要，就要兒子。妳說這是怎麼一回事啊？現在怎麼也找不著東家的影子了。」

蕭雲無語地呵呵一笑，這父子倆沒事鬧騰什麼呢？

「恐怕這李家還是要家變了，可憐東家一輩子含辛茹苦啊！」掌櫃的轉身回櫃檯裡，嘴裡念叨道：「盡數敗在這個便宜兒子身上了。」

「這麼大的家業，一時半會兒也敗不完。」蕭雲訕訕笑道。身形猛然一頓，無比驚訝。「你剛才說什麼？便宜兒子？李辰煜不是李老闆親生的？」

難怪兩人長得一點都不像呢！

「呃？」掌櫃的愣住，發覺自己說溜了嘴，忙看看左右，沒別的人，心裡才踏實。他打馬虎眼含糊道：「我什麼時候說這話了？客官聽錯了吧？」

蕭雲呵呵一笑。「掌櫃的莫不是以為我年紀輕輕的，就耳背了吧？我分明聽到誰剛才說便宜兒——」她故意把後面的話加大了音量。

「欸欸欸，行了行了！」掌櫃的忙喊住她，自認倒楣道：「我再不說啊，可得帶進棺材嘍，妳可得答應我，千萬不要對別人說。」

蕭雲滿臉黑線。自己憋不住了要告訴她，還指望她守口如瓶。這人真壞。

但是蕭雲還是一臉八卦地手指指天，信誓旦旦說道：「我對天花板發誓。」

「我家三代為東家做工，我打小看著東家長大的。二十年前，突然有一天，我瞧見東家從冰天雪地裡帶回一個女人，不到一個月時間，東家就對外宣稱自己有了個兒子。這顯然不是李家的血脈，可憐老太爺走得早，李家就剩東家一人，東家連娶了三個妻室皆暴斃而亡，東家也死了心，守著這個便宜兒子過了大半輩子。這麼大一份祖業，怕是要落到外人手裡嘍……」

好曲折的劇情啊！蕭雲震撼了一把，好奇地問道：「那個女人呢？」

「也不知東家是不是天生剋女，凡是接近東家的女人，最後都不得好死，不然我可得給他介紹親事哩！」

蕭雲渾身一顫，心裡後怕，幸好跟他不是很熟。

「說來也奇怪了，前段時間少東家生了場大病，醒來之後性情就全變了。以前和東家二十年都相安無事，感情比親父子還親，誰知偏生就出了這檔子事，欸，到底不是親生的，靠不住啊！」

蕭雲感覺自己就跟看了一齣豪門大戲一樣，真是應了那句，人生比劇情複雜啊！

買好衣服後，蕭雲去了玉容閣。

來到門口，蕭雲抬頭看看頭頂的招牌。比她走之前破舊了一點，但至少是保住了。

大白天的，也有顧客出入，生意應該還將就可以吧。

門口的接待盯著蕭雲看了老半天才認出她來，滿臉興奮地喊道：「牡丹？」她轉身欲對裡面大喊，被蕭雲及時拉住了。

蕭雲嗔怒道：「嚷嚷什麼？還做不做生意了？」

「我……我太、太高興了！」高興得話都說不出來了。

「行了，妳忙著，我找幽素有點事。」蕭雲衝她點點頭，視線開始在大廳搜索。

「牡丹？」幽素從左邊走過來，看到蕭雲，不禁兩眼一亮，急忙過去抓住蕭雲的手，驚喜道：「妳可來了！」

「妳知道我要來？」蕭雲訝異。

幽素拉著蕭雲上下端詳了一會兒，含笑誇讚道：「變漂亮多了，都快讓我認不出了。」

「妳倒是一點沒變。」蕭雲抿嘴一笑，說道：「還是這麼漂亮。」

「就妳嘴甜。」幽素含笑瞋了她一眼，說道：「臨南來了一封信，上面沒有署名，我打開一看，覺得像是給妳的。我估摸著妳在洛京中，不過擔心妳和王爺之間的恩怨未了，所以不敢聲張著找妳，只能等妳自己過來。」

蕭雲頓時一驚。「臨南的信？是我的沒錯，裡面寫什麼？」難道是秀兒出事了？

「妳隨我來。」幽素拉著她的手，繞過大廳，跨上了二樓。其間，幽素問道：「妳來洛京多久了？怎麼一直沒來看看我們？」

蕭雲隨口搪塞道：「一直挺忙的。這不，今天才在百忙之中抽了點空過來看妳們。妳們都還好吧？生意怎麼樣？」

「比妳在的時候自然差許多。做生意麼，總歸有時好有時壞，好在白天做茶樓營生，姊妹們又團結，還過得去。」

兩人一起進了樓梯口的那間書房。

接過那封信打開一看，蕭雲臉上剎那間烏雲密布。

「出了什麼大事？」幽素關切地問道。

外面驀然響起了敲門聲，伴隨著嘰嘰喳喳的喧嚷聲，幽素打開門一看，都是樓裡的姊妹。想必她們是聽說牡丹回來了，所以紛紛過來問候。

蕭雲將信揉成一團，狠狠攥在手中，走到門口，沈聲對大家說道：「諸位姊妹，實在抱歉，我突然有件急事，必須馬上離開，以後有機會再來看妳們。」

「怎麼剛來就走了呀？」大家遺憾道。

蕭雲目光陰沈，臉上劃過一絲不耐之色。

幽素心下明白事關重大，當即朗聲說道：「各位姊妹，牡丹這樣肯定是遇上了大事，我們不要耽擱她了，快快讓開。」後轉臉對蕭雲說：「有需要的地方儘管開口。」

「謝謝。」蕭雲感激地看了她一眼，對大家點點頭，隨後快速下樓離開了玉容閣。

很快，蕭雲回到趙王府，一邊回屋收拾東西，一邊大聲喊道：「吟月、吟月！」

吟月聽到聲音，正欲過去，沈風驀地閃到她面前。

「安排好沒有？」他問道。

「還沒有。情況有變嗎？」機警的吟月立刻嗅到了異樣，問道。

沈風點頭，說道：「她可能要去臨南，馬上。」

「馬上？這麼趕？」

「我去通知白錄，妳揀最緊要的安排。抓緊時間，務必與她一起離開。」沈風睿智判斷道。

吟月嚴謹地點點頭。「那好。」

蕭雲兩三下包了幾件換洗的衣物就準備上路。跨出門檻時，正好吟月過來了，蕭雲對她說道：「我要去臨南，現在就出發。」

「啊……那，」吟月假裝驚訝了一下，然後出人意表地突然跪地，苦苦央求道：「求蕭大夫帶上奴婢一起吧！」

蕭雲蹙眉，不解地問道：「妳跟去幹麼？」

「奴婢伺候蕭大夫多日，心裡早把蕭大夫當成了主子，求蕭大夫不要丟下奴婢，帶上奴婢一起走吧！」

「妳跟著我幹什麼呢？」

「奴婢可以伺候蕭大夫一輩子。」

蕭雲連連搖手。「唉呀，妳不用對我這麼忠心，我們不是主僕關係，我一直拿妳當朋友看。妳也知道我遲早要走的。妳放心，我能照顧好我自己。真的非常感謝妳這段時間的照顧。」

吟月緊緊拽住蕭雲的衣角，流眼淚博同情。「蕭大夫忍心看著奴婢孤苦無依，被收回內務監，重新發配嗎？」

「妳不是自由身嗎？妳還說要回老家呢？」

吟月一頓，暗暗懊惱。

「趕緊站起來，我最討厭別人下跪了。膝蓋疼不疼啊？」蕭雲嗔道，扶著吟月起身。

吟月苦苦冥思，硬是想不出一個合理的藉口說服蕭雲，不由得再次佩服蕭雲隨口就能編出一個理由的能力。

安撫了吟月，蕭雲沒想到沈風和白錄接著出現，要求她帶他們一起走。

「你們到底怎麼回事啊？」蕭雲有些不悅道。

吟月連忙跑過去，和沈風他們並肩站成一排，擋住蕭雲的去路。

「你們……」蕭雲無奈地指著他們，苦著臉好聲問道：「你們想幹麼呀？」

三人你看看我我看看你，沒人能編出一個像樣的理由。吟月滿心期待地看著沈風，白錄也看著他，打算將這個重任交給他。沈風黑著臉掃了他們兩人一眼，最終無奈地開口說道：

「王爺不在了，我們想追隨妳。」

蕭雲笑得比哭還難看。「我這種小人物，哪需要人跟隨呀？你們就饒了我吧！」

頓了一下，她陡然明白過來，同情地看著他們，說道：「喔，我懂了，你們失業了。」

三人想一下就理解了「失業」的意思，登時眼睛一亮，覺得事情有了轉機，便不約而同地點點頭。

蕭雲摸著下巴深思，一個私人醫生、一個私人保鑣、一個私人助理，這是有錢人的基本配備，她原本置辦宅子時就打算請的，現在一下子齊全了，而且這三個絕對比江湖上名不見經傳的那種專業多了。

須臾，蕭雲作下了決定，帶上他們三個。

「問你們一個問題，王爺以前每個月付你們多少工錢？」蕭雲正色問道。最後嚴正聲明了一句。「太高的話我雇不起。」

白錄低頭摸了摸鼻子，暗中和他們對視一眼。

他們本來沒想過要蕭雲工錢的，經蕭雲這麼一提醒才猛地想起，如果不要，蕭雲會不會懷疑他們？那要多少才合適呢？主上知道後，會不會嚴罰他們？

經過他們眼神交流了一番後，他們最終一致決定：要，然後存下來，等主上回來後再還回去。

那要多少呢？

吟月試探地說道：「二兩？」

「二兩？」蕭雲比出一個「二」字，驚呼道。

吟月朝其他兩人看看，用眼神問：我這是要多了還是要少了？王爺可從未給過他們錢的，他們需要用錢，都是直接去帳房支。

白錄愣愣地加了一句。「一共。」

「一共？三人一共二兩？」蕭雲更驚。「你們確定嗎？買定離手，不准反悔喔！」

三人點點頭，露出無比確定的表情，心裡腹誹：只要妳不反悔就行。

蕭雲不由得更加同情他們。對於三個普通工人來說，一個月二兩工錢的確高了，可是像他們這種專業級別的，二兩也太便宜了。難怪貴族人家那麼多的僕人，還那麼富有，全靠剝削這些底層人民啊！

蕭雲另外應允他們。「以後，每年我會給你們分年中和年尾兩次紅利，還包括吟月的嫁妝，以及沈風和白錄娶妻的聘金。怎麼樣？我這個老闆不錯吧？」

三人面面相覷。蕭雲的豪爽並沒有讓他們感激涕零，因為他們曾發過誓，此生不易主，跟隨王爺至死，所以這些錢他們用不上。

白錄不想浪費了，便要求道：「能換成吃的嗎？」

瞬間，吟月和沈風冷眼瞪過去。

蕭雲白了他一眼，好笑又好氣道：「飯桶！」話一出，不禁失神，腦子裡立刻浮現出趙長輕的模樣，他嘴角噙著笑，淡淡地看著她，稱她為「小飯桶」。

「蕭大夫？」吟月輕輕推了推蕭雲。

蕭雲立刻斂起情緒，打起精神，說道：「好了，以後我們就是一家人了。你們去收拾一下行李，我去市集租輛馬車，半個時辰後我們門口集合，出發去臨南。」

「王府有現成的，幹麼還要租呢？」白錄不解地問道。

蕭雲失笑，當即吩咐道：「有現成的？太好了，沈風，你去準備車，我們收拾行李。」

白錄提醒道：「行急路的話，該帶點乾糧。」

蕭雲聽了，點點頭，心想言之有理，嘴上卻嗔道：「餓不著你。」

沈風三人的行李非常簡單，很快，四人便踏上了南下的道路。

有保鏢護航，蕭雲直接讓沈風走小道，儘量縮短路程。

不過小道路面崎嶇不平，蕭雲被顛得七葷八素的，每行一段路程就得下車吐一次。

她怨惱地瞪著白錄，懨懨地說道：「你要是再沒辦法，我就炒你魷魚。」

「魷魚？」白錄和呤月不解地對望了一眼。白錄好奇問道：「那是什麼魚？好吃嗎？」

「就是開除、革職的意思！」蕭雲恨聲說道。

第三十四章

白錄攤攤手，一副無奈的樣子。「妳自己也是大夫，我倒是想聽聽妳有何高見？」他如此也說明了這裡目前還沒有技術可以克服「暈車」這病症。

蕭雲翻了個白眼。就當這個私人醫生是買二送一送的吧！

「顛習慣了就好，妳看我們。」白錄勸道。

蕭雲皺眉不語，胃裡翻湧得難受死了。來時顛簸了十幾天，到最後幾天差不多不吐了，後來在趙王府待了半年沒搭車，現在又不習慣了。

「沈風，前面有城鎮，我們歇一天。」蕭雲衝著外面喊道。靜默片刻，她掏出一塊碎銀子，遞給吟月，說道：「這是我給你們的改口費，收了以後就再也別叫我蕭大夫了。」

她實在愧對這聲「蕭大夫」。

白錄和吟月抿嘴一笑。按理說，王爺的腿疾幾乎全天下的神醫都束手無策，偏偏讓蕭雲治好了，蕭雲的醫術可謂天下第一，無人能及。白錄研究過蕭雲給王爺用的方法，的確是聞所未聞，他雖然嘴上沒說，心裡卻一直對蕭雲佩服得五體投地，這聲「蕭大夫」他叫得心服口服。

可是，她除了會治這個，別的什麼大病、小病都不會治，這聲「蕭大夫」越叫越覺得像是刻意挖苦她的。蕭雲自己聽著也覺得彆扭，尤其是從名副其實的大夫嘴裡叫出來。

「就叫公子。」蕭雲乾脆道：「聽到沒有？」

白錄和吟月點頭同意。

「白錄，你出去跟沈風說一聲。」蕭雲對著外面揚揚下巴。

「沈風，你聽得到吧？」白錄衝外面大喊一聲。

吟月嗔怒道：「懶死你了！」

外面安靜了一會兒，馬車莫名停了下來。

「這麼快就到城鎮了？」蕭雲疑道。

「遇上幾個不知死活的。」沈風沒有溫度的聲音從外面飄進來。他目光寒冷地掃過面前攔路的眾人，透出一股肅殺之氣，拔出劍，冷冷說道：「找死。」

吟月和白錄神情一緊，變換位置，分別將蕭雲護在中間。快蔫了的蕭雲頓時打起十二萬分精神。

「要不要幫忙？」白錄在車裡問道。

沈風輕蔑地說道：「你們在車裡好好保護公子，休息片刻，我們很快就可以上路。」

「別殺人，給點教訓就行。」蕭雲叮囑道。

不消片刻時間，外面就響起刀劍相撞的聲音。

須臾，聲音消失了，馬車再次啟動。

「這麼快？」蕭雲擔心道：「你沒殺了他們吧？」

「放心吧，公子，只要妳吩咐，沈風絕不敢違背。」吟月對蕭雲說道。

白錄譏笑道：「只敢在小道上混的，估計就是一些上不了檯面的小嘍囉，不堪一擊。」

蕭雲點點頭，笑道：「你們挺瞭解對方的，配合得也很有默契。你們在一起共事多久了？」

白錄和吟月對視一眼，頗有幾分感懷。白錄淡淡一笑，答道：「大概有十二個年頭了吧！」

蕭雲愕然，奇道：「你們那時候才幾歲啊？王爺當時還沒有參軍吧？」

白錄和吟月暗暗揚眉，思緒一起回到了十二年前。

那年，王爺九歲，跟隨皇上御駕親征回來後，便開始培植精銳。他們是王爺特意挑選出來精心栽培的，他們的使命不是跟隨王爺上陣殺敵，而是負責保護王爺，聽從王爺的差遣。

換言之，他們不屬於洛國，不屬於皇上，只屬於趙長輕個人。

不過這一切只有王爺和他們知道，連皇上都不知道王爺暗地裡藏了這麼一支各具奇才的親信。

王爺如此保密，為的就是不想外人窺探出他的真正實力。

如果蕭雲是蒼弩派來的細作，那麼他們這些親信就派上用場了。所以他們一直刻意隱瞞著身分，防止王爺付出信任後，蕭雲卻背信棄義。

若非蕭雲的遭遇惹人懷疑，他們也不會對她有所忌憚。

思索了一番後，吟月說道：「我們並非一起認識的。我只是個街頭賣藝的，有一日天寒，我犯了錯，被班主罰站街頭。太學大人碰巧經過，見我可憐，便買下了我。至於沈風，是因為他的師父受命於皇上，他學成武藝後便跟了王爺。」

「我是跟隨師父行醫時遇上王爺的。當時皇上御駕親征，在戰場上受了重傷，師父碰巧經過營外，便毛遂自薦去救皇上，後來我們便被留在了軍中。」白錄真假參半地解釋道：「如今師父已故去。」

蕭雲了然，看他們的眼神不禁多了幾分深意。他們認識這麼長的時間，感情一定很深厚，可是她只在最初的幾天見他們哭過，便很少看他們流露出傷心的樣子。

蕭雲斷定，他們一定知道趙長輕是詐死。那為什麼要在她面前裝作不知道呢？難道他們以為她不知道？

還是趙長輕有什麼別的用意？

想起趙長輕，蕭雲心裡一陣酸澀，一股無以言說的落寞緊緊地包裹著她。

很久沒看到他了，他現在好嗎？

蕭雲摸摸心口，明顯感覺到裡面的痛楚。思念如野草般瘋狂地生長，緊緊纏繞著她的心。她被箍住，每呼吸一下都覺得無比的疼痛。距離洛京越遠，這種感覺越強烈，就像只要她離開了洛京，他們之間就越來越遠了一樣。

良久，城鎮到了。

沈風停下馬車，蕭雲卻說：「歇一個時辰就上路。」

「公子這身子，還是好好休息一天吧！」吟月勸道。

「不。」蕭雲堅決道。她不想讓自己停下來，哪怕是嘔吐，也不能停下來。她發現，只要一停下來，就會感到非常空虛，難以抑制的思念像毒藥般擴散，不斷侵蝕著她，壓迫在她的心口，讓她喘不過氣來。

她怕控制不住自己，調轉馬車方向直奔朐陽邊境。

所以，她不能讓自己舒服下來。

他們來到一家酒樓，蕭雲點了一桌子的菜，讓他們三人坐下和她一起吃。白錄領先坐下，剩下沈風和呤月站在那兒。

「哪那麼多尊卑之別呢！」蕭雲咂咂嘴，雙手合十，算是請求地說道：「兩位，路途辛苦，你們就將就一下，行嗎？」

「公子不計較，你們就坐下吧！再推拒，可就顯得不識抬舉了。」白錄相勸道。

呤月和沈風對視一眼。這樣站著，有些引人注目了，還是一切從簡較好，於是兩人坐下了。

「欸，我突然想到一個好方法，不知公子能否接受？」白錄雙眼一亮，說道。

「快說。」

白錄說道：「有一種花粉兌一味藥材，服下後神不知鬼不覺，一直沈睡，不管顛成什麼樣妳都感覺不到。要想解開，嚐一點花蜜即可。」

不就是安眠藥？蕭雲問道：「有沒有副作用？」

「皆是食物，自然安全。妳不是說過，食療最大的好處，就是無副作用。」白錄已經完全掌握了「副作用」一詞的妙用。

「吃多了也沒事？」

白錄自信滿滿地說道：「我會掌握好劑量，保證妳能正常起身用膳。到了臨南，自然清醒。」

「那當然好了！」蕭雲喜道。

「如此一來，我可與你二人交換駕車，路上不停歇。再用半月，我們便能到達臨南。」沈風看著白錄，語氣平靜地說道。

蕭雲過意不去。「那你們不是很辛苦？身體吃得消嗎？」

「我們習慣了。」沈風酷酷地吐出五個字。

有了白錄這個辦法，蕭雲神不知鬼不覺地度過了十五天。

到了臨南城，蕭雲感覺神清氣爽，渾身是勁，也沒有暈吐之感，跟吃了興奮劑似的。

「你這服藥真是太神奇了！若是將秘方賣給藥鋪，肯定能大賺一筆。」蕭雲大讚道。白錄哭笑不得。這種花，十年才生長一次，花粉的收集更需費工夫，若不是看在她是王爺看中的女人分上，他才捨不得給她用呢！

此時正值入冬之際，他們一路南下，天氣反而越來越暖和。到了臨南城，放眼城郊，皆是茂盛的花草樹木，恍若春季。

出了馬車，一陣溫和的微風拂過四人的臉頰。吟月滿臉欣喜地看著穿著輕薄的路人們，道：「好溫暖的地方。」

「你們說，洛京現在是不是下雪了？」蕭雲看著天空問道。

「洛京飄雪之日，應該還需等上幾天。今年的雪，我們怕是看不到了。」白錄掐指算了算，回道。

蕭雲眼底湧起一絲情緒，驀然問道：「那朐陽，是不是已經落雪了？」

白錄三人互相看了看。沈風說道：「每年此時，朐陽正是大雪紛飛。」

蕭雲的目光投向北方，心裡越來越焦慮不安。都過去一個月了，半點消息也沒有……蕭雲深吸一口氣。她應該高興才是，沒有消息，就是好消息。

獨自對著北方發了一會兒呆，蕭雲倏然想起那封信，心猛地一下收緊，面露焦急地說道：「我們走吧，還有正事要辦。」

那封信很簡單，上面只有八個字：「家宅被占，速速歸來」。

那字跡潦草，一看便知執筆之人唸過很短一段時間的書。秀兒能認識幾個簡單的字，字卻是一個都寫不出來的，一定是她託誰代筆，送到玉容閣去的。

蕭雲不禁慶幸，幸虧她曾經將玉容閣的事情告訴秀兒，不然秀兒連找她的地兒都沒有。

可是秀兒為什麼不自己去洛京找她呢？她猜想，秀兒極有可能失去了自由。

過了半刻鐘時間，蕭雲按照記憶領著眾人找到了以前買的那處宅院。如今上面已掛了姓氏，不過不是「蕭」。

蕭雲眸光一寒，心霎時沈到了谷底。

「錢宅？」吟月看著門口右側的牌子上寫著一個「錢」字，不禁鬱悶地望向蕭雲。

蕭雲滿面冰霜，上前一步，抬手狠拍大門，大聲喊道：「開門、開門！」

沈風見蕭雲拍門的手在發抖，一臉焦急的模樣，心下不忍，抬眼看了看牆頭，雙腿一蹬，輕鬆地飛身躍了上去。

眨眼工夫，他跳了下來，對蕭雲說道：「有人從裡面跑過來了。」

果然，裡面很快傳出打開門閂的聲音。開門的是一個四十多歲的男子，長得尖嘴猴腮，聲音也陰陽怪氣的。「你們找誰呀？」

「請問主人家在不在？在下有急事，特來拜會。」蕭雲強壓住怒火，禮貌問道。

那人瞟了蕭雲一眼，一副愛理不理的表情，問道：「什麼急事呀？」再瞅瞅她以及她身後的三個人手裡皆是空無一物，登時冷著臉說道：「天大的事也要備好了禮、送了帖子再來。」

說著，轉身要關門。

蕭雲五指張開，緊緊抵在門上，一字一頓地冷聲說道：「我、要、見、錢、老、爺。」

「欸，你這個——」

沈風二話不說，單手一旋運轉內力，用掌風推開了大門，側身護蕭雲進去。

吟月是最後一個進去，她扶起開門的人，手下用勁扼住那人的手臂，低聲警告道：「快去叫你家主子出來見客，我家公子不是你們普通百姓得罪得起的。」

那人胳膊吃痛，嚇得連連點頭，飛速越過蕭雲，跑進了大廳。

蕭雲走過院子，看到自己弄的小花圃沒了，裡面親手種下的花一株不剩，氣得想罵人。

站在大廳裡等了片刻，一個穿著絹帛衣衫的男子從側門進來，徑直坐上了左首座。他約四十歲左右，身材不高，皮膚黝黑，相貌普通，身後跟著一個素衣女子，低垂著頭，雙目無神，像是丫鬟。

「錢老爺？」蕭雲語氣微冷地斜眉問道。

「諸位請坐。」錢老爺頗顯禮貌地對他們擺擺手，示意大家坐下。

蕭雲落坐，其餘三人一併站在她身後。

錢老爺辨清了他們的主僕身分，再瞧蕭雲束著髮，雖然穿的是普通男裝，但玉貌花容，氣質清雅，加上方才家僕告訴他的話，心裡猜想蕭雲的身分必是不凡，於是趕緊吩咐身後的婢女上茶。

還要看人才上茶，真是勢利眼。

蕭雲心內一派澄明，對這個錢老爺有了初步的瞭解。

錢老爺含笑拱手問道：「請問公子是？」

「我姓蕭，半年多前買下了這裡，是這裡的主人。」蕭雲用食指直指地面，語氣冰冷道：「請問錢老爺，何故會住進我家來？」

「呵，你家？」錢老爺當即翻臉，厲聲斥道：「笑話！這宅子是我錢某人真金白銀買的，怎麼成了你家？紅兒，去找夫人要地契，拿來給這位公子看看。」

「宅子是誰的我們姑且不論，我問你，半年多前住在這兒的那個女子哪裡去了？」蕭雲急著問道。

錢老爺皺眉，不耐煩地說道：「什麼女子？不懂你在說什麼。」

他話音剛落，堂內莫名颳起一陣風，待風吹過，眾人定下神，便見沈風手持利劍，此刻已劍鞘分家，橫在了錢老爺的脖子上。

錢老爺大驚失色，嚇得渾身直哆嗦，兩眼垂下，死死盯著散發寒光的劍，舌頭打結。

「英、英雄……咱有、有話……好、好說……」

「少廢話！之前住在這裡的女子哪兒去了？」蕭雲起身跨步過去，怒目圓瞪著他。

這時，婢女和一個身肥腰粗的中年婦女從側門進來，看到這個場景，嚇得大聲尖叫。

白鎵飛身過去，點穴制住了她們。

她們手裡拿著一張紙，白鎵拿過看了看，嚴謹地對蕭雲說道：「是這兒的地契。」

「你、你可看清了……白紙黑字，寫明是、是我錢某人的宅子。」錢老爺小心翼翼地說道：「你、你可有地契？」

蕭雲一頭霧水，那份地契在秀兒手裡呢，現在要先找到秀兒。

「這宅子，你是從何人手裡買的？」諒他也不敢說謊，蕭雲對沈風揚了揚下巴，示意他先收起劍，然後邊問，邊過去從白鎵手裡要來地契看了一遍，不禁蹙眉。

上面的日期是十年前？怎麼會這樣？

蕭雲厲聲問道：「我半年多前還在這裡，你怎麼可能買了十年？」

「這、這本來就是我十年前買下的，十年前我做小生意時結識了一位小官，他祖籍臨南，當時為了買個小妾，手頭缺錢，就跟我借了，最後還不起，就拿這祖宅抵了債。這十年來，我也常攜家母過來小住，我老母親是臨南人，近來身體每況愈下，我為完成她落葉歸根的心願，便帶她回了臨南。」錢老爺正襟危坐，如實應答。

「那你家可有人看守？」

「是有一位，不過前段時間去世了。」

「他是不是有個兒子，三十多歲，長得人模狗樣的？」蕭雲半眯雙眸，回想起當初賣宅子給她的那個男人。那個男人三十多歲，當時看著精神抖擻的，絕不像是要死的樣子。

錢老爺想了一下，回道：「他年輕時娶過一個村姑，不過後來嫌他窮，跑了。到了晚年，才聽說他收了一個義子，我卻是沒見過。」

蕭雲心下明瞭。沒錯，一定是那個男人看這家主人不常來，便拿了義父的鑰匙，造了假地契，看她不是本地人，還急著買宅子，所以導致了這個結果。也怪她，當時趕著，沒分辨清楚真偽。

想不到，萬分想不到啊！蕭雲自嘲地笑了笑。她自認為聰明一世，結果被一個傻子用假銀票騙過一次，又被一個惡人用假地契騙了第二次。

「公子？」吟月擔憂地喚道。

「我沒事。」蕭雲擺擺手，接著問：「那你回來的時候，這個家沒有人嗎？」

錢老爺臭著臉說道：「在此等候我的，是一個自稱他兒子朋友的男子，說欠了他一百兩銀子找不到人，要我把這錢給他。我當然不能給了，馬上差人報了官，此事才算作罷。可是家裡已經被洗劫一空了，那人死活不承認是他幹的，且身無分文，我只能自認倒楣，重新置辦了家當。」

錢老爺怏怏不樂地瞥了蕭雲等人一眼，不敢繼續說下去。刀劍無眼啊！誰知道這些人是什麼人？

「那這個人現在在哪兒？」蕭雲的耐心快要用完了。

錢老爺眨眨眼睛，懨懨地說道：「應該，還在牢獄之中吧！」

蕭雲帶著三人趕去縣衙牢房，找到了錢老爺所說的那個人。

沈風和白錄兩人對他連哄帶嚇，蕭雲終於得知秀兒被他以「朋友的同黨」告到了衙門，送進了女獄中。

第三十五章

輾轉來到女獄，除了吟月，幾人都被擋在了外面。女獄卒說，除非大人特別允許，否則不允許男子探女獄。

「這什麼破規矩?!」蕭雲不爽地斥道。

吟月拉了拉蕭雲的手臂，附耳說道：「洛國牢獄規矩確實如此，是刑部通過，聖上批下的。」

蕭雲癟癟嘴，拉過沈風，對他小聲囑託道：「你去打聽一下，看知縣大人口碑如何，是不是一個清官。」然後吩咐白錄。「你去找家客棧，先安頓下來，讓店家準備好熱水和飯菜，安排妥當再過來找我們。」

二人點點頭，分頭行動。蕭雲則散下頭髮，表明自己的女兒身，然後帶著吟月進了女獄。

刺鼻的霉味撲面而來，蕭雲顧不得噁心，聚精會神地尋找秀兒。

終於，她們在最裡面一間牢房看到了秀兒。

「公子——」秀兒看到蕭雲，痛哭流涕。

蕭雲撲上前去，隔著木欄上下看了看秀兒，原就清瘦的身姿又瘦了一圈，十分心疼道：「對不起，我來晚了。」

「公子，妳終於來了。」秀兒抽噎道。「該說對不起的是我才對，我沒用，沒能替公子保住宅子。」

蕭雲嘆氣道：「不怪妳。不是妳沒用，是我沒用，被人騙了一次又一次。這到底是怎麼一回事？」

吟月出去後又回來了，打斷了蕭雲的話，說道：「塞了銀子，可是獄卒不要，不給開門，妳們只能隔著木欄相見。」

蕭雲從懷裡掏出一塊玉牌，遞給吟月，交代道：「妳拿著這個去找知縣。告訴他，我要帶秀兒走。」

吟月愣怔，驚詫的視線從玉牌轉移到蕭雲臉上。

這塊玉牌玉質通透，雕工精細，兩條龍形環抱著一個「泓」字，很大氣。太子的人手裡都持有一塊看似相同的玉牌，但是上面的圖案並非龍形，因為身分不夠，只有太子的玉牌是龍形的。持此牌，如同見到太子。

太子殿下竟然給了夫人這麼重要的東西？夫人竟然還收下了？

蕭雲也沒想過，這塊牌子會幫她一個大忙，後來又惹來一個大禍。

吟月表情複雜地接過玉牌，轉身出去。

「公子，她是？」秀兒看著吟月的背影，問道。

「她暫時沒地兒去，先跟著我。」蕭雲解釋完又問道：「他們有沒有對妳用刑？妳是怎麼進了牢獄中？那封信是誰寫的？」

秀兒嚥了嚥乾澀的喉嚨，可憐巴巴地說道：「公子，我、我能先喝口水嗎？」

蕭雲鼻尖一酸，忙四處看了看，想起在門口看到一張小桌子，上面擺了茶具，她跑過去倒了一杯水回來，旁邊的人見狀紛紛喊渴。

「唉，她們也是苦命之人。」秀兒同情地感慨道。

「她們有沒有欺負過妳？」蕭雲問道。

秀兒搖搖頭。蕭雲生出悲憫之心，給她們每人倒了一杯水。

「公子，你是個好人。」一個女犯擦擦嘴，感激道。

蕭雲揮揮手，說道：「舉手之勞而已。若非要謝，麻煩大家安靜點，我跟她說會兒話。」

「公子，妳真好。」秀兒抽抽鼻子，哭道：「妳不用擔心我，有人給我打過關照了，我在這裡沒吃過什麼苦。以前買箱櫃時，認識的一個姓吳的老闆，他對我挺好的，聽說我被抓起來了，到處託人幫我。我請他幫忙帶了話，想不到他真的幫我把消息送到了公子手裡。」

「那地契還在妳手裡嗎？」

秀兒哭喪著臉搖搖頭，叫冤道：「明明是公子花銀子買的宅子，我們怎麼反成了竊賊？吳老闆還說知縣大人是個清官，清官會冤枉無辜百姓嗎？」

「秀兒，妳就別哭了。我知道這段時日委屈妳了，所幸妳平安無事。」

「公子，妳這次回來還走不走了？能不能不要再丟下秀兒了？」秀兒含淚道。

蕭雲打趣道：「我本來想保證再不撇下妳的，可是現在，我要是帶妳去浪跡天涯，吳老闆的一片癡心可就付之東流啦！」

秀兒臉一紅，支吾道：「公子，妳、妳別亂說，吳老闆只是見我孤苦伶仃的一個人，又遭人陷害，所以、所以幫幫我。」

「一個男人會無緣無故對一個女人好嗎？秀兒，妳別傻了，他對妳沒企圖才怪呢！」蕭雲不放心地追問道：「他多大歲數？有沒有娶妻？」

秀兒羞赧地垂著頭，小聲說道：「他剛過二十五。早年家貧，娶了一個妻子過世了，之後一直未娶。」

「喔，想找妳續弦？」蕭雲揚眉，含笑看著秀兒。

「沒有，沒有！公子可不要胡說。」秀兒忙否認，滿臉脹紅。

蕭雲抿嘴一笑，倚在木欄上，閒閒說道：「可嚇了我一跳，還以為妳遇上了惡霸呢！不分晝夜地往回趕。要是知道妳這麼悠閒，我就不著急了。這個吳老闆，真是緊張過頭了。」

秀兒嘟嘴，嗔怨道：「人家是替妳緊張宅子，那麼大的宅子，妳不要啦？」

這時，知縣大人親自前來牢房，恭請蕭雲。

知縣大人四十多歲，體型偏瘦，五官正直，對蕭雲態度很恭敬，卻沒有阿諛奉承之言，渾身有一股剛正不阿的氣勢，像個清官的範兒。

蕭雲指指牢房裡面，說道：「她不走，我也不走。」

知縣大人為難道：「她的確犯了事，還沒過刑責期，不能放啊！」

「大人，明明是我們受了騙，我們才是受害者，知道嗎？」蕭雲說道。「那個假地契你存了沒有？」

「這件事下官也查實了，但是因為找不著秀兒姑娘所說的那個人，所以便輕判了關押，再過兩個月即可放行。」

蕭雲生氣了，指著他說道：「明明是我們受騙了，還判我們的罪？我們何罪之有啊？你這官怎麼當的？信不信我讓你『下官』變『罪民』啊？」

「下官冤枉啊！下官秉公辦理此案，萬不能偏私！」知縣惶恐，忙將蕭雲請到一邊，問道：「不知，公子與太子殿下是什麼關係？」

知縣看蕭雲穿著男裝，但又聽獄卒說她是位女子，所以在稱呼上停頓了一下。

蕭雲揚眉。這麼問什麼意思啊？關係好就可以徇私了？蕭雲理直氣壯地說道：「你無須知道太多。你只要知道一點，這玉牌既不是我偷來的，也不是我搶來的。」

知縣心下明瞭，既然太子能把玉牌給她，說明他們關係匪淺。不可怠慢，不可怠慢！

知縣畢恭畢敬地做了個「請」的動作，道：「此處陰暗潮濕，公子貴體要緊，還請移駕堂內，我們再議此事。」

蕭雲當機立斷道：「此事不必再議。麻煩大人先放了她，再為我提供宣紙，和一枝描眉的炭黑筆，我可畫下欺騙我們之人的相貌，你找人照著樣子臨摹一些，分發下去，緝拿他歸案。至於我們，反正也沒地方住了，就住在知縣大人府上，要宣我們問話，隨時奉陪。大人意下如何？」

知縣眼中劃過一絲冷厲，只是一瞬間便消失了。他溫和笑道：「公子大駕光臨寒舍，榮幸之至，那就照公子的意思安排吧！」

吟月扶著秀兒跟蕭雲出了女獄，沈風已經打聽好了，剛回來。蕭雲讓他再出去一趟找找白錄，讓他帶著行李去知縣府邸。

沈風面無表情地說道：「屬下有事稟告。」

蕭雲眼眸裡劃過一絲異樣，不動聲色地點了點頭，對沈風說道：「先照我說的去辦，有什麼事晚上再說。」

「是。」

在縣衙內，蕭雲憑記憶用素描畫出了當初賣房給她們的那個人的樣貌。秀兒看著畫像，笑著驚呼道：「公子，妳畫得好像真人！」

知縣看到畫像時，不禁瞳孔一縮，嘴角僵硬。

只是瞬間，他便恢復了常色，笑呵呵地誇讚道：「公子絕才！」

蕭雲淡淡一笑，不以為然。她在藝術世家長大的，唸的還是藝校，這些小意思！

吟月眸光訝異地閃了閃。她跟隨在主上身邊多年，各種奇才見識過不少，但是蕭雲身上的才華，總是一次又一次讓她意外。若她只是謝家小姐，那這些東西是從哪裡學來的呢？

「樣子有了，還不速速去辦？」蕭雲斜睨著知縣，說道。

「是是是。」知縣連忙應承，吩咐師爺去辦此事。然後，知縣請蕭雲等人下榻府邸。

路上，知縣表示要準備一桌豐盛的酒菜，為蕭雲接風。

蕭雲推託道：「我奉太子之命來臨南辦事，身分暫不便透露，還望大人莫要聲張，一切從簡。」

知縣聞言，眼中閃過一絲陰森。不聲張更好！

知縣府邸有一個專門招呼貴客用的院子，蕭雲理所當然地被安排住進那個院子裡。晚上，知縣派人把飯菜送來，蕭雲將奉命前來伺候她的兩個丫鬟打發了回去，然後讓沈風他們四人一起坐下。

沈風、呤月和白錄對視了一眼。

「夫人，這不合規矩。」呤月嘴上這麼說，身體已經坐下了。

白錄賊兮兮地四處張望了一眼，擔憂道：「萬一被看到，我們怎麼解釋？」

「這裡又沒別人，怕什麼？知縣大人不會懷疑我們的。放心坐吧！」

白錄和沈風坐下了。秀兒迷茫地看著他們三個人，總覺得他們怪怪的。

「妳愣著幹什麼呀？坐下。」蕭雲大聲對秀兒說道。

人齊了，蕭雲帶頭端起飯碗，邊吃飯邊和他們講起了笑話。呤月和白錄笑得前仰後合，五個人看上去像是一家親的兄弟姊妹，不像主僕關係。

須臾，沈風突然說道：「他們走了。」然後冷著臉從袖口抽出一根銀針，一盤一盤試菜。

「不用試了，我們的身分不明確之前，他不敢亂來。」蕭雲臉上浮現一絲輕蔑的笑意。

「小心駛得萬年船。」吟月嚴肅道。

白錄閒閒地繼續吃，一邊說道：「沈風，我可不是浪得虛名。這菜裡有毒沒毒，我一聞便知。」

「公子，」秀兒扯了扯蕭雲的衣袖，不解地問道：「你們到底在說什麼呢？」

蕭雲抿嘴一笑，解釋道：「剛才有人在偷聽我們講話。所以我們做做樣子，讓知縣辨不清我們的關係。如此一來，他就會懷疑我們是來騙吃騙喝的。」

「奴婢不解，公子沒有武功，如何得知有人在暗中偷聽？」吟月問道。

沈風也不解地問道：「屬下只對公子說，不可貿然住進知縣府邸。公子卻毫不吃驚，彷彿一早便看出這個知縣有問題？」

「不管他有沒有問題，他都會質疑我的身分。那麼暗中觀察、竊聽，便是識別的最好辦法。」蕭雲自信一笑，道：「他說過，宅子這件事他已經查實了。既然已經查實了，按律法，未結案之前，就該一直通緝那個騙子。我們在臨南街道上，可曾見過通緝的畫像？」

吟月三人對視了一眼，白錄敬佩道：「公子真是心細如麻，反應也很快，方才與我們配合得天衣無縫。」

「這個知縣很會作戲，為人圓滑得很，不像他表面那樣正派。」蕭雲斷定。「他和這個騙子必然有勾結，而且犯案累累。」

「奴婢認為知縣作戲作得很真，公子是如何看出破綻的？」吟月別有深意地問道。他們閱人無數，一眼就能看出知縣是否正直，但她若是謝家小姐，養在深閨之中，怎麼可能輕易看出別人有問題？

「想繼續作案，就不能把事情鬧大了，難以收場。他一定是確定了秀兒在這裡沒什麼後臺，所以將秀兒關押幾個月，嚇嚇她，此事便罷了。」

「喔……」秀兒聽他們說了這番話，猛然想起一件事。「我記得街口有個瘋婆子，整日瘋瘋癲癲的，還曾撲過來對我說，快走，這裡吃人不吐骨頭，一定是她的宅子被人這般騙了去。」

「我之前撞上的，應該就是這名婦人。」沈風詳細說出在外面打聽到的消息。「我詢問了幾人，聽說知縣口碑不錯，正欲回來時，碰到了一個古怪的婦人，嘴裡唸唸有詞，說這裡吃人不吐骨頭。旁邊百姓議論紛紛，有個人說，知縣就是臨南的天，誰敢跟他鬥都沒好下場，這便是活生生的例子。」

蕭雲蹙眉。她想起半年多前來臨南的路上時聽到的消息，負責管理這一片區域的長官道台大人為人清廉，長年尋訪百姓，傾聽民怨，他曾得聖上御賜寶刀，有先斬後奏的特權。

蕭雲凝思，是不是因為這個原因，所以知縣不敢明目張膽地搜刮民脂民膏，於是利用職權和騙子勾結，從中牟利？

往深處懷疑，這個知縣和道台之間，有什麼關係嗎？

「吟月，那塊玉牌呢？」蕭雲忽而緊張地問道。

吟月喔了聲，作恍然狀，從懷中掏出牌子，遞給蕭雲。「忘了還給夫人了。」

「在就行，我是擔心被知縣大人拿去了。妳替我收好了。」

吟月一怔。這麼重要的東西，居然放心讓她收著？

白錄和沈風臉上閃過驚詫之色。這塊牌子的權力到底有多大，這一桌人恐怕只有他們兩個最清楚了——他們曾在軍營中見過太子拿這個玉牌號令三軍。

如今怎麼會在蕭雲手裡？

「公子，我們要不要連夜逃跑？」秀兒緊張地低聲問道。

吟月無奈地瞟了他們一眼，一副「我和你們一樣鬱悶」的神情。

「笑話！要跑也該是知縣大人連夜逃跑。」蕭雲嗤笑一聲，傲然指了指沈風他們，道：「他們武功一流，就算我們在知縣府裡白吃白住，也沒人敢把我們怎麼樣。」

「那我們要住到什麼時候？」秀兒心裡還是怕怕的。

蕭雲挺直身板，想做一回包公，替臨南的百姓除個大害。她故意啞著音，吩咐道：「沈風，你給本官去明察暗訪，看這個知縣和道台暗中有無勾結，嗯？」

沈風冷漠的眼神終於有了一絲笑意，點頭道：「是。」

「白錄，你就負責我們以後的人身安全，不管他送什麼過來，都要一一過目，確認無毒之後再給我們。至於妳們倆——」蕭雲視線掃過吟月和秀兒，猛拍額頭，懊惱道：「瞧瞧我這腦子，到現在才想起還沒給你們介紹呢！來，大家認識一下。」

蕭雲雙手指著秀兒，介紹道：「這位是秀兒，跟我一起長大的。」

秀兒對大家笑了笑，規規矩矩地自我介紹道：「奴婢和家母曾伺候過夫人，公子降世之後，奴婢一直跟隨在公子身邊伺候。大家可與公子一樣，喚奴婢秀兒。」

吟月深深盯著秀兒。當初代嫁一事，蕭雲的身分被隱瞞，連她身邊的丫鬟也被瞞住了。謝家的下人之中，就剩下她沒有查問過。而她，是最有可能知道蕭雲性情變化的原因之人。

吟月笑了笑，說道：「秀兒姑娘既是看著公子長大的，對公子的喜惡必然知之甚深，日後我們一起伺候公子，還望秀兒多多指教。」

秀兒不以為意，頗為慚愧地道：「公子這兩年懂事許多，喜好和以前大不相同，又與奴婢聚少離多——」

蕭雲心裡一驚，急忙打斷她的話，呵呵笑道：「我沒什麼特別喜好或者討厭的，你們不必煞費苦心。」

吟月三人心中驚奇，但皆不動聲色。這個秀兒，顯然就是可突破的缺口。

為了以防他們跟秀兒聊到關於以前的事，蕭雲立即轉移了話題，給大家講了幾個笑話。

夜漸漸深了，這個院子房間很多，秀兒給蕭雲挑了主屋，裡面帶書案，外面帶隔間，下人可以值夜。

秀兒瞧吟月比自己年紀小，自己在小姐身邊時間又長，就自作了主張，對吟月說道：「今晚我來伺候公子，明日換妳。可好？」

「這……」吟月憂鬱，心裡盤算著自己何時才能單獨和秀兒聊聊。

「我夜裡不起，不用妳們值夜，不過我很久沒看到秀兒了，今晚想跟她說會兒話。」

蕭雲的言外之意已經很明顯，吟月不得不退出去。

到了門外，她四下看看無人，起身一躍，輕鬆地上了屋頂。

第三十六章

沈風單手支劍，坐在屋頂最頂端。見吟月上來，目不斜視地問道：「妳要偷聽？」

「公子要單獨和秀兒說話，其中必有隱情。或許可以……」

「妳還沒有放棄？」沈風斜眉睨了她一眼，說道：「主上已經選擇了相信她，即使妳懷疑，又能如何？」

「正因主上被她所迷惑，我們才更該查清她的身分，以防她傷害主上。」吟月振振有詞道：「若連我們也全數信任了她，那她居心叵測，我們豈不是防不勝防？」

沈風沈默不語。

秀兒整理好床鋪，隨口問蕭雲。「小姐，他們三人究竟是何身分，奴婢瞧著不像是下人？他們可否知道妳是女兒身？」

「嗯……他們是……」蕭雲想了一下，回答道：「專業人士。他們都知道我是女的。」

「專業人士？」秀兒抬高眼眸想，什麼叫專業人士？

蕭雲打了個呵欠。「好睏啊！」

「不早了，公子歇下吧！」秀兒欲去隔間。

蕭雲拉住她，正色道：「等會兒。秀兒，關於他們三人的事，我不方便與妳說太多，妳只需明白一件事，我跟妳是一體，他們三人是一體。妳不必對他們掏心掏肺，把我過去的事毫無保留地講給他們聽，明白嗎？」

秀兒茫然地搖了搖頭，道：「不明白。奴婢與他們既然都是公子的下人，為何不是一體？況且公子是主子，我們做下人的自然不會在背後說道主子的是非。」

蕭雲語塞，心裡琢磨著，自己也沒什麼不可告人的秘密，靈魂附了謝容雪的身體後，誰能找出證據證明呢？他們愛問就問吧！不管什麼事，淡定！

想到這裡，蕭雲隨手一揮，說道：「隨便妳吧。」然後拉秀兒坐到床沿，閒聊起來。「對了，我以前不是讓妳不要再奴婢長奴婢短的嗎？」

「這不是給他們做個榜樣嗎？省得他們沒大沒小地亂叫。」秀兒頓時拿出大丫鬟的樣子。「公子，他們到底是什麼人？」

蕭雲淺笑道：「他們是趙王爺的家僕。」

秀兒一愣，雙目圓瞪，驚詫道：「趙、趙王爺？就是傳聞中的洛國戰神趙大將軍，後來被封了外姓王爺的那位趙王爺？」

蕭雲好笑地瞧著她，打趣道：「妳好誇張。」

「公子去洛京，就是為了趙王爺？」秀兒陡然明白過來，又不解道：「公子何時與趙王爺有了來往？」

「這個……」蕭雲搪塞道：「說來話長。」

秀兒想到了什麼，猛然倒抽一口氣，站起身體，指著蕭雲，驚得語無倫次。「前、前段時間，聽、聽說趙王爺他、他、他遭人暗殺，難道是、是小姐……」

蕭雲愣了一下，旋即不滿地咂咂嘴，瞪了秀兒一眼，沒好氣道：「您真看得起我。」

秀兒想想覺得也是，她看著小姐長大的，縱然性情變了許多，心地還是善良的。秀兒放心坐了下來，好奇地問道：「那公子去洛京所為何事？為何會收了趙王爺的家僕？」

「一言難盡啊！」蕭雲緩緩道：「當初我在玉容閣，聽旁人說了一些治療腿疾的偏方，後來聽說趙王爺患了腿疾，就回洛京試了試，結果無用，正準備回來，趙王爺卻……這三個人是我住在趙王府時，與我走得最近的朋友。趙王爺走了，他們無處可去，就想跟著我混。」

秀兒惋惜地哀嘆了一聲。「趙王爺英明神武，洛國家喻戶曉，卻……真是天妒英才，聽說他還未娶親呢！」

「是怪可惜的。」蕭雲附和道。

「御國人真是歹毒，戰場上打不過大將軍，就在背後使陰招。這回御國且得意了，日後必然更加猖狂！這場百年之戰，又不知得拖多久才能徹底結束？」秀兒義憤填膺地說道。

作為洛國子民，一提到敵國，無人不是恨得咬牙切齒。

蕭雲一臉平靜，暗想趙長輕現在應該已經到了邊關，召集了所有人，正在開會研討使用什麼戰術。

秀兒突然問道：「公子，御國人這般行徑，殺的可是我們洛國的大英雄，妳一點也不憤慨嗎？」

蕭雲拿出慣用的伎倆——裝傻，眨眨眼，顧左右而言他。「好像有蚊子。」

秀兒用看小孩子的眼神看著蕭雲，慈愛且無奈。靜默須臾，秀兒思索了一下，對蕭雲說道：「奴婢看哪，戰火遲早要燒到臨南來。這兒的宅子被騙，未嘗不是件好事，不如我們儘早南下吧？還是南疆安全些。」

蕭雲恢復正色，說道：「洛京在臨南之北，又是首府，若是洛京也淪陷，去哪兒都不安全。我們暫且安心在這裡待一段時日。」她相信趙長輕一定能凱旋，所以毫不擔心。「被人騙了那麼多血汗錢，我絕不會就此甘休。這件事，我一定會追究到底！」

抱著這種決心，加上沈風這幾個會武功的得力助手，第二天，蕭雲就讓他們出去暗查。很快，當初賣房子給蕭雲的那位張公子便被揪了出來。

確實如蕭雲所料，他當初用了假名，他的真姓乃是「田」。

另外，沈風查出這件事與道台並無關聯，蕭雲便想著將這件事上報到道台大人那兒，請他出面審理此案。可是他現在有別的案子在身，估計暫時無法處理此案，還是先將重要的罪犯抓住了再說。

沈風將人五花大綁套在麻袋裡扛了回來。到了屋子裡，沈風將麻袋重重地往地上一摔，一聲「哎喲」響起，一下子驚起了蕭雲的回憶。

幾人動手將麻袋打開，一個長得賊眉鼠眼的男子出現在大家眼前，他被繩子捆著，嘴巴裡塞了東西。

「張公子？還是田公子？」蕭雲雙手抱於胸前，昂著下巴俯視著他，陰沈沈地笑道：

「到底哪個才是你的真姓啊？」

田公子重見光明，眼睛有點不適應，瞇了起來。片刻後，他看向蕭雲等人，環顧了一圈，皆是凶神惡煞的眼神，他嚇得拚命掙扎。

「見到熟人，為何這麼緊張呢？難道田公子不記得我啦？」蕭雲蹲下身，與他對視，笑呵呵地說道。

被稱為「田公子」的男子定下心神，直直凝視著蕭雲，眼裡滿是迷霧。

「最近在哪兒發財啊？」蕭雲調侃了他一下，抿嘴笑笑，好心提醒道：「我半年多前從你這兒買的宅子被人騙走了，沒地方住，想找你再買一個。」

田公子瞳孔猛然放大。他騙了許多人，時隔半年多，他並沒有認出蕭雲是誰，但聽蕭雲如是說，他便知道自己被人尋仇來了。

「公子——公子？」秀兒著急的聲音從前面傳來。

「奴婢去看看。」吟月說道。

須臾，吟月回來，附耳告訴蕭雲。「知縣大人來了。」

蕭雲挑眉，疑惑地斜了田公子一眼。知縣不會這麼快就得到消息，來救這廝的吧？她起身，漫不經心地說道：「白錄，你在這兒看著他。若是無聊了，可以配點癢癢粉什麼的，在他身上試試。」

白錄癟嘴。他說過從不用那些下三濫的招數。不過，跟蕭雲認識了這麼久，他發現自己漸漸被蕭雲說服了——對付心術不正的人，就得用點邪門歪道，不能太正義了。

到了院子前廳，幾句寒暄過後，知縣對蕭雲說道：「最近臨南有點亂，常有作案行凶者胡作非為，出於對公子的安全考量，下官特派了人手在此院外面保護公子，若公子沒什麼要事，近來就不用出門了。」

蕭雲心中一震。這是明擺著軟禁她呢？沈風辦事應該十分謹慎的，不可能這麼快走漏風聲。除非，知縣已經弄清楚了太子身邊的人物關係，猜出她並非太子的什麼人？她面上卻不動聲色地溫和笑道：「多謝大人特來相告。」

知縣一走，蕭雲立刻回到後屋，看到田公子倒在地上不停地抽搐，蕭雲一驚。「你不會是沒掌握好藥量，把他給弄死了吧？」

白錄邪惡一笑，道：「我給他撒了點發癢的東西，點了他的啞穴。」

蕭雲和吟月悶聲一笑。原來是想笑笑不出來。

算算時間差不多了，蕭雲讓白錄給他解癢，順便鬆了手腳。

「不行，他還沒招供。」白錄拒絕道。

蕭雲無所謂地笑了笑，說道：「道台大人有別的案子在身，暫時沒空管這件事，我們急也沒用。正好，我這兒還有十八大酷刑沒試呢！看他能嘴硬到什麼時候？」

「也好。」白錄先鬆開田公子。

緩解了一陣子，田公子倚在牆腳，大口喘著粗氣，一副半死不活的樣子。

「田公子啊，知道你現在在哪兒嗎？」蕭雲雙手交叉抱在胸前，語氣懶懶地說道：「這是知縣府上。」

田公子彷彿看到希望的曙光，眼睛頓時睜大。

「這個院子很大很豪華，是他特意用來招呼我的。全院就數這間屋子稍微差了點，主要是前面房間太多，估計這裡很久沒人住過了。」

特意用來招呼她的？

田公子聞言，神情緊張地盯著蕭雲，心裡翻江倒海地猜測蕭雲的身分。若她身分顯貴，當初辦地契時知縣會告訴他，他就不會騙這個人了。可是現在，知縣為何會款待她呢？

「你跟知縣背地裡做的什麼勾當，我用膝蓋想也能猜出來。人證物證俱在，你想抵賴也沒用。你再想想，你一個無業遊民不怕什麼刑責，知縣一樣嗎？他肯定不想丟了官職，下半輩子淒慘。現在你落我手裡了，他知道後第一個想法，必定是斬草除根，將你毀屍滅跡，這樣死無對證，道台大人來了也不能拿他怎麼樣，你說對不對？」

田公子垂下眼思索。

白錄急不可耐道：「跟他廢話什麼，快把妳那十八大酷刑拿出來！」

田公子聽到這句話，大驚失色，惶恐地盯著眼前幾人。

「別嚇他。」蕭雲瞪了白錄一眼，然後笑咪咪地對田公子說道：「我不想你屈打成招，道台大人來之前，我給足你時間自己考慮清楚了。如若不然，這十八大酷刑……」

故意頓了一下，蕭雲笑著對白錄說道：「有沒有那種可以讓人拉肚子拉到虛脫，但是又不會死的藥？」

吟月悶笑道：「這個不用藥，用巴豆就行。」

田公子咿呀咿呀地出聲，拚命搖頭，樣子很滑稽，蕭雲和吟月他們對視一眼。噗哧一笑後，蕭雲說道：「道台大人現在手頭有別的案子，估計得有一陣子才能過來這邊，白錄，你若嫌悶得慌，這個田公子先借你玩玩。」

田公子欲哭無淚，嘴裡拚命發出嗯嗚聲，似乎想招供。蕭雲反倒不想聽，看田公子這害怕的樣子，她便能猜出整件事情大致的來龍去脈。抓他來，只不過是想讓他指證知縣而已。

蕭雲想，既然道台大人在忙，她且先悠閒幾日，等道台大人有空了再說，反正在這裡不愁吃不愁喝的。

可是，往往計劃沒有變化快。

蕭雲怎麼也沒想到，接下來會發生那樣的事。

就在蕭雲忙著找田公子的同時，知縣也派人去洛京打聽太子身邊的人物關係，從而確定蕭雲並非太子的妃妾，也非太子身邊的親信，那塊玉牌極有可能是偷來的。

即便是撿的，蕭雲利用它來騙吃騙喝，這個罪過也大了。

知縣將此事上報了道台，道台大人當時正在辦一件大案，他認為此事事關太子，非常重大，地方官員不可越級將蕭雲就地正法。於是令知縣先將蕭雲等人軟禁了，然後寫文書直接送到洛京，以「盜竊太子正身之物」為名，請求朝廷派官員前來查辦此人。

另外，知縣怕自己幹的壞事敗露，便遣人通知田公子，讓他速速離開臨南，走遠點，避避風頭。

但是回來的人說尋不到田公子，知縣這下急了，他馬上做了最壞的打算，欲將蕭雲等人先斬後奏。

既然要斬，就得需要一個理由，一個需要迫切斬殺她的理由。

知縣思來想去，覺得這個辦法行不通，他們這一批人不似街頭那瘋婆子，沒什麼親人，說話瘋瘋癲癲的，殺了也沒多大的價值，因此反而容易引起道台大人懷疑，若深查此事，可就麻煩了。

她身邊的沈風手持長劍，身材高大，眼神寒冷，一看便知十分厲害，知縣對此人有些忌憚，不敢輕舉妄動。

如此算來，只有一個辦法可行。知縣決定鋌而走險——投毒，來個神不知鬼不覺。

可惜他光看出沈風厲害，卻沒看出手上沒有劍的那個男子也同樣很厲害。

那日，飯菜一送到，白錄便嗅出了一絲異樣。

蕭雲冷笑，當即讓沈風越牆出去，到外面的酒樓打包外賣回來。

吃完飯，蕭雲說道：「白吃他的是給他面子，既然他不願意，那就算了。吟月，妳把玉牌給沈風，讓他下午去把道台大人『請』來。這種地方，不宜久待。」

沈風動作很快，不出一個時辰便趕到了鄰縣，悄無聲息地潛入了縣衙裡面，驀地打斷了辦案中的道台大人。

「你、你怎麼進來的？」道台大人看到沈風，猛愣了一下，慌忙站起來。他正在審問罪犯，怕犯人被同黨劫去，所以大門緊閉，守衛重重，不料如此還是有人能不驚動侍衛便闖了進來。

刑房內的所有士兵全部劍拔弩張，跪在地上的那個人原本面如死灰，看到沈風陡然闖進來，整個人一下子容光煥發，滿心以為沈風是來救他的。

「我非普通侍衛，自然輕功不俗。」沈風的語氣沒有卑微也沒有高傲，冷冷地不帶一絲情緒，亮出玉牌。

「你就是……」道台大人馬上想到了吳知縣前幾日上報的事。他盯著沈風仔細瞧了瞧，逐漸冷靜下來，肅穆道：「本官十年前曾有幸與聖上辦理過一件大案，還得御賜寶刀。兩年前，太子殿下來臨南巡訪，欽點本官陪巡。他身邊的侍從，本官記得一清二楚。」

沈風面無表情地直接說道：「我並非太子殿下的人。」

「那你是？」

「暫不便相告。」沈風冷酷地道。「我前來此地，只為一件事。」

他將事情的經過一一向道台大人娓娓道出。

道台大人聽完，十分驚訝，在他的隸屬管轄範圍內，竟然有這樣知法犯法之徒。思及吳知縣先前上報過此事，所以道台大人沒有立即斷定誰對誰錯。

靜默地思索了半晌，道台大人說道：「此事本官定會派人嚴查。你私闖刑房，已是有罪，本官不得視若無睹，縱容爾等行為。來人啊，將他拿下！」

沈風神情一凜，瞬間利劍出鞘，抵在了道台大人的脖子上。

所有人拔刀相向，緊張地盯著他，不敢妄動。

道台大人沒有驚惶失措，怕得渾身發抖求饒，這一點，沈風很是佩服。「吳知縣今日投毒不成，明日必然會變本加厲。等道台大人查出端倪來，恐怕我家公子早已命喪黃泉，還請大人先緩一緩手中的案子，跟我走一趟。」

道台大人心思飛快地翻轉了一下，道：「可否容我安排一下？」

沈風收回劍，站到門口等待。大家見他出手、收手如閃電般急速，誰也不敢去挑戰。

道台大人振筆疾書寫下一封密函，低聲吩咐身邊的下屬八百里加急送到洛京，然後從容地跟著沈風走了。

這封信被道台大人的下屬蓋上了公章，連夜送去了洛京。

道台大人深得皇上器重，這件事，洛京的官員無人不曉，所以他的上書無人審批，到了洛京府尹即被重視。洛京府尹拿出上次從臨南送來，還沒來得及上奏皇上的那份奏摺，心想，既然連奏，一定有大事，於是一併迅速送進了宮中。

不出兩日，皇上便知道了整件事情。

「泓兒的玉牌怎會外流？」皇上不解，粗眉一擰，馬上召來洛子煦，問道：「你跟你皇兄來往密切，有無聽他說過他的玉牌丟了？」

洛子煦茫然道：「這麼重要的東西，怎麼可能丟了？皇兄不是粗心大意之人。」

「你看看。」皇上拿起奏摺和密函，洛子煦上前接過來打開看了看。皇上嚴肅道：「那個道台為人剛正不阿，秉公無私，若非辨清那塊玉牌乃真的，絕無可能虛報此事。」

第三十七章

「父皇，就派孩兒去徹查此事吧！」洛子煦主動請纓道。

「你與你皇兄感情甚篤，可似乎一點都不擔心他的安危？」皇上雙目含笑，煦兒是他所有孩子中最頑劣，也是最有趣的一個，他應該是猜出什麼了。

「他是我皇兄，更是洛國下一任君王，論擔憂，應該父皇更甚才是。」洛子煦打趣般地笑道。

見到皇上的表情，洛子煦心中的疑雲已然明朗。

當他聽到開戰的消息時，他暗忖，皇兄率領大軍，算時間現在應該剛到邊關，怎麼可能這麼快就開戰了呢？

除非是有人提早部署好了一切，利用太子率領大軍這個消息掩人耳目，從而打得御國措手不及。

這一切，都是父皇和皇兄精心策劃的。

那麼——

洛子煦之前還一直迷茫，究竟是誰這般厲害，能讓父皇和皇兄委以重任？現在猛然靈光一現，明白過來，眼眸一亮。「長輕是故意落崖的？」

皇上泰然微笑，不置可否。「以你之智，若分一點用在朝政上，必成大器。」

洛子煦又驚又喜。「父皇，你們——」他想責怪他們，這種大事怎能瞞著他呢？轉而一想，自己無心朝政，這麼重要的政事豈能輕易告訴他？哪天他喝醉酒走漏了風聲，害他們功虧一簣，豈不是罪過？

想起以淚洗面的姑姑，洛子煦說道：「看來這件事，只有父皇、皇兄和長輕三人知曉。你們可把姑姑騙慘了，太學大人最近也變得少言寡語。」

皇上正色道：「刀劍無情，戰場之上危機四伏，隨時有可能英勇獻身，作為長輕的父母，他們理應早有準備。」

「唉。」洛子煦無奈地嘆息了一聲，有點同情姑姑和恩師太學大人。

「你若不捨平真姑姑擔憂，倒是長點本事，替代長輕，出征御國？」皇上嗔道。

洛子煦訕笑了兩聲，貧嘴道：「論英勇，眾多兄弟中還是長輕最有父皇當年的風範，我們差之甚遠，不敢請功。國家大事，豈可兒戲？」

皇上看著他，眼中笑意儼然，心感欣慰。都說外甥像舅父，幸而還有長輕這個大外甥繼承了他當年的驍勇善戰。太子性格溫儒，不喜見血，但對政局獨有見解，這兩個表兄弟一文一武，相輔相成，洛國有他們二人，定會迎來一場持久盛世。

至於其他的兒子，能否成大器又有何關係呢？只要兄弟間和睦，不爭權位，輔佐皇兄朝政絕無二心，便是難得。

戎馬半生，他最大的心願就是在死之前看到洛、御兩國能夠結束戰爭，締結友好。這個幾代君王的遺囑，他的父皇臨死之前都未能完成，若能在他崩逝之前做到，那便再好不過了。

「父皇，你不該生下我。」洛子煦突然說道。

皇上一愣，龍顏微怒道：「不知好歹！多少人想生在皇家？你若不想，朕可現在就下詔曰，將你貶為庶民。」

「父皇誤會。」洛子煦佯裝為難的樣子，說道：「孩兒的意思是，父皇把孩兒生得這般聰明才智，可是又將孩兒生得性格直率，藏不了事，可教孩兒好生難受，哪天忍不住告訴了姑姑，那可如何是好？」

皇上微微一笑。「罷了，知道你這性子，這一開戰，不出十日，消息便會傳開，長輕死而復生的消息也會不脛而走，你不必刻意憋著。」

「不，這樣不好。」洛子煦一本正經地說道：「不如父皇將孩兒調派去臨南辦理此案吧？」

知道長輕沒死，他一下子輕鬆許多。本來以為長輕去了，父皇心裡定然不好受，他得長進一些，為父皇分憂，所以在宮裡萬般不自由，也只得忍著。現在好了，他終於可以出去透透氣了。

洞悉了兒子的真正目的，皇上沒好氣地瞥了他一眼。長輕遇害起初，他內外分憂許多事情，彷彿一夜之間懂事不少，現在得知長輕無事，他馬上被打回原形了。這孩子，非得要鞭策他，他才能往前進一步。幸而是生在皇家，若是生在普通百姓家，這等不上進的性子，遲早餓死；若生在富貴人家，也遲早敗盡家財，餓死街頭。

這愛玩的天性什麼時候能改改？

「你若走了，你的側妃打算如何？帶上她？」

「帶她做何？」洛子煦臉上閃過一絲煩躁。

皇上本還以為他一心求旨娶回的謝側妃多多少少能有點束縛之用，誰知他無一點收斂。皇上蹙眉，知道這個兒子但凡是他想做的，就一定要去做的性子。

「你皇兄去臨南回來時，替朕整理過十年前與當地道台一起辦過的案子，還寫了一篇臨南圖志，你去東宮翻來看看。」

「對了，父皇，孩兒還有一事不解。長輕的腿受傷，也在你們計劃之內嗎？」洛子煦問道，臉上浮現出一絲愧疚之色。當初他透過朋友，為長輕極力引薦了一位江湖上頗有名氣的大夫，但是這位大夫對長輕的腿傷束手無策，讓他在長輕面前落了空話，他氣責，令下人給這個大夫吃了點皮肉之苦。若長輕的傷是假的，那他可就冤枉人家了。

「長輕的腿傷倒是不假。不過你皇兄只說已經治好，究竟乃何人所治，並未提起。國事當前，這點小事不值一提，待他們回來，眾人見長輕的腿傷尋遍天下名醫皆無用，此人卻能手到擒來，自然會問起此神醫乃何方神聖。」

「此等奇才，竟不在宮中。」洛子煦不由得惋惜。

皇上頷首，決然道：「待朕知曉其人，必定給他加官進爵，收之重用。這場戰爭徹底結束後，洛國該興起百業了。」

「孩兒相信皇兄與長輕聯手，有父皇在背後坐鎮，遙指千軍，一定能大勝而歸！」

皇上臉上浮起一絲滄桑和期望的複雜表情，說道：「但願如此。」

翌日，洛子煦上完早朝後，直接去了東宮。

太子走前在門口設了侍衛，他們攔住了洛子煦，恭敬道：「煦王爺，太子吩咐過，不准外人進入他的主院。」

「皇兄不准的外人是他的妃子，不包括本王。讓開！」洛子煦喝斥道。自太子立下「外人不得入內」的規矩後，洛子煦進進出出幾回，也不見有人攔著他。洛子煦不解，怎麼皇兄離開洛京前，居然在門口設了門衛，他真懷疑裡面是不是藏了什麼寶貝。

「卑職奉命看守東宮，不得讓任何人進出。」侍衛態度耿直道。

「混帳！本王是奉皇上之命，特來取一份文獻，帶去臨南處理大案，若延誤了朝政，你們擔當得起嗎？」

兩個侍衛面露猶豫之色，互相商量了一下後，決定讓煦王爺一個人進去，不得帶隨從。

洛子煦考量太子時常在東宮替皇上批閱奏摺，裡面或許有很多不得外流的機密檔，所以沒有執意帶侍從進去。

太子不在，東宮的牡丹園子倒是沒有荒廢。雖然花瓣早已凋謝，但上面沒有一片枯葉，主枝周圍從地面發出的枝芽，以及植株上重疊、交叉的枝節已經剪除，株形圓滿，看得出有人每日精心打理它們。

洛子煦置之一笑，沒有深慮一向不喜花前月下的皇兄為何忽然偏愛牡丹。

進了書房，洛子煦放眼望了一圈，布置典雅的房間滿是書籍，一股儒香之氣。洛子煦隨意抽選，隔段翻閱，皆非朝廷文件。他掃了一眼案桌，乾淨整齊，文房四寶擺放有序，最右側放了兩摞奏摺，挨個兒翻開看看，都是一些小事。

看來重要的那些被藏在隱密的地方了。

洛子煦突發奇想，將手伸進暗處四處摸索，終於讓他發現了一個機關。扭動一下，一堵牆高的書櫃轉了半圈，露出一個半扇門的空間。洛子煦得意地笑了笑，大咧咧地走了進去。

暗室空間不大，進去的左手邊有一個半人高的長宮燈檯，上面放著一顆夜明珠，將暗室照得如白晝般明亮。放眼一看，屋子裡只有一張軟榻，和一張書案。軟榻整體呈現彎曲的形狀，底面兩側有兩道長長的弧形，與在長輕書房看到的那種一樣，似乎出自同一個工匠之手。

洛子煦好奇地過去試試，身體一下子躺倒，然後便前後搖擺了起來。洛子煦暗道：這玩意兒有趣！這麼好的東西，怎麼獨自享用了？皇兄不像吃獨食的人，若換作是他，早拿出來顯擺了。

興致盎然地玩了一會兒，洛子煦不禁起疑，父皇御賜給長輕的那批工匠，不是都在趙王府裡了嗎？而且，為什麼皇兄不把它放在外面？

一思索起來，洛子煦發覺皇兄和長輕兩個人古古怪怪的有好一陣子了。

洛子煦心裡隱隱有些不安，說不出來是為什麼。

失魂片刻，洛子煦的視線落到了暗室左拐角那張書案上。案上堆放了許多文書，有些凌亂，洛子煦起身過去，隨手翻了幾下，便看到上面寫著「臨南」兩字的書卷。父皇當年在臨南處理的那個案子的文獻，就在這本書卷下面壓著。

撣掉上面的一層薄塵，洛子煦拿著那冊書卷和文獻欲走，轉身之際，他的視線不經意間掃過書案右上角，在幾本交疊起來的書冊下面，有一張寫滿了黑字的宣紙，沒有蓋住的部分文字其中有個「謝」字，那字體蒼勁有力，十分眼熟。

洛子煦沒有管住自己的好奇心，推開蓋在上面的那幾本書，拿起那張紙送到眼前。

他清楚看到上面有「謝容雪」三個字，這個深深烙印在他心底深處的名字。而筆跡，他已認出，是趙長輕的。

思緒驀地一下停滯，心中剛才那抹不對勁的感覺豁然明朗。

洛子煦抬頭，迫不及待地從頭看起。

這封信大概寫於半年多前，那時謝容雪初入趙王府，向趙長輕毛遂自薦。趙長輕派人查她的來歷，沒有查到，就寫信告訴太子，問他一些關於謝家的事，並希望與他聯手暗查謝容雪。

除了這一封，洛子煦又從書卷中翻找出了另外兩封趙長輕寫給太子的信，信的內容大部分談及謝容雪的身世，還有一小部分是寫謝容雪嫁入煦王府之後發生的事，一清二楚，而名字，也逐步轉變成「蕭雲」，下面的落款則是這半年之內。

其中兩封信日期距離比較近，內容全部是在質疑謝容雪的身世經歷，以及不斷試探的結果。還有一封信的日期就在兩個月前。

洛子煦看到趙長輕在上面寫著「雲之哭泣不止，心中痛疚，不及理智，遂告知」時，劍眉不由得擰成一團，拿著信的那隻手因為憤怒而不停抖動。

洛子煦控制不住情緒，額頭青筋暴露，忿然將手中的紙揉成小團，恨恨地從牙縫裡吐出幾個字。「蕭雲？雲兒？」

他擔心她在外流浪，孤苦無依，派人外出四下尋找，原來她找著了靠山，改名換姓藏在了趙王府裡享清福。

好！好得很！

她的心夠大，竟然對長輕動了念頭——還讓她得逞了！

一想到趙長輕和蕭雲擁抱在一起纏綿的畫面，洛子煦心裡就噴火。

震驚之餘，他更是詫異萬分，信中提到長輕的腿是由蕭雲治好的。連御醫都治不了，她居然做到了，怎麼可能？

知道了蕭雲的下落，洛子煦暫時拋開了心中的疑問，迅速離開東宮，單獨駕馬趕去趙王府。

到了趙王府，洛子煦劈頭就問：「蕭雲在哪兒？」

門口的侍衛愣住了，一時忘了行禮。若是換作以前，他們不會感到驚訝，王爺在家或是不在家，煦王爺來趙王府都不算稀奇事，可是如今王爺亡故，煦王爺來王府還有何事呢？

「蕭雲在哪兒？」洛子煦忿然重複了一遍。

這次侍衛終於聽懂了，卻更詫異。煦王爺陡然問起蕭大夫做何？王爺雖然亡故，但是王爺對他們下過死令，絕不可對外透露一絲關於蕭大夫的事。

洛子煦甩袖大步邁進府內，沒人敢攔。他不喜歡等待，尤其是心急的時候，他從來不等人通報，直接進去。若侍衛攔他，他就以輕功躍進去。

為此，門口的侍衛被趙長輕換過好幾次，但是屢禁屢不止，到最後趙長輕也懶得換了。

到了前廳，管家也已聞風快步趕來相迎。「不知煦王爺大駕光臨，有失遠迎——」

「蕭雲在哪兒？」洛子煦打斷了他的廢話。

這時侍女送來茶水，管家畢恭畢敬地奉上茶，卻被怒火中燒的洛子煦一把揮開，杯子砰地砸得滿地碴兒。管家嚇了一跳，驚駭地凝視著洛子煦。

「本王耐心有限，再問你最後一遍，蕭雲在哪兒？」洛子煦冷聲問道。

管家顫巍巍地答道：「府上沒有煦王爺說的此人。」

洛子煦冷哼一聲，去後院尋找。

看到那個秋千，洛子煦頓住腳步，視線死死地盯著它。

就是在這裡，她背對著他，他對她頤指氣使。他猜過這個秋千是長輕為他的雲兒準備的，卻沒想到，「雲兒」竟然就是被他休掉的側妃。

還有那次，他追著皇兄來到這裡，皇兄臉上劃過惱怒之色，現在想來，應該是在擔心他看到蕭雲。

所有所有的人都知道，唯獨他被蒙在鼓裡。

洛子煦有一種被玩弄的羞辱感。他要馬上找到蕭雲，立刻！

在後院裡找了一圈，管家一直跟在後面絮叨。「真的沒有煦王爺要找的人，給老奴十個膽子，老奴也不敢欺瞞煦王爺您哪！」

洛子煦充耳不聞，每個院子都跑去找了一遍。良久，洛子煦終於停了下來。管家累得氣喘吁吁的，彎著腰雙手撐著膝蓋。

到處都找不到，洛子煦確定蕭雲已經離開了。

她會去哪兒？

洛子煦低眸凝思了一陣，猛然想起上次來趙王府致哀時，看到過沈風。沈風沒有跟隨長輕去邊關，也不在府內，那是不是……

洛子煦有預感，只要找到沈風，就能找到蕭雲。

他轉身直視著管家，怒極反笑。長輕必定對下人們吩咐過了，恐怕死也問不出結果來，所以洛子煦不再問蕭雲，而是問道：「沈風去哪兒了？」

管家愕然。煦王爺怎麼莫名其妙地衝進來找蕭大夫，又莫名其妙地問沈風下落，這到底是怎麼回事？心中雖感迷惑，管家仍然坦言道：「辦完喪禮，他便走了，沒有告知老奴。」

洛子煦揚眉，甩袖離開。

回到皇宮，他馬上召來袁侍衛，讓他通知在外面追蹤謝容雪下落的人轉去找沈風。

沈風是大名鼎鼎的趙王爺隨身侍衛，道上認識他的人很多，不用幾日，一定能將他挖出來。

洛子煦挾著滿腹怨氣南下而去，路上無心觀賞沿途的風景，一直思考著蕭雲的事。

她的身世他也查過，她在統領府的生存境況簡單明瞭，被人欺負不敢反抗，性格軟弱，逆來順受，與她之後的表現確實大相徑庭。尤其是她竟然還能治癒全天下神醫都治不好的腿傷。

是誰教她的呢？

她及笄前經歷的人屈指可數，每一個都平凡無奇，完全無法造就現在的她。這一切，著實蹊蹺。

行至一半的路程時，洛子煦終於知道了沈風的下落。

原來他就是他此番南下要去辦理的案中人物之一。

洛子煦詫異過後，眼眸驀然一閃，持太子玉牌的人，不用說，就是謝容雪！

頓了頓，他轉而又想起了東宮主院裡頭那滿園子的牡丹。

「牡丹？」洛子煦想起，謝容雪被休之後去玉容閣用的名字，正是牡丹！

一個是他的親大哥，一個是一起長大的表兄弟，還有一個，是他的側妃。這三個人於他而言都十分熟悉，卻一直瞞著他，在他背後牽扯不清。

洛子煦有一股強烈的被背叛的感覺。

他們三個人，把他當成什麼了？

洛子煦再也坐不住了，當即甩下大隊人馬，帶著袁侍衛快馬加鞭向臨南奔馳而去。

第三十八章

話說回來，那天沈風挾持道台大人前往臨南城區，公堂之上，知縣下跪行禮，蕭雲施施然福個身，委婉說道：「請道台大人見諒，小女子這段時間膝蓋有點不舒服，地上微涼，不便跪下，不周之處，希望道台大人海涵。」

小女子？道台大人皺眉疑惑地看著蕭雲，細細一瞧，只見她眉目清秀，膚色白皙，身形纖瘦，的確是女子做了男兒裝扮。又瞥了沈風一眼，鑑於他們身分特殊，道台大人特令他們站著聽審。

升堂後，蕭雲慢條斯理將案子始末娓娓道來，說完後，她又將知縣在他們飯菜裡下毒的事說了出來。

當道台問知縣承不承認時，知縣矢口否認道：「血口噴人！天地良心，下官自上任以來，一直以道台大人為榜樣，一心為民，從不曾勾結小人在背地裡做這等殘害百姓的勾當。下官對妳以禮相待，妳為何要誣衊下官？」

「你就是一隻死鴨子，只剩嘴硬了。」蕭雲笑笑，不緊不慢地說道：「沒關係，我有人證。」

本案關鍵人物田公子被白錄押了上來，知縣的心瞬間跌入了冰窟。他猛然上前一步，搶在道台之前對田公子說道：「本官與你無冤無仇，你可要想清楚了再說！」

「大人，他這明顯是在用眼神警告，語言威脅。」蕭雲指著知縣高聲呼道。

「來人，將爾等分開！」道台大人拿起驚堂木拍了一下，衙役將知縣、蕭雲兩人各拉到一側，留田公子一人在公堂中央。

「堂下何人？報上名來。」道台正氣凜然地盯著田公子，神情威嚴。

田公子惶恐不安地看著他，兩腿微微發抖。剛才知縣的話一直在他耳邊盤旋，默然思索了一會兒，他跪倒在地，當堂翻供。

不僅如此，他還倒戈相向，指著蕭雲告道：「是她派人將草民抓了起來，嚴加逼供，怕草民身上有傷，有屈打成招之嫌，便給草民吃辣椒、巴豆，用這些法子折磨草民誣陷知縣大人。請道台大人查明事實，還草民一個公道。」

蕭雲始料未及，愣在當場。

道台大人犀利的目光射向蕭雲，忽然將話題一轉，冷聲問道：「太子殿下的玉牌，為何會在妳手中？」

站在一旁的吟月幾人不約而同看向蕭雲，他們也很想知道答案。

「是太子殿下送給我的。」蕭雲垂了垂眼眸，遲疑了一下，答道。

「妳與太子殿下是何關係？他為何會將如此重要之物送予妳？」

蕭雲輕微地嘆息了一聲，淡淡回道：「好朋友。他擔心我在外遇到麻煩，所以給了我這塊玉牌，他說只要拿著這塊玉牌去當地縣衙，就會得到幫助。」

「僅憑妳一面之詞，如何可信？」知縣急著說道。

蕭雲斜睨了他一眼，微微抬起下巴，神情嚴厲地說道：「大人，當務之急，該是先審理知縣貪贓枉法、霸占民宅之罪才是。至於那塊玉牌，太子現在邊關奮勇殺敵，難不成這時派人去邊關請他來這兒當面對質？」

道台大人濃眉緊蹙。「你們各執一詞，本官暫無法判案，需些時日查定。來人，將他們分開關進大牢。」

沈風閃身擋在蕭雲面前，護著她不讓衙役過來。

蕭雲想起監獄裡的環境，那股刺鼻的霉味，頓時頭疼。她急忙道：「大人，若查出知縣大人是被我誣衊的，那這場牢獄之災，將來必定會影響到知縣大人的仕途，也會害得道台大人被同僚笑話。不如這樣吧，我們還是住在知縣府上，大家各住一院，大人派衙役在院子外面守著我們。」

道台想了想，覺得有幾分道理，便同意了。至於田公子，他沒有背景，若唯獨將他關押大牢，容易惹人話柄，必須要一視同仁才行。所以道台提出和他共住一院。

蕭雲又恢復了被軟禁的日子。反正有吃有喝的，她並不著急，也沒有叫沈風出去協助查案，而是帶著他們四個人玩起了撲克牌。

不過這裡找不到類似撲克牌那麼厚的紙張，做出來的效果差強人意，條件有限，蕭雲也只好將就了。

在洛子煦趕到臨南之前，朝廷已經發出官報，當道台得知是煦親王前來辦理此案時，心上的壓力無形中又重了幾分，查起案情來更是盡心盡力，半點不敢馬虎。

洛子煦進了臨南後，本想直衝府衙，但見自己風塵僕僕，一身凌亂，便先去了驛站，打算洗漱整理一下。

他扔給袁侍衛一柄權杖，說道：「帶謝──帶蕭雲來見本王。」

「是。」

袁侍衛到了府衙後，道台正在暗房單獨審問田公子，聽衙役報了此事後，大為震驚。

「什麼？這麼快？」

朝廷不但派了一個親王來查辦此案，還如此急切？可見對此案的重視。而他，還沒有查出一點蛛絲馬跡。

道台有些忐忑，忙派人傳蕭雲前來。

悠閒不過幾日，就有衙役過來傳她上堂，蕭雲頗感意外。如果道台大人確確實實查清了案情，那他的辦案效率也太神速了！

到了府衙的前堂內，蕭雲看見道台大人，點了點頭，算是打招呼，當視線轉移到他身後那個穿黑衣勁裝的男子身上時，蕭雲不由得呆立。

「他不是……」吟月愣然指著他，愣愣說道。

而袁侍衛看到蕭雲時，臉上也露出了驚訝之色。王爺要見的蕭雲，不就是以前的謝側妃嗎？

就在片刻之間，袁侍衛明白過來，王爺為何會急速趕來臨南。他不禁對著蕭雲垂首，態度恭敬道：「卑職見過夫人。」

道台將這一切看在眼裡，內心詫然不已，煦親王的近身侍衛不但認識蕭雲，而且表情略顯卑微，是不是說明，蕭雲的確是太子的人？

「你怎麼會在這兒？」蕭雲皺眉問道。

「卑職特奉王爺之命，前來請夫人去驛站。王爺正在驛站等夫人。」

蕭雲意外。「他怎麼會知道我在這裡？」

道台急忙解釋道：「下官認為此案涉及人物複雜，不敢擅自斷案，遂上報了朝廷。」

「一個道台，這點小案也辦不了，簡直徒有其名！」白錄忍不住諷刺道。

「本官乃聖上親封，難不成你是在質疑聖上的用人之道？」道台不客氣地回道。

蕭雲不悅地瞪了道台一眼，示意他閉嘴，然後對袁侍衛說道：「你回去稟告煦王爺，要審案，請來公堂之上。如若單獨審我一人，有鑑於我們之間的關係比較特殊，難免會被人說閒話，以為他徇私。」

「這？」袁侍衛面露難色，猶豫了一下，他說道：「請夫人稍等片刻，容卑職回去請示王爺。」

蕭雲點了點頭，以她對煦王微薄的瞭解，不難猜出當他聽到袁侍衛的彙報後，會是什麼反應。必是勃然大怒吧！

果然，洛子煦聽了袁侍衛的回話後，勃然大怒，將手中的杯子狠狠摔到地上，咬牙道：「大難臨頭，還這麼囂張？死不悔改！」

不消片刻，他趕到了府衙。

道台以為親王大駕光臨，必定聲勢不小，他帶著除了蕭雲一夥人外的全府衙人站在門口相迎。

卻沒想到等來的只有兩個人，一個是他已經見過的袁侍衛，袁侍衛前面那位玉面公子，身著金絲繡線華服，整個人散發出凌駕於一切之上的貴族之氣，窄臉修眉，眼波不停閃爍，沒有一絲暖意，與之前見過的太子殿下眉宇間有些相似之處。

即使他沒有被眾星捧月般地簇擁而來，但是道台毫不懷疑他不是一個王爺。

「下官程志山叩見煦王殿下。」道台掀起前襬，跪地行禮。

洛子煦視線掃了一圈，沒看到期待的臉孔，臉上的慍怒更重，他冷冷吐出兩個字：「免禮。」直接繞過他，走進了衙內。

一進去，洛子煦帶著怒火的目光便開始搜索蕭雲的身影。

蕭雲正在跟吟月說話，道台大人跟著洛子煦進來，他對身邊的衙役使了使眼色，只聽有人大聲宣道：「煦王駕到。」

蕭雲等人回頭，看向來人。

洛子煦終於鎖定了目標。

當他看到那個離開他之後變得美好的女子時，腳下不由自主地頓住了，心裡莫名湧出一種酸苦，洛子煦緩緩抬起腳，朝著她的方向信步徐行。每靠近一點，他卻反而覺得他們之間的距離漸行漸遠。

人。

蕭雲直直地注視著洛子煦，眼神冰冷，不含一絲溫度，彷彿在看一個無關緊要的陌生人。

他離得越來越近，臉上盛怒的表情也越來越清楚。冤家路窄啊！

不過即使如此，她也不後悔沒有去驛站見他。她寧願煦王爺當著眾人的面對她拳腳相向，也不敢單獨見這個變態的色狼。

想到這裡，蕭雲又不害怕了。

洛子煦走到蕭雲面前定下身，陰戾的眼神死死盯著她，倨傲無比地說道：「見到本王，為何不跪？」

秀兒偷偷瞄了瞄身邊的白錄和呤月。呤月三人的視線在空中碰撞了一下，紛紛跪下，拱手道：「參見煦王。」

秀兒見狀，也跟著跪下了。

蕭雲癟嘴，暗暗斟酌了一番後，不情不願地跪到地上，不卑不亢地慢聲說道：「民女叩見煦王。」

洛子煦緊緊咬住牙齒，一手在前一手在後，雙拳緊握。默默盯著她良久，才冷哼一聲，越過他們走到公堂上首位子坐下。

道台是越看越糊塗了。如果蕭雲是太子的夫人，只需對煦王爺福身即可，煦王爺為何會勃然大怒，叫她行跪拜之禮呢？而她之前不肯去外面迎駕，這其中有什麼隱情嗎？

他們的態度，著實令人匪夷所思。

洛子煦坐在那兒，不說一句話，目光一直鎖定著蕭雲。

眾人紛紛暗中揣摩他的心思。

蕭雲心情已經平靜下來，靜靜跪坐在地上，面如湖色，波瀾不驚。

「王爺？」道台小心翼翼地低聲喚道。

「何事？」洛子煦凌厲的目光陡然轉移到道台身上，道台驚得一身冷汗。

何事？他來臨南是為了何事，他自己不知道嗎？

罷了，就當他是貴人多忘事吧！道台大人不明所以，在心中嘆了口氣。唉，這個王爺，可沒太子殿下那般溫和明睿，說不定就是借故來臨南玩玩而已。貴族子弟他見過不少，多數如此。這個煦王爺的風流韻事，連遠在臨南的他都聽說過一些，朝廷派他來也只是一個身分象徵，查案，靠的還是他這個地方道台。

但是作為下官，要省得其中，外圓內方，這才是為官之道啊！

道台大人無奈地將這件案子前後經過詳細彙報了一遍。

語畢，洛子煦略一思索，果斷說道：「本王的人還要過數日才到。袁侍衛，就由你一人協助道台大人調查此案，將臨南在籍人物中，後世子息薄弱的家族，以及外來此地買宅子的人訪查一遍。一經有疑，必要追尋其源。另外，傳本王的命令，放榜告知臨南百姓，凡是曾被陷害不敢鳴冤者，只要屬實，本王一定會替他討回公道。」

「王爺英明！這些人下官已經遣派衙役去查了，明日即可安排這些人逐一問話。」

在場的知縣和田公子聞言色變。田公子恐懼地看向知縣，知縣垂下頭，眼裡劃過一絲狠戾。

突地，洛子煦話鋒一轉，將矛頭對向蕭雲。「太子玉牌可號令三軍，此等重要之物，他絕不會輕易贈予旁人，更不會不向父皇稟告。這塊玉牌，一定是妳伺機從太子那兒竊來的。謝容雪，妳可知竊取太子信物是何等大罪？」

「王爺，這裡沒有謝容雪此人。」道台大人茫然。他以為煦王爺叫錯了名字，所以好心提醒道。

洛子煦用殺人的目光掃了道台一眼。道台駭然，身體又是一震，這個王爺到底是怎麼了，陰晴不定的？

「賤婦！」洛子煦唾罵了一句，滿臉鄙夷地瞪著蕭雲，一想到她用嫵媚的眼神欲拒還迎地看著太子，用曼妙的胴體去引誘長輕，心口就冒火。「來人，將她關進刑房，本王要施以鞭刑！」

他話音剛落，就見一道人影閃過，定睛一看，沈風已然擋在蕭雲身前，毫不畏懼地說道：「王爺不能動她。」

洛子煦愣怔。

蕭雲也是一愣。她完全沒想到，沈風竟然會為了她而開罪煦王，這個保鑣實在太稱職了！剛才她已經打算好要跟煦王唇槍舌劍、據理力爭了，沒想過要依賴沈風。

「沈風，你知不知道你是在跟誰說話？」洛子煦面目冰寒，聲音冷得足以凍死人。

「卑職奉命保護夫人。」沈風木然重複了一遍，眼神中有一種堅決。

蕭雲很感動，最想不到的人，卻給了她一層最堅定的保護。

昑月和白錄也出列，起身站到蕭雲面前，與煦王對峙。

洛子煦陰戾的雙眸緊緊盯著他們，怒火越燒越旺。這三人是長輕的心腹，現在全部跟在她身邊，抵死相護，長輕竟給了她如此周全的保護。他難以想像，等長輕回來後，會怎麼待她。

雙方各懷心思，僵持不下。

僵持了半晌，蕭雲從昑月那兒要回玉牌，緩緩走到洛子煦面前，遞給他，儘量好聲好氣說道：「這塊玉牌是太子殿下見民女即將流落街頭，擔心民女在外遇到麻煩、受人欺凌，遂將它送與了我。想必後來也後悔了，只是送出去的東西，難以啟齒要回去。現在煦王爺在此，民女就將它交給王爺，麻煩王爺將玉牌轉還給太子殿下。」

這裡煦王最大，蕭雲自己不怕跟變態王磕到底，但是她害怕昑月幾人受連累。好漢不吃眼前虧，還是先騙過他，等趙長輕回來再說吧！

洛子煦一把奪過玉牌，腦海中竄出他在長輕書房看到的那一幕，她蜷於長輕身上，臉容深深地埋進他的胸膛，與他肌膚相親，長輕眼裡滿是情慾之色，兩隻手緊緊環抱住她嬌小的身軀，幾乎難以自持。

他們公然在他的眼皮底下調情！

洛子煦展臂一揮將案桌上的東西全部甩下，公堂裡發出碎裂的聲音，嚇得旁邊的衙役們瑟瑟發抖，齊齊跪下。

蕭雲也驚嚇住了。他到底想怎麼樣？為什麼就是不能像對待陌生人一樣對待她呢？又是那可憐的自尊心在作祟嗎？

「今天誰也別想保妳！」洛子煦抓起蕭雲的手腕，欲往外拖扯。

沈風迫不得已，拔劍相向，攔住他們。「懇請王爺放下夫人。」

「別以為本王奈何不了你們！」洛子煦拿出自己的權杖，扔給道台大人，命令道：「傳本王命令，將他們五個朝廷重犯拿下！」

「王爺要懲治我們，只要安個莫須有的罪名在我們頭上，我們無話可說，但是於公於私，王爺都不能將民女一人單獨帶走。」蕭雲凜然說道。「如果王爺不能公正此案，民女哪怕告御狀，也要帶著臨南受冤的百姓到洛京討一個公道。」

洛子煦陰森的眸子瞥向蕭雲。關鍵時刻，她總是伶牙俐齒，懂得拿最重要的籌碼出手。他幾乎毫不懷疑蕭雲煽動百姓的能力，而且這裡有長輕的人，他們能得長輕重用，必是各方面能力都很強的，若他們將消息送到邊關去，讓長輕分心，影響到洛、御兩國的戰事，那事情可就大到不可收拾了。

父皇寵他，讓他藉機出來遊玩一番，是建立於將此案辦理好的基礎之上；如果他辦不好此案，還讓臨南的百姓告狀告到洛京去，讓朝中大臣得知此事，他恐怕又要受上一段時間的苦頭了。尤其是這次的戰爭，父皇尤為看重，若是他在其中起了消極的影響，這輩子也別想再翻身了。

長輕還有一段時間才能回朝，這件事不急於一時，可以暫且押後，先將知縣貪污案辦好了再說。

思來想去，洛子煦放下蕭雲的手。「好，本王不單獨提審。就將你們五人綁在一個房間裡，一起審問。另外……」

洛子煦的視線終於落到了一直被無視的知縣和田公子身上，他指著田公子，傲慢道：「你就是本案關鍵證人？來人啊，將他們綁在一起，本王先審他們。」

知縣一直裝出不卑不亢的樣子，看上去一派正氣。不過洛子煦一說用刑，田公子就原形畢露了，一副小人的卑微狀大聲求饒，抵賴否認。

「王爺不能屈打成招啊！」知縣真怕同黨露餡兒，於是正氣凜然地為他說了句話。

第三十九章

「閉嘴！本王沒問你，你搭什麼話？」洛子煦不悅地瞟了知縣一眼，繼續跟田公子說話。「本王的名頭，相信你們多多少少有所耳聞。沒錯，本王喜愛逛花樓，從不遮掩。天下男子，誰不愛美人？如果不愛，父皇的後宮哪有那麼多妃嬪？如果你們誰能告訴本王，臨南哪個花樓裡的美人最美，本王就帶他一道出去玩一趟再回來。」

道台大人皺眉。王爺嘴上說要動刑，卻在這裡跟田公子聊這個，簡直就是……有辱斯文！道台極力掩飾內心的鄙夷之色，低聲提醒道：「王爺，這裡是府衙刑房，說這些，是否欠妥？」

「嘖！」洛子煦不滿地斜瞪了道台一眼。就知道他會礙事，之前讓他迴避他不避，說要跟自己學習學習，給他機會，他又在這裡絮絮叨叨的，真囉嗦！「山高皇帝遠，父皇都沒催本王，你催什麼催？再打斷本王的興致，小心本王革你的職。」

道台癟嘴，縮回脖子坐在那兒，再也不插話了，也懶得說話了。

「要找臨南美人，自然是去望春樓了。」田公子笑呵呵說道。

知縣假意咳嗽了兩聲，意在提醒田公子防著點煦王爺，以免煦王故意探話，實則準備給他們下套呢！

「你嗓子不舒服？」洛子煦斜了知縣一眼，笑吟吟說道：「聽說臨南有一種無顏果，外皮凹凸不平，醜陋無比，剝去外皮後，就如同一個穿著粗衣麻布的女子褪下外衣，紅潤光潔，吃下肚子，爽心爽口，可治許多心病。」

「這個草民知道。」田公子急切附和道。「草民還是在望春樓裡品嚐的無顏果呢！除了無顏果，她們家的無顏茶也是一絕。」

「喔？味道如何？」洛子煦滿眼好奇，轉而看向知縣，問道：「你嚐沒嚐過？他說的是真是假？」

知縣咂咂嘴，想起那個味，意猶未盡，不知什麼時候還能再嚐到。他訕訕道：「確實不假。」

因為望春樓除了經營女色之外，也經營茶水，獨有的無顏茶茶氣香甜，不膩不澀，可以降火，治許多小病，長年喝還可以延年益壽。許多正派人士好這口，無法抗拒它的魅力，所以只能去那裡。但是若是提出不用美人陪茶，那也是可以的，所以知縣也敢承認自己的確去過那裡。

正因為它是獨家研製的，所以很貴，但凡品嚐過它的人，都覺得很自豪。

「本王也聽說，這麼好的東西，只能在臨南的環境下生長，果子一摘下，不出片刻便蔫了。若是製成茶，是否就可以帶走了？」

田公子迷茫地嗯了聲。無顏茶那麼貴，每每上茶時他們都會被提醒，一定要趁熱喝，涼了就不能喝了，誰還捨得等到它涼？

「無顏茶有一特性，一定要是新鮮摘下的果子泡製，清晨的露水煮開沖一遍，再待它溫熱之時喝下最好。若喝涼的，有大毒，可致人身亡。」知縣像個行家似的慢慢說道，神情頗為倨傲。在他的認知裡，凡是有錢有品味的人，必然對茶知之甚深，其中的雅韻，是那種只有錢卻沒有書香氣的粗人學不會的。

「喔。」洛子煦懂了之後，不由得惋嘆道：「真是可惜了，不然，本王還可以帶些回去，讓父皇品嚐品嚐。唉，看來只能由本王這個兒子代替他嚐了。」

說著，洛子煦已經起身，真的去望春樓逛了一圈。

夜裡，有人打開蕭雲那間牢房，袁侍衛從獄卒後面出現，拱手對沈風說道：「我家王爺命令我前來邀請兄臺一起出去查案。」

「我只負責夫人的安危，其餘一概不管。」沈風面無表情地說道。

「真的是去查案的嗎？」蕭雲問道。

袁侍衛點了點頭。

「沈風，你去吧。兩個人速度快一些。」蕭雲一邊勸說，一邊走到沈風面前，對他低聲說了一句。「辦完了，我們早點離開此地。」

沈風掀了掀眼簾，答應了袁侍衛的邀請。

第二天，洛子煦回到府衙，直接去了刑房，田公子他們還在那裡。沒有他的命令，誰也不敢將他們帶走。

洛子煦滿面春風地對田公子感謝道：「本王考證過了，望春樓的美人、美飲，的確屬人間珍品，本王給你記一大功，甚至可以允諾你，將來不論你犯什麼錯，都可免一次死罪。」

他命人將田公子鬆了綁，將自己那柄刻著「煦」字的金色權杖塞給了田公子。

幸好道台今天已經不想來聽審了，否則聽到洛子煦的話，一定會氣得老淚縱橫，當場吐血。

田公子大喜過望，撲身跪拜道：「多謝王爺盛恩！」

知縣眼紅，不服氣地嘟囔道：「若不是我，你哪能去得起那種好地方？」

「除了望春樓，臨南還有無其他獨具特色的地方？本王頭一回來臨南，可不能辜負了這次大好時機。」洛子煦神情有些激動地說道。

田公子又說了好些個他曾經流連忘返的好地方。

知縣譏誚地笑道：「你說的那些地方都是你這種賤民去的，王爺千金之軀，豈能赴那污穢不堪之地？」

他身為知縣，撈的油水自然比田公子多得多，跟田公子一起做的勾當裡，分成也是他比較高。手頭寬裕了，誰不愛去享受？談到好玩的，田公子當然沒有他知道的多了。

「知縣大人這話可就說著難聽了。」田公子聽知縣說的那些話心裡很是不快，當即甩臉色，道：「既然草民品味低俗，不及知縣大人高尚，那知縣大人倒是說說，臨南還有哪裡比草民說的那些還好？」

知縣冷笑一聲，頗為自豪地一下子說出許多店名。

「你竟然去過這麼多的好地方？」洛子煦含笑，連連點頭，忽然話鋒一轉，問道：「以知縣一個月的俸祿，夠用嗎？」

知縣和田公子一下子愣住了。

「若是你們行商，有人天天請你們到處逍遙也不足為奇，可是你們一個知縣、一個無正業，過得居然比本王這個自認風流倜儻的富貴閒人還要肆意快活。」洛子煦佯裝好奇地問道：「你們靠的什麼法子？能否教教本王？」

知縣當即反應過來。煦王爺還是在給他們下套呢！他們稍鬆懈片刻，就著了道了。知縣後悔不迭，雖然他還沒有明確認罪，但是估計煦王爺心裡面已經給他們定罪了。

本來還擔心田公子露了餡兒，沒承想最後是他自己搬起石頭砸了自己的腳。

田公子反應過來後，還暗自慶幸自己拿到了煦王爺的免死權杖，可免於一死呢！孰料這個煦王爺翻臉比翻書還快，言而無信，出爾反爾，命人又將他綁了起來，將那權杖拿了回去。

「王、王爺？」田公子眼巴巴地仰頭看著洛子煦。

洛子煦犀利的眼眸睇了他一眼，譏笑道：「蠢貨！本王不那麼做，爾等怎會放下戒心？不早點處理完此案，本王怎有心思去遊玩？」

田公子登時嚎啕大哭，癱倒在地，像個傻子一樣大呼王爺騙他。

「本王沒騙你，而是你所犯下的罪，九條命也不夠！」洛子煦冷冷說道。

他昨晚放了沈風，讓袁侍衛與其聯手，將臨南所有成為死案的案子重新翻出來，細細查了一遍，最終將知縣和田公子所有犯過的罪全部查實。在他們說漏嘴之前，認罪書已經為他們寫好了。

而促使這個結果的，知縣怎麼也沒想到，就是他當初以為不足為患的街頭瘋婆子。想到從瘋婆子入手的人是沈風。當初他撞上那個瘋婆子，或許正是上蒼冥冥之中給他們的一種指引吧！

當衙役將認罪書送到他們眼前，讓他們按手印畫押時，田公子直嚷嚷不服，洛子煦不耐煩地對袁侍衛使了使眼色，讓他抓著田公子的手按下。

知縣盯著認罪書，不敢相信。他犯過的所有罪，竟然一一列在上面，無一遺漏。他絕望地閉上眼睛，面如死灰，沒有任何掙扎便在認罪書上畫了押。

他終於明白了，這個王爺再好玩，也是混於洛國政權中心多年的人物，宮中的明爭暗鬥、爾虞我詐之事遠比他見過的複雜多倍，他怎麼鬥得過王爺？

「算你識趣。」洛子煦懶懶地斜睨了沒有大呼小叫的知縣，喔、不，是前知縣一眼，吩咐下去。「帶兵去抄了他們家！」

然後，他對知縣和田公子說道：「如果你們的家當足以補償你們所害之人的損失，本王就不誅你們九族。」

知縣聞言，不禁潸然淚下。他那些不義之財，已經在不斷膨脹的虛榮心驅使下被揮霍一空了，哪還有什麼家當？

田公子孤家寡人一個，也哭得很傷心。他家裡頭還收著一大筆錢財哩！當初和知縣密謀時，知縣擔心動作大了，被道台發現馬腳，所以極為小心。他怕丟官職，田公子什麼也沒有，當然不怕了，所以他又瞞著知縣另撈外快，本想著富甲一方時找個沒人認識的地方重新開始，安享下半輩子用的。

早知道，早知道……

「早知今日，何必當初？」

道台拿著他們的認罪書，嘆息一聲，搖了搖頭。

從田公子住處搜刮回來的家當，幾乎夠彌補受害百姓的損失，不夠的那些，洛子煦寫了摺子上報朝廷，讓朝廷撥款下來。

道台這下徹底對洛子煦改觀了，為了自己之前對王爺的鄙夷甚感愧疚。

煦王一夜之間在臨南百姓心目中樹立起了英明的形象，蓋過了他風流的名頭。

蕭雲不以為然地冷笑一聲，這個案子本來就很簡單，卻將他的形象瞬間提升了無數個層次，便宜他了。

「可是王爺為何沒有治道台大人的罪？」秀兒嘟囔道。

蕭雲歪著腦袋，奇道：「道台大人有什麼罪？」

「道台大人對公子態度前後不一，公子難道一點也不生氣嗎？這般勢利的官，能是好官嗎？」

蕭雲笑了笑，很是理解地為道台說了幾句公道話。

「為官之道，只有圓滑才能走得長，太過稜角分明，遲早會被佞臣陷害。妳看歷代中，哪個奸佞之臣不是活得最長的？雖然最後死得很慘，但是活著的時候是要風得風，要雨得雨。洛國這麼大，官員那麼多，做到像道台大人這樣的已經很不錯了。」

「喔。」秀兒似懂非懂地點了點頭。

「公子真是見多識廣。」白錄和沈風背靠著背，坐在另一邊。聽到蕭雲的一番見解後，白錄由衷讚道：「一點也不像平民。」

「呵呵，那你說我像什麼？」

白錄誠實地答道：「像個混跡官場中對玩弄權術十分老練的滑頭官員。」

蕭雲無所謂地笑笑，道：「可惜，這天下不許女子參與朝政，而且我也不喜歡勾心鬥角的生活，那樣活得太累了。該明白的時候明白，該糊塗的時候，還是糊塗點好。」

「然，吾與子也。」白錄讚賞地點了點頭。

「啊？」蕭雲好笑地搖了搖頭，道：「我沒唸過多少書，聽不懂你這古語。」

白錄不信，以為她是在說笑，便配合地解釋道：「就是說，我與公子的觀點一樣。」

「有人來了。」站在牢門邊望風的吟月突然坐回蕭雲身邊，大家忙將解開的繩索綁回自己身上做樣子。

來人是道台。他微微對蕭雲頷首，改了稱呼，道：「夫人有禮了。」

「道台大人親自前來這等地方，可有要事？」

「此案已經處理完畢，下官想著，夫人被騙的銀子應該還沒有領回去，便給夫人送來了。」

道台先讓獄卒將蕭雲鬆綁，然後拿出一疊銀票遞給她。

蕭雲狐疑地看著他。「此事煦王爺不知吧？」

「下官不知夫人與王爺之間有何恩怨，但是夫人蒙受的損失，下官一定要將夫人的那份也補上。」道台正色說道。

這一份，的確是他暗自留下的。若是煦王爺發現，他會如實稟告，若是沒發現，那就算了。

蕭雲將銀票收好，讚道：「你挺會做人的。」

「下官惶恐。」道台拱手垂頭，恭敬道：「沒有王爺的命令，請恕下官暫且不能放了夫人等人。不過既然王爺的侍衛能偕同夫人的侍衛一起查案，王爺應該不會太過為難夫人的。明日是他們斬首之日，過了明日，王爺應該就會下令放了夫人吧！」

「他那種人，跟全天下都欠了他似的，利用完別人哪會說聲謝？」蕭雲不稀罕。

道台尷尬地笑了笑。他們之間的過節，他實在不方便插手。

「道台大人。」一直不擅言辭的沈風忽然喚了一聲，道台和蕭雲皆是一愣，只聽他問道：「請問邊關可有捷報傳來？」

關於戰爭的消息，朝廷內部有一種快報，每日都有專人從邊關回來，先是通知洛京官府，然後再一層一層傳向全國各地的地方官府，以便當地官員隨時分析戰局動態，做好徵兵的準備。

「這個……初初開戰，結果未明。」道台將知道的說了出來，心中卻覺得，沈風並不是關心國家戰事這麼簡單。

沈風臉上閃過一絲凝重，吟月和白錄對視了一眼。

蕭雲抬眼悄悄掃過他們三人，面容浮現出複雜之色。

道台走前，又命人將蕭雲捆了起來。

過沒多久，洛子煦來了。

獄卒在他的指示下打開牢門。他緩緩走到蕭雲面前，眼神複雜地看著蕭雲，勾起唇角，邪魅一笑，道：「這件案子辦完了。」

蕭雲掀起眼簾無所畏懼地回視著他，等待他說下去。

洛子煦緊盯著蕭雲的雙眸。他急著辦案，本意是想處理這些事情後，再來處理蕭雲，但是現在手頭無事，他可以一心處理蕭雲時，心中卻遲遲未決，不知該拿她怎麼辦是好。

「王爺要如何處決？還請給個痛快話。」蕭雲等得不耐了，主動開口問道。

洛子煦斂回眼眸，驀然轉身。

優柔寡斷不是他的作風，為何這次卻無法決斷？

腦海裡猛地浮現出在長輕書房裡上演的那一幕……心間的火陡然一下冒了出來，洛子煦半轉身體，厭惡地指著蕭雲，狠聲道：「來人，將蕭雲帶到刑房。」

「煦王爺，還請三思！」沈風一臉警戒地冷聲說道。

洛子煦挑眉，倨傲道：「你們幾個，夥同蕭雲拿著太子玉牌招搖撞騙，本王要將你們一一治罪，姑且念你協助本王辦案有功，本王可讓你將功折罪。」

「奴才只是聽從夫人的指令，不敢領功。」沈風堅決道。「保護夫人，也是奴才的職責所在。」

洛子煦冷笑道：「你們以為，長輕果真會為了一個女人跟本王過不去？你們這群蠢貨！本王此番南下，代表的是當今皇上，說的每一句話都是聖意，你們誰敢不從？你們可掂量清楚了！」然後，微微俯著身體湊近蕭雲，嗜虐一笑，道：「別以為自己在長輕心目中有多重要。」

蕭雲看著他，粲然一笑，避開這個話題，說道：「王爺此番南下，應該是奉皇命來處理知縣貪污受賄一案。此案結束，又翻出另一個案子，按程序當先上報朝廷，太子玉牌事關重大，王爺私審我們，是不是於理不合？」

「伶牙俐齒！」洛子煦驀地抬手捏住蕭雲的下巴，怒瞪著她說道。

沈風見狀，猛然掙開身上的繩子，伸手過來阻止洛子煦。

袁侍衛急忙躍身過去，和沈風交起手來。

「住手！」洛子煦蹙眉，一把甩開蕭雲的下巴，站起身，深深地睨了蕭雲一眼，默不作聲地離開了牢房。

煦王南下的消息從臨南城傳散出去，周圍城區的官員紛紛趕來拜見，洛子煦索性將煩人的愁緒放到一邊，應酬這些官員。

他原本不喜歡和這些官場中人說場面話，對他們的阿諛奉承向來不屑一顧，但是這次他沒有反感。

在蕭雲那兒得不到的敬仰，統統都能從他們身上找到。

醉生夢死了幾日，趙長輕死而復活的消息透過官報傳來了臨南。

第四十章

官員們驚詫之餘，樂得眉開眼笑，大呼洛國必勝，然後又趁著機會問煦王，這到底是怎麼回事，趙王爺不是遭人暗殺了嗎？

「本王用膝蓋也能猜到他是詐死騙御國人，你們用用腦子好不好？」洛子煦心中鬱結，語氣自然開心不起來，仰頭猛灌了一口酒。

官員們一愣。呃，這剛才還好好的，怎麼突然發起脾氣來了？

「他了不起，他是洛國的大英雄，本王一無是處，是吧？」洛子煦嘴裡吐著酒氣，微微含糊地問道。

「王爺乃親王，貴不可言，趙王爺終究是外姓，怎可相比？」一位官員卑躬屈膝地奉承道。

「放肆！」洛子煦陡然拍案，指著那人厲聲喝道：「趙王爺對我們洛國貢獻卓偉，豈容你一個小官在這裡對他說三道四？」

那人嚇得慌忙跪地，連道「該死」。

洛子煦握著拳頭，雙眼冷冷盯著他。在此世間，除了皇上，洛子煦只佩服過兩個人，一個是他的皇兄，另一個就是長輕，他絕不允許任何人詆毀他最尊敬的兩個人。

可是為什麼，就是他最敬佩的兩個兄弟竟合夥欺騙他？為什麼？

跪在地上的官員遲遲聽不到煦王爺饒恕他的聲音，便忍不住抬頭看向煦王。這一看不得了，煦王爺一言不發地坐在那兒，看著他的眼神越發陰冷，他渾身一哆嗦，兩腿發軟，幾乎要倒下去。

大家如坐針氈，大氣不敢喘，心裡暗道：莫怪說伴君如伴虎，果真是君心難測呀！

砰一聲巨響，洛子煦將手中的酒杯摔了一地，眾人緊張地憋住氣，忍不住暗暗猜想他要幹什麼時，洛子煦默然離開了。

大家暗鬆一口氣，有兩個人過去將已經癱倒在地上的那個同僚扶了起來。經過這件事，他們認清了一個理，下次吃飯，如何也要拉上道台大人一起作陪。道台大人見過皇上和太子的駕，怎麼著也比他們能鎮住場面。

話說前幾次，道台大人始終陪在煦王身側的，今日去哪兒了？

原來他是收到捷報後，想起沈風那日的古怪，於是親自去牢房找沈風問話了。

「道台大人說的是真的嗎？」吟月喜道。牢房中的幾人聽到趙長輕的消息，都有不同程度的激動。

「趙王爺不是被人害了嗎？」秀兒不解道。

「我們王爺豈是那麼容易打敗的？」白錄滿臉自豪地說道。

「我們王爺是戰無不勝的大英雄。」提到自家主子，吟月也是滿臉驕傲。

道台大人滿臉疑惑。他們說「我們王爺」？

秀兒歡喜道：「我們的大英雄居然沒死，蒼天有眼啊！」

對於秀兒的愛國情懷，蕭雲了然一笑。她的笑容中夾雜著一縷複雜。這件事情終於昭告天下了，接下來，等待他們的會是什麼呢？

眼下，卻是洛子煦來了。

「你們在幹什麼？」洛子煦對眼前的景象怔了一下。

「煦王爺。」道台躬身行禮。

洛子煦環視一圈，目光最後定格在蕭雲身上。他甩在半路的人馬現在已經到了臨南，要拖住沈風他們幾人帶走蕭雲輕而易舉。

洛子煦半眯起雙眼，冷然一笑，說道：「道台大人，沒什麼事，你就請回吧！本王有些話要單獨問他們。袁侍衛，傳本王的人進來。」

「是。」道台恭順地拱手告退。

須臾，那批人手到了，洛子煦一聲令下，雙方廝鬥起來。趁著場面混亂，他將蕭雲強行帶走了。

「你到底想幹什麼？」蕭雲惱怒地問道。

「幹什麼？哼！」洛子煦拽著蕭雲的手腕，將她拖上了一輛馬車。

袁侍衛尾隨而來，詢問主人後，他駕上馬車往臨南城外馳去。

蕭雲被洛子煦點了穴道，坐在車廂裡說不得動不得，心裡的害怕逐漸加深。

「怎麼，怕了？」洛子煦湊近蕭雲，譏笑道：「妳不是仗著有皇兄和長輕撐腰，天不怕地不怕的嗎？」

蕭雲憤恨地瞅了他一眼，移開了視線。她不想看到這張扭曲的臉。

洛子煦不知從哪兒抽出一根鞭子，在蕭雲眼前晃了晃。

他要鞭打她？

蕭雲滿眼鄙夷地笑笑，一點也不意外。變態的人，果然什麼變態的事都幹得出來。她早就猜到自己難逃一劫。

「想求饒嗎？」洛子煦把玩著手裡的鞭子，陰森地邪笑道：「已經來不及了。」

不一會兒，馬車到了城郊外，馬蹄聲緩緩停了下來。洛子煦將蕭雲拽了出去，甩手扔在一棵大樹下。

「將她捆在樹上。」洛子煦吩咐道。

袁侍衛面無表情地從車廂座位下面摸出一捆繩子，將蕭雲綁在了大樹上。

「你領著馬兒走遠些。」

袁侍衛低下頭道：「是。」

蕭雲無力地斜倚在大樹上，看著袁侍衛遠去的背影，心中的恐懼感一點一滴地加重。

不等她反應，洛子煦一鞭子已經飛速抽了過去。

蕭雲悶痛一聲，細長的眉毛擰到了一起。

「喔，差點忘了。」沒有聽到蕭雲的慘叫，洛子煦感覺少了許多的快感，掃興了一下，他忽然想起自己點了她的穴道，她想叫也叫不出來，於是上前一步，在蕭雲身上點了幾下。

洛子煦退後再抽一鞭子，鞭尾甩到蕭雲臉上，頓時一道紅印子顯現出來。這一下明顯比剛才狠多了，但是蕭雲依舊沒有叫痛。

「本王下手輕了？嗯？」洛子煦連抽了幾下，都不見蕭雲吼叫一聲，肚子裡的氣反而越來越盛。

蕭雲虛弱地笑了笑。她很痛，全身都在痛，但是她不會喊出來。將痛苦喊出來，只會讓親者痛仇者快，這種蠢事，她不幹！

她越是如此，洛子煦的力道甩得越大。

「妳這個賤婦！」洛子煦氣得口不擇言，一邊打一邊罵，十足一個怨婦模樣。

蕭雲看他這個樣子，真心好笑。她甚至懷疑，洛子煦是不是暗戀趙長輕或者有戀兄情結，所以才這麼恨她？變態的心思，果然不是常人能理解的。

鞭子飛舞了近一刻鐘時間，蕭雲幾欲昏厥，都被痛醒了。她低頭看了看，自己的身上被打得皮開肉綻，紅紅的血印縱橫交錯，看上去猙獰可怖。

她想起一個電視劇情節，裡面有個女子，被養母打得皮開肉綻之後，又塗了蜂蜜在傷口上，然後讓螞蟻在上面爬行。那才叫蝕骨的痛、鑽心的癢，自己跟她比起來，小菜一碟。

「妳果真不痛？」洛子煦惡狠狠地問道。

蕭雲艱難地緩緩抬起頭，大無畏地回視著洛子煦，一副面對敵人的折磨視死如歸的決然。

「比起我心中的痛，妳這點痛確實不算什麼！」洛子煦眸子裡染上一層氤氳，渾身莫名散發出憂鬱的氣質。

心中的痛？蕭雲冷笑不已。思想封建的男人所謂的自尊心，真的是很可怕。

遠處忽然隱隱傳來群馬疾馳的聲音，兩人微微一滯，同時看向聲音來源的方向。

就在眨眼之間，洛子煦手中的鞭子被一道不明的力量打落。

緊接著，便是熟悉的呼喚聲。「公子！」

沈風幾人以輕功帶著秀兒急速向這裡飛身而來，他們身後，是騎著馬帶著一大群官兵的道台大人，以及洛子煦的人馬。

袁侍衛聞聲過來，站在洛子煦身後。

秀兒和吟月看到蕭雲被打得體無完膚，疼惜地驚呼一聲，雙雙飛撲過去，一個幫她鬆綁，一個脫下自己的外衣為她披上。

「王爺，我家公子到底跟你有何深仇大恨，你要這般待她？」秀兒氣憤地瞪向洛子煦，哭著質問道。她叫「公子」已經習慣成了自然。

「什麼深仇大恨？」洛子煦憤然。背叛他，引誘他的好兄弟，還恬不知恥地認為自己無錯，論罪，她罪當萬死！

「煦王爺太過分了！」白錄和沈風生氣地盯著洛子煦道。

「大膽！」袁侍衛挺身維護道：「王爺千金之軀，豈容你們橫加指責？」

洛子煦甩袖轉身，在不同的眼光注視之下邁上馬車。

到了車上，他偏身對眾人朗聲說道：「太子玉牌流落民間一案事關重大，本王要帶領五個嫌犯回洛京，等太子歸來再當面對質。程道台，你去準備一輛刑車，將他們關押好了。」

「公子傷勢嚴重，已經暈過去了。我們需要給她清洗傷口，再上點藥。」吟月無視別人，著急地對沈風和白錄說道。

洛子煦的人馬聞言，紛紛上前將他們圍住。那麼多的人，只拖延了這點時間，他們心裡都明白，這幾個人厲害著呢！如果不是這幾人急於脫身追過來，他們恐怕早已命喪黃泉。但是王爺在眼前，他們就算拚命，也得表現出不害怕的態度啊！

「程道台，此事交給你辦了。本王先回驛站，明早出發。」洛子煦殘忍的聲音從馬車裡傳出來。

沈風將蕭雲橫身抱起，冷冷地說道：「我們回先前住的地方等大人。」然後蹲身一躍，眨眼間從道台眼前消失了。

「快快快，跟上！」道台眼前一陣恍惚，定下神後，他急忙爬上馬背，揮著胳膊叫大家快點。

回到原來住的屋子，白錄心急地往自己屋子裡衝。「我去找藥。」

「那我去燒熱水。」秀兒急忙停腳，轉身往廚房那裡去。

幾人忙碌了好半天，蕭雲終於幽幽醒來。

「小姐，妳醒了？還痛不痛？」蕭雲一睜開眼，就聽見秀兒關切的問候。

「有一種藥膏，塗了之後身上不會留下疤痕，但是很多藥材這個季節不易採摘，待我採齊了，就馬上給妳煉藥。」白錄急著安慰道。

蕭雲蒼白地笑笑，無力地問道：「我臉上是不是留疤了？」

吟月忙搖頭，解釋道：「沒有沒有，臉上的傷口少，治療好了將來會褪掉的，就是身上的……」

提到蕭雲白皙的肌膚上縱橫交疊的鞭痕，吟月不忍再說下去。那些傷口多且深，有些已經破開了，很難再復原。將來王爺看到了，肯定會心疼得不得了。他們保護不周，可怎麼向王爺交代？

秀兒別開臉偷偷啜泣，她恨不得那些傷全在自己身上。

「我的腿還在不在？嗯？」心裡的陰影再次籠罩著蕭雲，她有些激動道：「我到底有沒有缺胳膊少腿？」

「還在還在，都還在。」吟月寬慰地壓住蕭雲的手，在上面按了按，惆悵地轉頭看向沈風和白錄，他們皆是酸澀不已。她該是有多害怕，才擔心到這種程度？

「屬下沒能保護好公子，還請公子責罰！」沈風單膝跪地，請罪道。

蕭雲皺眉，用力說道：「快起來，你們快把他扶起來。我又沒有斷手斷腳，只是受點傷而已，你們也太誇張了。」四肢健在，對她來說已經是最大的幸運，沒什麼比這個更好的了。至於那點傷那些疤，蕭雲無所謂。「當是紋身好了。」

「紋身？」幾人茫然不解，不過氣氛總算是緩和過來了。

「公子，秀兒現在去收拾收拾，我們連夜逃走吧？」秀兒說道。

「我們若是逃走，那可就真的說不清了。」吟月反對道。

沈風和白錄贊同吟月的意思。

蕭雲抬眼掃了掃他們三人，心下明白，他們想回洛京。

「那我們該怎麼辦？」秀兒六神無主地看著他們。

白錄急忙說道：「我想起王府裡還有幾味可以用來製作祛除疤痕的藥。」

秀兒擔憂道：「那我們是要坐著囚車回洛京嗎？小姐的身體底子弱，現在又遍體鱗傷，哪能吃得了那風吹日曬的苦？」

「回洛京吧！」蕭雲雙眼沒有焦距地盯著天花板，聲音不大不小，語氣卻異常堅定。當她憑著回憶勾勒那張傾世的容顏，有一股瘋狂的思念瞬間淹沒了她，在她的身體裡無法控制地蔓延。

等他們到了洛京，趙長輕差不多也該到了。

那時，再想別的事情吧！

現在，她只想看到他。

有了決定，沈風和白錄即刻去找道台，查看他準備的囚車是什麼樣的，看能不能改進，弄得舒服點。

翌日上午，蕭雲躺在露天的馬車裡，身旁坐著兩個女伴不時給她剝水果，她的身下墊著半米厚的被子，身上又蓋著一層，只要她張張嘴，「啊」一聲，就有東西主動送進她的嘴裡。她閉著眼睛一邊享受美食，一邊任由微風親吻自己的臉頰，要多愜意有多愜意。

另外兩個保鑣在她們後面那輛囚車裡，時刻注意著周圍的動靜，保護她的安危。

洛子煦瞟了蕭雲一眼，潔白的臉頰上兩道長長的紅印刺痛了他。

他沒說什麼，驀然轉身踏進了自己的馬車。

道台一直送到城外，看著隊伍緩緩離去，煦王爺沒有任何責怪，他心中的一塊大石頭終於落下了。

終於把這個主兒給伺候走了。道台默默腹誹道。

一路上，洛子煦在隊伍的最前面，蕭雲在後面，雙方沒有任何交集。

北上之路，天氣越來越寒冷，蕭雲身上的被子也一層一層往上加，她的左右還有兩個好姊妹，三個人一個被窩，取暖足矣。

這些設備都是沈風去買的，那個牢籠對他來說形同虛設，煦王爺不管，他手下的士兵也懶得鬧騰。

一個月的路程，蕭雲吃著白錄獨家配製的藥，一路昏睡，幾乎沒什麼感覺就回到了洛京。進了洛京城，睡得迷迷糊糊的蕭雲感到一陣涼意撲面襲來，她不由得打了個寒顫，緩緩睜開惺忪的睡眼，便看到天空大雪紛飛，一片銀裝素裹。

記得去年冬日，玉容閣裡從早到晚都燒著炭火，暖烘烘的，她整日躲在裡頭，一點也感覺不到冷。

「我們終究是回來了。」秀兒頗有幾分感慨地說道。

蕭雲也有幾分傷懷。是啊，她與這座城，終是有些緣分割捨不掉。

微微一笑，蕭雲打趣道：「放心吧！有白錄在，他不會讓妳的手再凍傷的。」

「嗯，相信公子身上的鞭痕也會完全消失的。」呤月帶著希望附和道。

蕭雲摸了摸受過傷的臉。有白錄在，那兩道疤痕已經消失了，只剩下身上的……想起上次不小心看到趙長輕身上可怖的刀痕，他們這樣，還挺登對的。蕭雲自嘲地笑了笑。

隊伍緩緩駛入城區中心，路邊的行人漸漸增多，呤月和秀兒放下在半途搭上用來遮風避雨的油布，以防大家真把她們當犯人看。

聽著外面喧嚷的聲音，蕭雲奇道：「外面冰天雪地的，怎麼還那麼多人？」

呤月臉上露出光彩，璀然笑道：「定是王爺打贏御國的消息傳來了。」

「妳怎麼知道？」秀兒迷茫地問道。這些天她們吃住在一起，沒可能呤月知道的，她不知道。

「我家王爺有多厲害，我自然知道。」呤月自豪地笑道。「洛、御兩國這一戰打了百年，王爺行戰一向果決，不喜拖泥帶水。得此機會，王爺定會一擊即中，乘勝追擊，打得御國徹底認輸。」

第四十一章

「太好了！趙王爺上次差一點被他們害死，我們洛國百姓可恨死御國了。這一次，趙王爺能將他們打得落花流水，我們老百姓自然十分開心，難怪大冷天的街上還這麼多人。」秀兒興奮得手舞足蹈，然後莫名地問道：「趙王爺的腿是我們家公子治好的，那我們家公子是不是也有功勞？」

吟月點頭道：「自然功不可沒。」

「那這樣公子不就可以功過相抵，沒事了嗎？」

吟月一愣，秀兒還沒搞明白她家小姐和王爺之間的關係呢！

蕭雲好笑地搖了搖頭。這個傻丫頭，還真以為煦王爺能將她定罪呢！

談話間，隊伍停了下來。

吟月掀開簾子一角，觀察一下四周，然後收回視線，道：「是一座宅院。」

「本王要回宮覆命，你們在這裡，將這幾人看好了，不准任何人進出，聽到沒有？」

洛子煦將蕭雲等人軟禁在他的一座別院裡，外面派了重兵把守，然後放心地離開了。

進了院子，接到命令的管事老媽子將蕭雲幾人帶進院子裡，安排幾人住下。

晚上，蕭雲正準備躺下休息，吟月神秘兮兮地跑來，將一封信遞到蕭雲眼前。

「這是什麼？」蕭雲迷茫地看著吟月。

吟月微微一笑，鄭重地說道：「是王爺設法從邊關傳來的。」

蕭雲聞言，一怔，幾乎是顫抖地從吟月手中接過那封信，帶著五味雜陳的心情將它打開。

「自別後，我率大軍與敵軍經連番廝鬥，終於先日攻入御國宮殿。御國君王揮刀自刎於王座之上，一切皆在我運籌之中，這場戰役終於徹底結束了。太子早已透過書信與皇上談好兩國和平條約，詔書也於今日送達。為免意外，我須留下協助太子，先輔佐御國新君登基，再與其簽下歸降條款，便可歸來，至多一月。

自別後，不至關內，即思卿如狂，奈何國難重責在身，不可往回。雖分別多日，天地可鑑，輕之戀雲心意不變，盼雲之心亦不曾改。」

信的內容皆是白話文，他知道，她最不喜歡讀那些咬文嚼字的文言文，所以體貼地全部用白話文來書寫。不過後面一段話……

想起趙長輕那張萬年不變的冰山臉。他可不像是會說甜言蜜語的人，應該是沈風他們幾個將她與洛子煦的事情傳了去，趙長輕擔心她會改變心意，所以……

他是緊張她的。

蕭雲心頭一甜，抑制不住地笑了出來。抬頭瞥見吟月微笑地看著自己，不由得雙頰飛紅，不好意思起來。

「王爺說了什麼把夫人逗得這麼開心？奴婢跟隨王爺那麼久，可不見王爺哄過女人。」吟月調侃道，很自然地把稱呼改了過來。他們已經回到洛京，這聲「夫人」是遲早要叫的。

蕭雲口是心非地說道：「他打完仗閒得慌，就給我這個老朋友寫封信問候一下而已嘛！」

吟月笑了笑。女兒家面對這種事，總是會害羞的。

「對了，妳認識他那麼長時間，一定知道他身邊有過多少個紅顏知己吧？」

吟月收起笑臉，低下頭正色道：「王爺的私事，我們做下人的不便胡言。夫人若想知道，可等王爺回來，親口相問。」

蕭雲的心倏然一梗。如果沒有，吟月不可能這樣回答的。一定是有，她才怕自己說錯了話，所以讓她自己去問。

「夜深了，夫人早點歇下吧！」吟月退了出去。

蕭雲走到窗前，打開窗戶，灌了自己一身冷氣，混沌的腦子稍感清晰，她才將窗戶關上，回到床沿坐下。

她的目的只有一個，就是再見他一面。如果上天願意給他們一段風花雪月，讓她好好體驗一下戀愛的酸甜苦辣，那再好不過。

最終能否走到一起，已經不要緊了。她想要的是過程。上輩子因為這樣那樣的原因，她沒來得及享受人生就掛了，如今老天給了她重生的機會，還附贈愛情，這一次，她要隨著自己的心，肆意瀟灑一回。總不能活了上、下兩輩子，一次戀愛都沒談過吧？那就太遺憾了。

有了這封信，蕭雲的心也安下了。

自到此處之後，洛子煦一直沒來過，蕭雲也就越發地安心，無聊了就和幾人說說笑笑，玩玩遊戲或者練練字。

一個月的時光匆匆過去，蕭雲跟他們四個人過了一個冷清的年。又過了正月十五，期盼的人仍然沒有如期而至，蕭雲心中的不祥之感逐漸擴大，她開始不斷地問沈風他們，是不是發生了什麼意外？

一開始沈風會說，他出去探探消息；後來，他索性保持緘默，蕭雲怎麼問，都問不出話來。

「王爺到底怎麼了，你快說呀！你要急死我們啊？你再不說我可自己出去問了。」白錄急切地問道。他從沈風的表情中判斷出他已經打聽到了消息，卻故意隱瞞著。

吟月也看出來了這一點。她不明白沈風在隱瞞什麼，但是她明白，既然沈風選擇不說，那必定是不利於夫人的消息。

「沈風，為何不直接告訴她？」屋外傳來一個男子的聲音。消失了許久的洛子煦終於出現在了蕭雲面前。

蕭雲看到他，頓時感覺眼前一亮，他一定知道外面發生了什麼事。

沈風低下頭，不敢看蕭雲。

洛子煦邪惡地對著蕭雲笑道：「想知道本王最近都忙些什麼嗎？」

蕭雲點點頭，一副很想知道的眼神瞅著洛子煦。

「那好。」洛子煦走進內室。「妳跟我來，我們去裡屋敘話。」

蕭雲不怕跟他去，反正有吟月和秀兒一直陪伴著她。

到了內室，洛子煦睨了吟月和秀兒一眼，慢聲說道：「本王想單獨與妳說會兒話，妳遣開她們二人。」

「她們與我形同姊妹，我沒什麼事不能跟她們說的。」蕭雲堅持道。

洛子煦看著蕭雲，緩緩說道：「皇兄前日剛回，還有許多朝務要忙，又要忙於立太子妃一事，所以本王還沒來得及問他玉牌之事的真假。」

蕭雲微微愕然。那個如玉般溫潤的男子終於要結婚了……他能幸福，她由衷替他開心。如果逃不了政治聯姻，那衷心祝願太子妃是個性情純良的女子。

「很失望？」洛子煦挑眉問道。

蕭雲斂回笑容，瞥了他一眼，懶得回答他。

從她雲淡風輕的神情中，洛子煦看出她並不在意此事，他試探地繼續說道：「還有長輕，他與皇兄同日大婚。本王這陣子為了這兩件事可忙壞了，好不容易得閒。」

聞言，蕭雲臉容一僵，瞬間如遭雷擊，愣在當場。他，說什麼？

洛子煦瞳孔一縮。原來她在意的人，是長輕。

吟月眸子微微訝異地閃爍了一下。難怪沈風不敢說出來，原來如此。

秀兒懵懵懂懂地看了看蕭雲，隱約從她的表情中讀出一絲傷心。

「痛嗎？」洛子煦嘴角漾出一抹邪惡的笑意，拿出兩張皺巴巴的紙，扔給蕭雲，道：「睜大妳的眼睛，看清楚了。」

蕭雲迷茫地看了看洛子煦，恍惚地打開那兩張似乎曾經被用力揉成一團的紙，定神看下去，一股被羞辱的感覺不禁油然而生。

是趙長輕的筆跡。他寫給太子的。

原來他一直懷疑她是奸細，一直在調查她、試探她。他對她所有的好，都只是個幌子，是為了蒙蔽她，取得她的信任，確認她的身分。

她終於恍然，難怪那段時間，他總會無意間問她一些莫名其妙的問題。

他是在試探她。

蕭雲的臉上因為憤怒而覆滿了煞氣，看上去非常可怕。

「夫人？」呤月和秀兒擔心地看著蕭雲。煦王爺到底給她看了什麼？

「被人欺騙的滋味如何？」洛子煦走近蕭雲，咬牙說道。

他抬起蕭雲的下巴，沈聲說道：「迷惑皇兄與長輕，是不是覺得很自豪？殊不知，自己完全被別人玩弄於股掌之中。」

「他沒有玩弄我。」蕭雲一把揮開洛子煦的手，直視著洛子煦，堅定地說道：「當時那種情況，我們素不相識，他懷疑我很正常。」

「呵，妳倒會自圓其說！」洛子煦點點頭。還不死心？好，看妳要自欺欺人到什麼時候。「那妳想不想參加他的婚典？本王可以帶妳去。」

他的婚典？

蕭雲腦海中出現一個畫面，當主婚人問那個新娘，妳願不願意嫁給趙長輕，這輩子只愛他一個人時，她忽然在人群中舉手大喊：我願意，然後，趙長輕臉上劃過驚慌失措的表情。不對，他對她的那些好，只不過是為了騙取她的信任而已，所謂情意，都是假的，他又怎麼會驚慌失措呢？他只會得意地大笑，這個傻妞，真是好騙。

「知道長輕娶的人是誰嗎？幾年前，長輕在邊關結識了一位女子，兩人落入山崖，單獨相處了一夜，後來長輕得知她是御國一位小郡主，因為御國前皇后的寵愛，被賜了公主身分。礙於家仇國恨，他們沒能走到一起。如今那位公主的父王榮登王位，公主主動提出和親，指名要嫁於長輕。」洛子煦將知道的全都說出來，往死裡打擊蕭雲。

說完，洛子煦斜眼看向吟月，道：「吟月，妳追隨長輕多年，這件事，妳也知道的吧？」

蕭雲轉頭看向吟月。

吟月看了蕭雲一眼，不自然地偏開了視線。她不但知道，她還認識那位宛露公主，兩人來往的信件，皆是從她手裡傳出去的。

蕭雲了然於心，那個和親公主如果不是跟趙長輕確有舊情，她能那麼自信趙長輕不會拒絕她，那麼堅定地一直不嫁，等兩國戰火平息嗎？蕭雲咬了咬牙關，努力使自己平靜下來。

「那他是去御國接親了，還是在自己的王府裡準備迎親？」

「御國乃戰敗國，自然是和親公主前來。為表兩國交好的誠意，御國新君會親自將和親公主送來，主持這場婚典。」洛子煦說道。

蕭雲目光渙散，喃喃道：「也就是說，趙長輕早就回來了？」

那她還在這裡等什麼？

「妳這個下堂婦，連鄉間野夫也不願意娶妳，還癡心妄想嫁給長輕?!」洛子煦捏住蕭雲的下巴，諷刺道：「愚不可及！」

蕭雲沒有心情說話，閉口不言。

「妳是不是以為，不做他的妃子，還可以做他的妾，他一直都是妳的靠山？告訴妳，以妳下堂婦的身分，姑姑絕不會讓妳踏進趙家半步！以為長輕給了妳兩個貼身隨從，就是重視妳嗎？」

蕭雲緊緊咬住牙齒，只有這樣，身體才不會難過得打冷顫。

停頓間，洛子煦突然聽到外面傳來一絲詭異的聲響，略微思索一下，他抿嘴一笑，在轉身之際，擋住吟月的視線，摟著蕭雲的肩膀轉了個身，在蕭雲反抗之前點了她的穴道，讓她動彈不得，而後悠然地說道：「妳們出去。本王還有好些話，要與雪兒敘敘。」

蕭雲呆愣愣地眨了眨眼睛。這個混蛋，又點了她的穴道！

秀兒試探地歪著腦袋看蕭雲，被洛子煦一個厲眼嚇退了回去。秀兒又看了看吟月，吟月皺眉，進退兩難。

「妳區區一個下人，想忤逆本王嗎？」洛子煦黑眸冷冷盯著吟月。

「奴婢……」吟月心中焦急。她到底該怎麼辦？想了一下，吟月轉身，決定出去和沈風他們商量一下。

走出三步，她忽然感到側面吹來一抹急勁的風，一道暗氣飛速從她眼前劃過去，衝向她身後。頃刻間，屋子裡灌進一股風，大家瞇起眼睛，伸手遮擋。

風停下，大家睜開眼睛，詫異地左右搜尋，發現房間裡竟多出一個人，在屋子的一隅，巋然矗立。他一襲黑衣覆身，長髮隨意披散身後，冷峻的面容上有著精雕細琢般完美的五官，身形高大，面色沈靜，深邃的眼眸亮如晨星，彷彿降世的謫仙，帶著神秘的氣息和妖魅飄然而至。

秀兒不由得看癡了，嘴巴情不自禁地張成了一個圓形。天哪，老天顯靈，有神仙下凡來救小姐了！

洛子煦半瞇起雙眸，冷冷盯著他。

外面那麼多守衛，他卻如入無人之地般，好厲害的輕功！

吟月大喜過望，慌忙跪地拱手道：「奴婢參見王爺。」

趙長輕的雙眸緊緊鎖在那個背影上，冷冷地說道：「護主不周。」

吟月肅目。「奴婢該死。」

「妳帶他們先行回府。」趙長輕的聲音沒有一絲溫度。

「是。」吟月起身，過去拉起呆住了的秀兒，退了出去。

洛子煦一臉不歡迎地說道：「我記得我們前日才在宮裡敘過。」

趙長輕冷著臉說道：「前日，你沒有告訴我私自將她藏在了你的別院裡。」

自從他回來後，沈風便和他斷了聯繫。他明知蕭雲就在洛京，在子煦的手裡。可是，當他問子煦時，子煦卻說沒有。他將信將疑地派人搜查了一遍煦王府，又將洛京每一個蕭雲可能會出現的地方找遍了，最後才得知他們被關在這裡。

「我院子裡藏了什麼人，有必要告訴你嗎？」

「別人我管不著。」趙長輕的視線越過洛子煦，緊緊看著蕭雲的背影，柔聲說道：「雲兒，是我未過門的妻子。」

「你未過門的妻子，應該是宛露公主。」洛子煦笑著指了指蕭雲，鄭重地說道：「她是我的側妃，謝容雪。」

趙長輕眼眸閃了閃。「那是以前。現在她與你已經沒有關係了，希望你不要插手。」

「雪兒是我八抬大轎，明媒正娶回來的，我們兩人之間的瓜葛，可不是說斷就能斷掉的。長輕，我也希望你不要插手我的家事。」

「你的家事，我沒興趣，但是雲兒跟你的關係，你說了不算。」趙長輕邁步走向蕭雲。「雲兒，跟我回去。」

洛子煦失望地看著趙長輕，質問道：「長輕，我說了，她是我的妃子，你果真要為了一個女人，與我翻臉嗎？」

「如果你不想為了女人跟我翻臉，就不該將我未過門的妻子軟禁在你的院子裡。」趙長輕渾身散發出冰冷的氣息，煞氣駭人。

「長輕，你口口聲聲說她是你未過門的妻子，那宛露公主呢？你打算讓她們做平妻？」洛子煦好笑道：「她是被我休掉的側妃，是個下堂婦，洛京誰不知道？你認為姑姑會讓她進門嗎？還是你打算將她偷養起來？也對，你可以為她置一處宅院，讓她做那個宅院的女主人，這也算是妻子。」

趙長輕肅穆道：「我從沒有想過將她藏起來。」

洛子煦不可置信地睜大眼睛。「長輕，你可想清楚了？她根本見不得光，即便是我想反悔，也只能將她偷偷藏起來，否則一定會被世人笑死。而你，洛國的戰神，舉國英雄，你若將她公諸於世，你會名譽掃地！太學大人、姑姑、父皇，他們統統都不會答應。你要為了她，背棄天下嗎？」

趙長輕雙唇緊抿，緩緩地垂下眼簾。

第四十二章

「宛露公主身分高貴，讓她與一個下堂婦共事一夫，這簡直就是在打她的臉，也等於是對御國的侮辱。父皇很想與御國建立邦交，你若那麼做，那些在戰場上死掉的士兵就白死了！」

洛子煦知道，趙長輕不在乎名譽，不在乎地位，不在乎別人的眼光，但是他在乎跟隨他出生入死的士兵們的性命。

「你與宛露已經沒有了阻礙，就不要再留下遺憾了，好好珍惜眼前人吧！」

趙長輕沈默不語。

此時此刻，蕭雲真的非常慶幸自己被點了穴道，動不了也喊不出聲音，不然，她一定會控制不住痛哭失聲的。

他沈默不語，是動搖了嗎？

自從來到這個世界，她從來沒有傷害過別人，卻成了萬人唾棄的對象，被人瞧不起，連追求幸福的權利也被無情地剝奪了。

她到底做錯了什麼？

蕭雲感到難以抑制的委屈，非常難受。

為什麼，從小到大，從現代到古代，不管交換了什麼身分和背景，她始終都得不到幸福？是她的要求太高了嗎？還是她本就不該對趙長輕有任何的奢望？

有沒有一個人，可以珍惜她如生命，愛護她至死方休？

蕭雲慢慢地閉上眼睛，兩行清淚從眼眶中滑落。

「我會放棄……」趙長輕毅然抬眸，開口剛說了幾個字，便聽到外面傳來一聲尖銳的通報。「王爺——」

袁侍衛從外面進來，道：「王爺，太子殿下駕臨，帶了許多人，我們攔不住，屬下只好慌忙趕來彙報。」

話音方落，便聽到有人在外面呵斥道：「你們這群奴才看清楚了，此乃當朝太子，太子殿下的駕你們也敢攔？」

有個侍衛飛速地跑進來，跪地說道：「王爺，太子——」

「滾！」洛子煦厲聲喝道。他蹙眉斜了蕭雲一眼，甩袖上前去迎接。「皇兄，你怎麼來了這裡？」

瞟了他一眼，太子看向趙長輕，低低地喚了一聲。「長輕。」

趙長輕面色無波地問道：「你來找子煦？」

太子搖了搖頭，環顧一周，視線觸及那個嬌小的背影時停頓了片刻，旋即收回來，慢聲道：「我是來找你的，在趙王府等了許久，見到沈風他們回來，才知你在這裡。」

「我現在有要事在身，別的事晚點再說。」趙長輕說道。

太子點了點頭，道：「不是什麼急事，先放一邊也無妨。」

洛子煦頗為怨惱地瞥了瞥太子，道：「那也讓人來通報我一聲，我好出去迎你的大駕。這可是我的後院，你們說來就來！」

「你去別人的府上，尤其是長輕的後院，說闖就闖，何曾通報過？」太子直言道。

洛子煦語塞，又不滿地嘟囔道：「長輕以前不是沒有娶妻立妾嗎？腿腳又不方便，我直接進去省得他跑一趟。以後他娶了宛露公主，我絕對不會再那麼沒規沒矩的，傳到御國去可不好。倒是你們，一個太子，一個大將軍，竟然私闖兄弟家的別院，傳出去不怕被人笑嗎？」

「只要你不說，誰敢亂嚼舌根子？」太子語氣微冷道。

洛子煦無言以對。

太子將視線從他身上收回，目光轉移到蕭雲的背影上，溫聲問候道：「蕭雲，許久不見。」

一句老朋友般的問候，如同一束陽光照進蕭雲陰冷的世界裡，想著他溫和地凝視著自己，帶著淺淺的笑意，蕭雲感到一股暖意湧上心頭。

「蕭雲？」太子見蕭雲木然不動，狐疑地問道。

「她一個婦道人家，怎好見外間的男子？她背著我私下結識別的男子，已是失德，怎還有顏面面對你們？你們還是走吧！不然，我看她要找個地洞鑽進去了。」洛子煦涼涼地說道。

「聽說她因為玉牌一事被你軟禁了，那塊玉牌是我強行給她的。」太子沈聲說道：「她沒有任何過錯，你不該軟禁她。」

洛子煦笑笑，從懷裡掏出玉牌扔給太子，說道：「估計她也沒那個膽量去偷。這兒是我的私人別院，若是罪犯，我怎麼可能將她軟禁於此？外面的守衛是用來保護她的，她若想出去，沒人敢攔她。」

太子握住玉牌，驀然失笑。它最終還是回到了自己這裡，看來還是做朋友適合他們。片刻的失神後，太子迅速收拾好心情，嚴肅問道：「那你打算給她什麼身分？還是一直無名無分地放在別院裡藏著？」

「若她餓死街頭，傳出去對統領府、煦王府都沒什麼好處。她怎麼說也曾是我的女人，煦王府會負責她的生養死葬。至於位分，已經被她的妹妹取而代之了。她若在這裡安分守己，將我服侍好了，過個幾年，我會上報內務府，給她個夫人的頭銜。」洛子煦既是回答太子，也是對蕭雲說。

不過，這些話只是為了讓太子和趙長輕死心而說的場面話，他根本不會去碰別人碰過的女人，也無法原諒謝容雪的背叛，他要將她囚禁一輩子，讓她此生暗無天日，讓她知道背叛的下場。位分、頭銜，她這輩子想也別想！

洛子煦說話間，趙長輕的瞳孔猛然緊縮，雙手不由自主地握成了拳頭。

「蕭雲，妳可願意？」太子對著蕭雲的背影問道。

沈寂了須臾，洛子煦說道：「她不說話，自然是默認了。已經被休棄，我肯對她的後半生負責，她自當感激涕零。」說著，他抬腳跨到蕭雲面前，伸手攬住蕭雲的肩膀，將她擁入懷中，報復般地看向趙長輕。

趙長輕的忍耐已經達到了極限，他縱身飛到他們面前，一把推開洛子煦，然後抓住蕭雲的手臂，將她的身體扳過來。

動作間，趙長輕發覺蕭雲的身體有些遲鈍，眼眸裡不禁閃過一絲訝異，站定後，他抬頭欲問蕭雲是否身體不適，觸及她臉上的淚時，趙長輕的心猛地一顫，渾身愣怔。

「怎麼哭成這樣？」太子看到蕭雲滿臉淚花也嚇了一跳。

趙長輕震怒，轉身一把抓住洛子煦的衣襟，目光冷冽地盯著他，質問道：「你對她做了什麼？」

洛子煦迷惑地看向蕭雲，才知道她哭了。看她潔白的小臉上掛滿了淚珠，洛子煦心頭閃過報復的快感，臉上露出一抹譏笑。怎麼，聽到長輕和宛露公主的婚訊，難過了嗎？

「別哭了。」太子柔聲勸道。「妳如實告訴我，子煦到底對妳做了什麼？今日我在這兒，一定會替妳主持公道。」說完，他從窄袖裡抽出一方絲絹，遞給蕭雲。

蕭雲別開眼眸，無聲地流淚。受了那麼多委屈，要麼一直不哭，一旦到了極限，想停都停不下來。

趙長輕風一般地閃身到蕭雲身邊，試著在她身上點了幾處。

果然，身體僵直的蕭雲終於有所動作。

「原來是被點了穴道，難怪哭成這樣都沒有一絲聲音。」太子恍然。

趙長輕抬起雙手，輕柔撫摸蕭雲的臉頰，自責地說道：「雲兒，對不起，委屈妳了。」

洛子煦衝上前一步，試圖拉開他們，太子跨步過去擋在了他面前，態度十分堅決。洛子煦忿然瞪著太子，冷哼了一聲，恨恨地站直身體。

蕭雲仰起臉看向趙長輕，淚水漸漸止住。認識他那麼久，她第一次仰視他。他好高，幾乎高出她一個頭，偉岸的身軀足夠替一個女子遮風擋雨，但是只夠一個。

蕭雲垂下視線，看了看他的腿，然後輕輕將他的手從臉上拿開，往後退了退，疏離地看著他，平靜問道：「你的腿已經完全能夠行走自如了，是嗎？」

趙長輕深深注視著蕭雲平淡的臉容。她清澈的水眸裡沒有一絲漣漪，靜靜地看著他，不含任何情感，他的心沒來由地一慌，愣怔地答道：「是，不論行走或是用武，都已無礙。」

「那就好。畢竟受過傷，陰冷天可能還會不舒服，你要多注意保暖。」蕭雲像個醫生般盡責地交代道。

「有妳在我身邊，什麼痛我都可以忍受。」趙長輕直白地說道。

他的表情很認真，一絲不苟，蕭雲被他的深情灼熱了，什麼懷疑在頃刻間都被拋到了九霄雲外。

如此優秀的男子，彷彿不食人間煙火，她想獨占他全部的注意，是否太貪心了？能擁有這一瞬間的傾注，她已經很滿足了。

兩人默默地對視了許久，蕭雲施施然一笑，輕聲說道：「之前我便說過，我曾受過一位朋友的照顧，來到你身邊，只因她希望我以幫助別人來還這段恩情，如今你雙腿已痊癒，我該離開了。」

趙長輕深眸閃了閃，彷彿不能接受她的話，不可置信地搖了搖頭。

「我們相處那麼久，我當然捨不得你們了，吟月他們肯定也捨不得我。」蕭雲故作輕鬆地說道：「可是天下無不散之宴席，我想分開久了，自然就淡了吧！」

「妳收了我的髮簪，便是我的人。」趙長輕沈沈說道。

髮簪？

第一次送的髮簪，在山上混戰時弄壞了。第二次，那天夜裡，他走之前將髮簪如諾言般鄭重地插進她的髮間……

那根髮簪，被她留在了趙王府，收在書房裡。她想等他回來，正式為她戴上。

趙長輕記得那個諾言，可是他不記得她曾說過，絕不與別的女人分享一個丈夫。或者他一直認為，她只是在開玩笑，真的遇上一個肯娶她的人，她會馬上撲過去，管什麼底線原則。

「那根簪子就在你書房桌子的抽屜裡。它太珍貴了，我想只有公主的身分才配得上它。」

趙長輕看著蕭雲。「我與宛露公主的婚事，關係兩國建交，妳就不能……」

「不能。」蕭雲態度決絕。

「不管我娶誰，我許妳正妻之位的諾言永遠不會改變。若妳容不下她，我可以不娶。」

趙長輕緊緊注視著蕭雲，認真地說道。

蕭雲苦笑。他為她做出了這麼大的讓步，在她與公主之間毅然選擇了她，她是不是應該感動得哭泣？

可是為什麼，她心裡堵得好難受？

「難道你要讓和親公主做妾？」一旁的洛子煦按捺不住插嘴道：「趙長輕，你是不是被蠱惑了？」

看吧！她還沒說話呢，就有人跳腳了。

在他們看來，她根本配不上他，甚至趙長輕，可能也是這麼認為的。

趙長輕不理會他們，視線一直停留在蕭雲身上。「若皇上執意命我娶公主，我可以放棄官職。如此，妳可還有顧慮？」

蕭雲垂下睫毛，幽幽轉身，嘆道：「在你們眼中，我一定很自以為是吧？我是殘花敗柳，身分低賤，樣貌平庸，無德無能，遇到像趙王爺這般出色的男子，還讓我做正室，這簡直就是一種天上掉餡餅的好事，我應該感恩戴德才是。趙王爺，你是不是也認為，我幫你治好了雙腿，你理應給我一個依靠，當作報答？而我居然還不讓你娶別的女人，我簡直不可理喻，是不是腦子有問題？」

洛子煦當即露出一副「沒錯，我就是這麼想的，難道不是嗎？」的表情。

「我從未如此想過。」趙長輕搖頭說道。

「每個人的想法都不同，男人三妻四妾是這個時代所需，我不認為你錯了。」蕭雲帶著嘲諷的笑容，慢慢說道：「但是，我也有我的堅持，我蕭雲，絕不和別人分享同一個丈夫。你們說我瘋了也好，說我不識好歹也罷，我的態度，絕不動搖分毫。」

他們沒有受過同一種教育，沒有同一種觀念，他們不懂她，她不怪他們，但是讓她接受他們的思想，她做不到！

頓了頓，蕭雲驀然轉頭看向洛子煦，問道：「煦王爺，我可否問你一個問題？」

洛子煦一愣。「妳要問什麼？」

「如果你此生都娶不到謝容嫣，心中是否永遠都有一個位置放著她？將她視為一輩子的遺憾？」

洛子煦皺眉想想，的確如此，得到之後未必見得有多好，但是沒有得到之前，心心念念著總想得到她。

蕭雲苦澀一笑。「趙王爺，你與公主緣分未盡，即使你不娶她，我也接受不了你跟我在一起時，心裡留個空給別人，偶爾不經意間，失神地思念那個女人。」

一想到他們曾經獨處過一夜，趙長輕望著遠方出神時可能也是在想著那個公主，蕭雲就感覺心被生生地剜了一下。

「我與宛露公主並非妳想的那樣。」趙長輕受傷地看著蕭雲，澄清道：「御國有公主和親是政改必然，這不會影響到我對妳的心意。既然妳不同意，我會上書申明，拒絕迎娶。」

「你瘋了？和親一事已定議，豈容你胡亂更改？滿朝大臣一個都不會同意。」太子著急阻止道。

「妳到底給長輕下了什麼迷魂湯？」洛子煦衝上前去，想揪著蕭雲質問，被趙長輕伸手擋住了。

太子過去拉住洛子煦，道：「你安分點，這件事輪不到你插手。」

洛子煦忿然脫口而出道：「謝容雪是我的女人，怎麼不關我的事？」

「她已經不是謝容雪。」趙長輕沈下臉色，警告的眼神瞟向洛子煦。「更不是你的。」

「那也不是你的。」洛子煦不甘示弱道。

趙長輕臉色陰沈得可怕，他看著蕭雲，一字一頓地說道：「遲早有一天是。」

場面有點混亂，太子無法，只好將希望轉移到蕭雲身上。「蕭雲，和親公主指名嫁給長輕，若他拒絕，父皇一定會龍顏大怒，屆時他的前程必受影響，太學大人也會受到牽連。為了你們的將來，為了國家，妳就不能退讓一步嗎？我會請求父皇另賜他們府宅，妳不與公主同一屋簷下，就當作沒事不可嗎？」

「你們都瘋了！姑姑會要一個棄婦做兒媳？這讓她如何在大夫人面前抬頭？還有太學大人的一世清名，你們想讓他晚節不保嗎？」洛子煦插嘴道。

太子不滿地瞟了他一眼，低聲說道：「你還嫌不夠亂嗎？」嘴上雖如是說，但是心裡還是認同了洛子煦的話。

他們兩人之間的問題，真的不僅僅是一個宛露公主。

提到雙親，趙長輕眼波動了動，稍有遲滯。

如果趙長輕堅持否認和公主的事，這件事便只會是個小插曲，不會影響到他們兩人的發展。可是，兒女情長一下子上升成了國家大事，牽扯到平真公主在太學府的地位，太學大人在同僚面前的顏面，現在又提升到兩國友誼……太複雜了！

蕭雲沈重地合上眼，深吸一口氣，再睜開，作了一個重大的決定。「我們還是到此為止吧！」

趙長輕胸口一窒，受傷地看著蕭雲。

蕭雲承受不住這樣的眼神，轉頭不再看他。「現在玉牌一事已經問清楚了，煦王爺沒有任何理由再關押我了吧？」說完，她轉身對著門口走去，連聲告別都不想跟這些人說。

「妳要去哪兒？」趙長輕急忙抓住蕭雲的手臂。

「妳不能走。」太子急忙命令留在外面的隨從擋住門口，他說道：「蕭雲，妳已經走不掉了！」

第四十三章

蕭雲不悅地轉身瞪著他，帶著壓在心底的情緒低吼道：「你們還想用什麼理由軟禁我？官大了不起啊?!」

他們被蕭雲突然爆發的脾氣鎮住了。

「妳莫要動怒，我並無其他意思。」太子和聲解釋道：「洛、御兩國締結友好，三月之後，御國新君會帶領半數大臣前來朝拜，父皇為了向他們展示我們洛國深厚的文化和繁榮，決定大力興起文藝，廣攬各種人才。父皇已下令讓各位大臣舉薦，欲選拔出一支舞藝精湛的御用舞娘。莫侯舉薦了玉容閣，但以玉容閣現在的能耐，我想很難在全洛國的參選人中脫穎而出。」

「你的意思……」這個消息讓心情低落的蕭雲霎時為之一振。她猜對了，只要兩國戰爭一結束，贏的那一國肯定會大力發展舞樂，倡導文風作派，女子的地位將在這個時候有所提高。

太好了！

「玉容閣的人為了維持妳的要求，堅決賣藝不賣身，一直勉強度日。我想妳不會忍心袖手旁觀的，還有妳的心願，這是個實現的好機會。所以，妳走不掉的。」

「那……」蕭雲被突如其來的好消息弄得有點不知所措，同時也擔心如此一來，她便要……

「她有何心願？你是如何知曉的？」趙長輕語氣微酸地問太子。

不知道為什麼，聽到這句話，太子的心房莫名閃過一抹快意。用什麼標準來衡量，他都不是一個壞人，可是，當他聽到蕭雲的心願他知道，趙長輕並不知時，他真真實實地感覺到內心滑過一種快感。

太子避開趙長輕疑惑的雙眼，對蕭雲說道：「回玉容閣去吧！這段期間關門歇業，朝廷會撥款給妳們維持正常的生活開支。妳們準備一下，半月後參加選拔。另外，」太子似刻意地掃了洛子煦一眼。「我會駐兵在玉容閣門外，不准任何人打擾妳們，再派兩個親信做妳的護衛。」

蕭雲輕蔑地瞥了洛子煦一眼，玉容閣的名號已經傳到了皇上耳朵裡，這次選拔賽全國轟動，諒他也不敢在這個時候招惹她。

她擔心的是——蕭雲斜睨了一眼，似是很為難。

「妳不想？這不是妳一直以來的心願嗎？」太子以為她聽到這個消息會開心點的。

「雲兒，妳……」趙長輕小心翼翼地試問道：「是不是害怕見到我娶公主？」

蕭雲埋頭，低聲承認道：「是，要我親眼看著你和別的女子成親，我做不到，眼不見為淨。」

三人皆愣怔，他們沒料到蕭雲會回答得這麼直白，這簡直就相當於告訴大家，她在乎趙長輕。

洛子煦皺眉，滿臉鄙夷道：「不知廉恥！」

趙長輕卻一臉驚喜地對著蕭雲微笑。

蕭雲抱歉地回應趙長輕深情的注視，道：「請你不要誤會，我們已經不可能了，你還是和公主比較配。」

「不要說氣話！」趙長輕直直瞧著蕭雲，執意說道：「我知道妳是在意我的。」

「不若，妳可以像從前在玉容閣一樣，在背後栽培，妳自己不露面。」太子急忙插嘴，提出自己的辦法。自從放下了對蕭雲淺薄的好感之後，他處理起和蕭雲有關的事情都能非常理智。

他看得出蕭雲的優異，他有預感，蕭雲一定會為洛國的發展做出很大的貢獻。現在正是洛國需要她的時候，他不想失去這個人才，所以，他要想盡一切辦法留下蕭雲為己所用。

蕭雲的思緒立刻被吸引過去，她考慮了一會兒，點點頭，道：「是個兩全其美的辦法。」

「那我現在就派人護送妳去玉容閣。」太子滿意地欣然一笑，道。

蕭雲無聲地看著太子，點了點頭，忽然感覺手腕一緊，來不及猜想怎麼回事，身體已經被一個黑色的大氅裹住，隨即腳下一空，身體被一個強大的勁道帶離這個房間。

「來人，備馬！」洛子煦大驚失色，欲帶人去追，被太子給勸了回來。

「給他們一點時間，他們會回來的。」太子雙手負於身後，淡淡說道。

蕭雲最與眾不同的地方，就是有自己獨立的思想和堅持，現在有機會實現她的夢想，她不會輕易放棄的。

他的肯定，源自對趙長輕和蕭雲深刻的瞭解。

「啊——」驚恐的尖叫聲劃破天際，夾雜著呼嘯的風聲從耳邊吹過。蕭雲驚魂未定地捂住胸口，抬眸一看，看到趙長輕如刀削般的下巴，她恨恨地掄起拳頭捶打他。「你神經病啊，也不提前跟我說一聲，你想嚇死我呀？」

「妳眼裡只有太子，我提前與妳說，妳會跟我走嗎？」趙長輕磁性的聲音裡帶著薄怒。

「我眼裡有誰關你什麼事？你放開我！」蕭雲不停地掙扎道：「你也想把我軟禁起來嗎？你們這群野人，仗著自己會飛會點穴，就為所欲為，把我們這些沒有武功的當人肉沙包，拎過來拎過去的，簡直就是王八蛋！」

「閉嘴！」趙長輕低頭怒斥道。「再動我們都得摔下去。」

「你放開我不就能自保了？」蕭雲張嘴朝趙長輕的肩膀一咬，氣憤地說道：「你放開我，讓我摔死算了！」

趙長輕吃痛，肩膀顫了一下，但是他沒有鬆開手臂，反而抱得更緊。蕭雲賭氣般的話語讓趙長輕低落的心情莫名好轉起來，忍不住笑道：「妳若摔死了，我豈不是要守一輩子寡？」

「哼，公主金枝玉葉，命大著呢！你怎麼會守寡？」

趙長輕吃吃地笑著，抱著蕭雲來到一片空地。他站穩身體後放下蕭雲，好整以暇地盯著她，自信地說道：「妳吃醋了。」

「自戀！」蕭雲翻了個白眼，看看四周一片漆黑，沒有人煙，只聽到鳥鳴，好像是郊外。「這是什麼鬼地方？」

趙長輕左右看了看，衝著蕭雲詭秘一笑，道：「不會被人打擾的好地方。」

「你、你挾持我過來，到底有何居心？」蕭雲被他看得渾身不自在。主要是他的雙眼太電人了，這麼漆黑的夜晚，他的眼睛亮如星辰，眼波閃動，恍若漩渦般，幾乎要把她吸進去。

「雲兒。」趙長輕上前一步，把蕭雲抱進懷中。

「你放開我。」蕭雲急忙伸手推他。

「不要動。」趙長輕低聲微斥，然後將臉深埋進蕭雲的頸窩裡，深深吸嗅著她的馨香，聲音柔得像是要把人融化了一般。「我想妳想得快瘋了。」

趙長輕的臂力大得驚人，蕭雲掙扎幾下，他反而箍得越緊，彷彿要把她揉進身體裡。她不敢再動了，試著將身體放鬆下來，靠在他懷裡。

很久很久，蕭雲感覺脖子一涼，全身如電流通過般一陣酥麻。

趙長輕的雙唇順著她的脖頸滑至臉頰，經過小巧的耳垂時，一股獨屬於男性的吐息讓蕭雲不由得渾身顫慄了一下。

蕭雲的意識陷入一片混沌之中，她驚訝得雙唇微張，呆呆地看著趙長輕。

「乖，把眼睛閉上。」趙長輕柔聲誘惑道。

蕭雲像受到了催眠，情不自禁地閉上了眼睛。

趙長輕低頭，一口含住那嬌嫩的紅唇，貪婪吸吮著，得逞之後，他靈巧的舌尖輕易地撬開蕭雲的貝齒，霸道地攻下了她的防守，嚐到了她的甘甜。

這個吻纏綿且悠長，蕭雲快要窒息了，幾乎以為自己會溺死在這樣的深情裡。終於，趙長輕在最後一刻放開了她。

再不停下，他可能要失控了。

「一直投入作戰，每日忙到筋疲力盡，我也不知自己有多想妳。結束那日，我歸心似箭，恨不得長一對翅膀馬上飛回洛京。我想看到妳，想妳和我一起分享勝利的喜悅。這般迫不及待的心情，我想，應該就是書中所說的男女情愛吧！」趙長輕溫柔地摩挲著蕭雲的臉頰，低喃道。

蕭雲挑挑眉，在心裡「呿」了一聲。這話說得好像她是他的初戀一樣，那晚他和宛露公主在一起時，他就沒有小鹿亂撞，想入非非？

「報恩的方法有很多種，若非我真心愛妳，我怎可能許諾娶妳為妻？以後不許妳再說那樣的話。」

蕭雲癟癟嘴。沒錯，他堂堂一個王爺，手握兵權，要什麼有什麼，用不著靠以身相許報恩，說他是為了報恩才提出娶她為妻，的確有點牽強了。

「還有妳的過去。我晚一步認識妳，在妳受苦的時候沒能陪在妳身邊，我又有什麼資格介意？我已經錯失了妳的過去，不想再因為妳的過去而錯失了妳。我只能保證以後，絕不會再讓任何人傷到妳。」趙長輕忍不住又將蕭雲摟進懷裡。「相信我！」

蕭雲還是第一次聽他一下子講了這麼多的話，不華麗，但是很實際。蕭雲的心有點動搖，她將臉埋在趙長輕寬厚的胸膛裡，聞到他身上有一股淡淡的苦味，像中藥。蕭雲仰起臉，問道：「你生病了？」

趙長輕垂首，微微一嗅，道：「是太后病了，之前我隨母親去宮中探望她，可能染了一些藥味。」

「你是她的親外孫？」

趙長輕眼眸閃了閃，點點頭，嗯了聲，心裡預感蕭雲的問題不會如此簡單。

「那她有沒有提到你的婚事？」

趙長輕目光游移地點了點頭。

「你說，如果你告訴她，你想娶煦王休棄的側妃為正妻，她會不會氣得昏過去？」蕭雲問道。

趙長輕臉色霎時一黯。

蕭雲淒然一笑，道：「你的心意我感受得到，可是，我們不是你情我願就可以在一起的，橫在我們之間的問題是你丟捨不掉的親情。就當作是遺憾吧！這樣，我們會記住彼此一輩子。沒有深愛之前，及時抽身，不會太痛。」

趙長輕深邃的黑眸裡透著一股堅毅，他搖了搖頭，道：「已經來不及了。自太子別院前驚鴻一瞥，便再難忘記。妳可能有所不知，當我聽子煦說妳和他從前的事，當妳和太子旁若無人地對視，我嫉妒得想殺人。如果不是讓我看到妳和別的男人在一起，我自己也不知道，原來我已經愛妳深入骨髓，妳才是我割捨不掉的。」

蕭雲憂傷地看著他，心底湧起一陣絕望。她真的沒有想到，他竟這麼深情！「你有沒有想過，跟我在一起要背負多少罵名？你的執著會換來多少困難？你是一個英雄，應該被人追捧才對。」

「我不想聽這些。雲兒，我要妳告訴我，妳想做我的妻，與我此生不離？」

「我？」蕭雲猶豫地垂下眼簾。

「不管我即將面臨什麼，只要妳願意，我一定會排除萬難。」

一股愧疚之情驀然湧上蕭雲的心頭。只有不想在一起，才諸多藉口，若真心想在一起，一定會想盡辦法解決難題。

他的執著，超乎了她的想像。

或者，他認為自己所向無敵，世上沒有他戰勝不了的困難，所以他對任何事都從不輕言放棄。一旦征服了，他便會改變方向，去征服下一個更高的山頭。

或者半途中，他就發現犧牲太大了，與得到的價值不成正比，所以自動放棄。

再或者，他是真心的。

其實結局是什麼，上天早已安排好了。她杞人憂天有什麼用呢？她明白，自己之所以思前想後，無非是擔心自己被傷害。如果全身心的付出最後換來分手，那她不是也可以徹底死心了嗎？

就相信他一次吧！老天給她重生的機會，可不是為了讓她製造遺憾的。

想了一番後，蕭雲不再彷徨。

她抬頭看著趙長輕，眸子在黑暗中閃著光芒。

不過，她有個要求。「可不可以，先不要公布我們的關係？」

趙長輕愣怔，不明白她的意思。

蕭雲愁眉苦臉地撓撓頭，趙長輕是古代人，腦子裡根本沒有先戀愛後結婚的觀念，不知道她的戀愛觀念他能不能接受。

蕭雲語氣緩慢地循循善誘道：「我是說，我們的性格不一定合適，所以我們先相處一段時間，等關係穩定了，再商量下一步，不然我們只忙著對付反對我們在一起的人，疏忽對彼此的瞭解，結果鬧得天翻地覆卻發現性格不合，將來不好收場。」

聞言，趙長輕又驚又喜。「既然決定在一起，必是相互喜歡的，又怎會不合適呢？」

蕭雲白眼。就知道和他溝通起這個問題來比較困難！

「妳腦子裡總有一些稀奇古怪的想法。」趙長輕揉了揉蕭雲的頭，嗔道。

「那你接受不接受？」蕭雲直截了當地問道。想要和平相處，他就得接受她的那些想法。

趙長輕雙目含笑，道：「畢生一婦的想法我都接受了，妳還有什麼我不能接受的？」

蕭雲噗哧一笑。也對，在古人的思想裡，還有什麼比一夫一妻的思想更荒誕不經的呢？看不出，他的接受度還挺大的。

吻。

「雲兒。」趙長輕深情款款地看著蕭雲，對著她的臉俯下身，深入剛才那個戀戀不捨的吻。

這回蕭雲不像上次那樣僵硬，她輕輕閉上眼睛，大著膽子伸出手臂勾住趙長輕的脖子，有樣學樣地探出丁香舌，主動迎上他。

趙長輕的身體猛然一顫，像是受到了極大的鼓勵，攻擊頓時加強，纏綿的吻一瞬間變成了霸道的掠奪，手也不安分地順勢而上，在蕭雲玲瓏有致的身體上不停游移。

他的吻霸道而強勢，吻得她幾乎喘不過氣來。面對如此強勢的侵略，生澀的蕭雲不禁有些害怕，身體向後躲了躲。

趙長輕抽出一隻手抵在蕭雲的腰背上，一把按住，另一隻手穿過她的秀髮，牢牢固定住她的頭，兩人的身體緊密地貼合在一起，不留一絲空隙。

蕭雲無處可逃，在他的溫柔攻勢下，神志漸漸迷失。

趙長輕長臂一揮，身後的大氅平坦地鋪在了草地上。他帶著蕭雲側身倒下去，離地面不到半公分之時，趙長輕單手撐住地面，將蕭雲的身體懸空，然後慢慢放了下去。

「雲兒。」趙長輕忘情地低喃了一聲，手不由自主地攀上了蕭雲胸前的那片高峰。

「嗯……」一陣酥麻感瞬間襲遍蕭雲的全身，將她徹底淹沒。她忍不住嚶嚀一聲，身子化成了一汪春水，大腦已不能思考。

她不出聲還好，一出聲，趙長輕霎時感覺全身血液翻湧，身體裡有種強烈的慾望叫囂，他覺得自己就快要爆炸了，他控制不住自己，不顧一切地想要更多，更深地進入，品嚐她所有的滋味。

他的雙手不由自主地沿著她柔美的身體曲線遊走，這個女人快讓他發瘋了。

忽然，已經喪失神志的蕭雲感到胸前一片涼意，帶著酥酥麻麻的痛，低頭凝神一看，原來趙長輕早已將她放平在草地上，放開了她的唇，沿著脖頸一路向下，在她的胸前流連不去。

「不……」蕭雲頓時又羞又臊，臉上情不自禁爬滿了紅暈。她伸出雙手抵在他的胸膛，左右閃躲著。

初春的夜晚，風涼得凍人，蕭雲鼻子一癢，打了一個噴嚏。「哈啾！」

第四十四章

趙長輕猛地坐起身體，因為強行壓制身體的渴望和懊惱而喘息著。

他在幹什麼？怎麼會失控到如此程度？竟差點在這草地上要了她！眼光掃向躺在地上喘息的蕭雲，她甚至無力掩起衣襟，微微聳起的胸脯白如美玉，就這樣呈現在他眼前，差點給他帶來毀滅性的衝擊。

他慌忙偏開視線，甚至可以用狼狽來形容他的尷尬。他狠狠咬了一下嘴唇，喉嚨感到一陣血腥味，才終於控制住自己。他復而低下身，將她扶進懷中，替她攏好衣衫，然後將大氅給她繫上。

「是不是凍傷風了？」趙長輕摸了摸蕭雲的額頭，緊張地問道。

蕭雲抽了抽鼻子，搖搖頭。「我哪有那麼脆弱？」

「都怪我不好，差點……」趙長輕愧疚地將蕭雲輕輕抱住，下巴靠在她的頭頂，輕拍她的後背安撫她。「我並非有心輕薄妳，妳不要害怕，好嗎？」

蕭雲在他懷裡抿嘴偷笑。她閃躲是因為害羞，在古代發生這樣的事，通常都會說是男人欺負了女人，但是用現代人的眼光來看，這是兩情相悅的正常表現，她怎麼會怪他呢？

「雲兒，我真的是一時情難自禁，所以才……」趙長輕見蕭雲沒反應，以為她生氣了，所以又急切地解釋了一遍。

蕭雲伸出雙臂環住趙長輕，嬌聲說道：「我知道。情之所至，便會忍不住親暱，這是人表達感情的正常行為。」

「妳真的這麼想？沒有惱我？」趙長輕彷彿不信地放開蕭雲，看著她的眼睛問道。

蕭雲故意繃起臉，嗔道：「你是不是很想我生氣？」

趙長輕歡喜地再次摟住蕭雲。「我就知道我的雲兒和別的女子不一樣。」

蕭雲容光一黯。他是不是就因為她和這裡的女子思想不一樣，所以才喜歡她？戀愛中的女人其實都一樣，等哪一天他發現她其實沒什麼特別的，是不是就膩了？

這個擔心一從腦海中閃過，就立刻被蕭雲否決了。說了不想這些的，徹底相信他一次，就一次，讓所有理智都見鬼去吧！

「夜深了，我們回去吧。」趙長輕說道。時間一分一秒地過去，初春的夜裡特別寒冷，他擔心蕭雲會凍著。

「我想回玉容閣。」蕭雲冷靜地道。

趙長輕的面容陡然一沈。「妳果真要去參加選拔？」

「這是我的夢想。」蕭雲說道。這也是她在這個世界上，唯一能感覺到自己是蕭雲的方式。每當她瘋狂懷念現代的便捷生活和親朋好友時，她就只能靠舞蹈和歌曲來緩解思鄉之情。

「我不想妳去。」趙長輕毫不猶豫地說出了自己的想法，他希望蕭雲能夠為他改變主意。

「我知道我們之間已經困難重重，若我再以舞娘的身分被皇上召見，我們在一起的希望便又渺茫了一分，但是我心意已決，不會改變。」蕭雲急切地保證道：「不過我發誓只在背後教她們，自己不露面。」

趙長輕無奈地嘆道：「妳若教得好，又怎會被埋沒？」

蕭雲沈默，無言以對。她的保證的確很蒼白。

「妳要改變舞娘的地位，談何容易？」

「如果你真心喜歡我，就請尊重我的選擇，讓我去做我自己想做的事。」

蕭雲的固執讓趙長輕微感惱怒。「當是為我……」

觸及蕭雲堅定的眼神，趙長輕倏然止住話語，須臾，他忽然笑了。

他不就是喜歡她時而透著傻氣的堅持？治療過程中，他的雙腿沒有好轉，她堅持；掉入懸崖前一刻，眼看著要與他一起墜下，她還在堅持……

他幾乎毫不懷疑，如果讓蕭雲在他和玉容閣之間選一個，蕭雲會選擇玉容閣。

如果要她變得和別的閨秀一樣，那他為何還非她不娶呢？

「長輕，對不起，我……」蕭雲抱歉道。她也埋怨自己，趙長輕已經為她犧牲了很多，她為什麼就不能為了他妥協一下呢？

趙長輕眼眸一亮。「妳叫我什麼？」

「我……」蕭雲錯愕，弱弱地問道：「不能叫你的名字嗎？」古代女子是不能直呼男子姓名的，她怎麼又忘了入鄉隨俗？

這個呼喚讓趙長輕釋懷一笑。她就是有那本事，一瞬間點燃他憤怒的火苗，又一瞬間立刻取悅他。

趙長輕溫柔地看著蕭雲，說道：「我喜歡聽妳這麼叫我。」

「真的？」蕭雲開心地笑道：「我也覺得叫長輕比較親切，再叫王爺的話，有點生疏了。」

趙長輕寵溺地捏了捏蕭雲的鼻子，無奈地笑道：「妳只叫了我的名字，我便滿心歡喜，看來我被妳吃定了。」

蕭雲不由得臉一紅，故意岔開話題問道：「你名長輕，字是什麼？」

「我本名衍，父親為我取字長輕，家中的長輩和兄弟便一直這麼喚我，我自己也較為喜歡這個字，告知別人時都用了此字為名，久而久之，大家都忘了我的本名了。」

「趙衍？長輕？」蕭雲比對了一下，還是長輕叫著親切。

趙長輕莞爾，頓了頓，又道：「妳去參加選拔可以，不過，我有個條件。」

蕭雲撇嘴，一副為難的表情，生怕趙長輕提出來的條件難以辦到。「還要條件啊？說來聽聽。」

「我們的事，可以暫且不告訴別人，但是我不想隱瞞太子和子煦。就當是我心胸狹隘吧！」

蕭雲搖搖頭。這個條件太合理了，她百分之百能接受。「不但不能瞞著他們，我以後還會儘量少見他們，實在避免不了，我也絕不單獨見他們。」

趙長輕高興地笑道：「妳能明白我的用意？」

「當然能了。不過，他們會幫我們保密嗎？」

趙長輕面色一沈，嘴角上的笑容深了幾分。「他們比妳更不願意讓長輩們知道此事。」

不但如此，他們還會千方百計阻止他們在一起。

蕭雲以為他們是覺得她配不上趙長輕，不想長輩們生氣，所以才會保密。別人眼中怎麼看蕭雲不在意，只要趙長輕不是這麼想的就行。

蕭雲壞壞地笑道：「我明白你的用意，我希望你也能明白我的用意。」

趙長輕愣了一下，想起宛露公主，眼裡閃過一絲異樣，稍縱即逝。

他失聲笑道：「娘子放心，為夫定會為妳守身如玉的。」

蕭雲驚愕，頓時羞得滿臉嬌紅。「誰是你娘子？」

「還想躲？」趙長輕一把攬住蕭雲，半真半假地笑道：「再躲，就找一根繩子把妳拴在我身邊，哪兒也不許去。」

「那我就一輩子賴著你，把你吃窮了。」抑制不住的笑容自然地流露在蕭雲臉上。

「為夫好歹是個王爺，一個妳能把為夫吃窮了?娘子太小瞧為夫了吧？」

蕭雲倚在趙長輕的懷中，嬌笑如花。

「我們回去吧。」趙長輕抱住蕭雲，腳下一點，片刻便消失在夜色中。

玉容閣還在營業，蕭雲到了玉容閣時，顧客稀稀落落，店裡很冷清。

現在才剛入夜，她還在的時候，再不濟也是坐了一半的人。

「牡丹？」幽素見到來人，驚訝之餘滿臉欣喜。「妳怎麼來了?快進來。」

趙長輕在蕭雲身後。一進去，他便感到屋內比外面暖不了多少，不禁皺眉道：「怎麼這麼冷？」

聽到聲音，幽素才發現蕭雲後面還有一個人，好奇地回眸，不期然地看到一張驚為天人的容顏，她不由得呆住了。

這位公子神采卓絕，好教人傾倒！

趙長輕厭惡地擰緊劍眉，繃著臉擺出一副生人勿近的姿態。

「看什麼呢！」蕭雲暗地裡瞪了幽素一眼，用胳膊撞了撞她。

幽素急忙回神，欠身道：「公子海涵，奴家失禮了。」

趙長輕雙唇緊抿，沒有理會她。

「沒事沒事，他是我朋友，送我回來的。」蕭雲拉住幽素的手臂爬上二樓，邊走邊說道：「姊妹們是不是都在樓上休息？」

幽素半遮半掩地說道：「天冷，我讓她們去後面休息了。只留了幾個，在裡面招呼客人呢！」

蕭雲幾不可聞地嘆了口氣。收入減少，花在取暖上面的費用也就不得不儉省。這裡面一冷，顧客自然不想往這兒跑，如此一來，便成了一個惡性循環。

「牡丹，」幽素暗暗扯了扯蕭雲的衣袖，低聲問道：「身後這位公子很是眼熟，以前是否來過？」

蕭雲沒有隱瞞，直接告訴了幽素。「他是趙王爺。」

趙長輕的長相絕對讓人記憶深刻，幽素的記性也好，如果趙長輕來過，她不可能不記得。她眼熟的原因多半是趙長輕班師回朝時，她在街道旁遠遠看過他。

蕭雲不說，幽素也遲早會想起來。

「趙王爺？」幽素腳步一頓，露出不安的神色。她兩步跨到樓上，慌忙跪地，道：「奴家眼拙，沒有認出趙王爺，不敬之處，還請王爺寬恕。」

蕭雲無語。幽素這又敬又怕的樣子，真讓她啼笑皆非，同時也深深感到她和趙長輕以後的艱辛——跟一個家喻戶曉的人物談戀愛，除非躲起來不見人，否則到哪裡約會，都要被人指手畫腳的。

「免禮吧。」趙長輕居高臨下，垂著眼威嚴地說道：「以後本王會常來，妳當作沒看見本王便可。」

幽素驚訝不已。牡丹居然攀上了趙王爺這個高枝！真是好手段！幽素發自內心佩服她。

「是，奴家省得。」幽素忙點頭，站起身。

蕭雲斜瞄趙長輕，心裡感到無比甜蜜。他在外人面前永遠是高高在上的冷臉，好像拒人於千里之外的冰山一樣，但對她，他總是帶著溫柔的笑看著她，眼睛裡滿是深情。

「牡丹，你們快進去坐，我去給你們沏一壺茶來。」幽素帶著三分敬意對蕭雲說道。

「不用麻煩了，今日沒什麼人，早點關了吧！我今晚住這兒，明早妳召集大家，我有話要對妳們說。」蕭雲拉住幽素的手臂，說道。

「今晚住這兒？」幽素看著蕭雲，又看了看趙長輕，錯愕道：「那，我去、去給你們準備房間？」

蕭雲沒好氣地白了她一眼，正欲啟齒，趙長輕收回觀察房間的視線，對蕭雲說道：「這兒太冷了，今晚還是隨我回去住吧！明早我再把妳送來。」

「那多麻煩？」蕭雲糾結了一下，又改變了主意。「對了，秀兒好像跟吟月他們走了。」

趙長輕柔聲哄道：「妳明早正可將她們一道帶來。」

蕭雲想想也對，便同意了。她轉頭對幽素說道：「那妳今晚早點休息，我明天早上再來。妳告訴她們，我有大事要宣布。」

「嗯。」幽素呆呆地應了一聲，思緒還沈浸在趙長輕剛才的溫柔裡。

傳聞趙王爺的性情猶如嚴冬，冷峻而從不露笑，百姓雖然仰慕他，欽佩他的勇猛，但是他在戰場上的勇猛，也恰恰證明了他的冷情，所以百姓們又很怕他，給了他一個「冷面戰神」的稱號，哪怕只是遠遠看他一眼，都會覺得膽寒。

就是這樣一個冷若冰山的男子，竟會露出那般溫柔的眼神，這就是百煉鋼化為繞指柔吧？

幽素好羨慕蕭雲有這樣的福氣，但也只敢在心裡羨慕一下，不敢有任何的覬覦。

看著他們離去的背影，幽素失魂落魄地矗立在那兒，心裡感慨。自己是否還有機會尋覓良人呢？

出了玉容閣，趙長輕攬住蕭雲的腰，揮起大氅，先縱身跳上屋頂，然後腳尖一點，向趙王府的方向飛去。

快到趙王府的位置，趙長輕在一處屋簷上停了下來，低頭捧起蕭雲的臉，用溫暖的大手幫她搓了搓受凍的雙頰，然後商量道：「雲兒，我們說好，待會兒不論看到什麼，都不許生氣。」

蕭雲眼睛一亮，眨了眨。

「不會是藏了眾多美女吧？」

趙長輕捏了捏她的臉蛋，笑道：「妳一個還不夠？多了我可無福消受。」想了想，他決定還是先給蕭雲打個關照。「王府裡現在張燈結綵，妳看到了不要生氣，我會馬上吩咐管家拆下它們。」

還以為真是美女呢！蕭雲釋然道：「我不會生氣啦！不過你不能拆，現在拆了，別人能不起疑嗎?先放著吧。」

趙長輕深深地笑道：「也好，反正我們也要用。」

蕭雲當作沒聽懂，催促道：「我們快走吧，外面冷死了。」

須臾，趙長輕帶著蕭雲東彎西繞，輕鬆地避開了趙王府的守衛，悄無聲息地潛進了王府後院。

「居然沒一個人發現你，你不會覺得他們很沒用嗎？」蕭雲驚奇道。

「妳為何不認為是妳的夫君太厲害了呢？」趙長輕含笑問道。

蕭雲故意睜大眼睛，諂媚地對他笑道：「你很厲害是眾所周知的呀，這還用認為嗎？」

趙長輕被她逗笑了，心裡感到無比滿足。他耐心地解釋道：「王府的守衛是我布防的，我自然知曉其中門道，只防得了外人，防不了自己人。」

言行間，他們已經到了書房門口。

蕭雲一愣，今晚不會還住書房吧？「書房難不成還冬暖夏涼？」

「我要去吩咐一聲，妳先進去等我，我有話跟妳說。」趙長輕推著蕭雲的肩膀向裡面。

進去後，看到裡面熟悉的擺設，蕭雲驀然淺笑。兜兜轉轉，還是回到了這個地方……

書桌上放著一張宣紙，寥寥幾筆，勾勒著一朵白雲，像是剛起草的一幅畫。蕭雲思忖，自己的名字裡有個「雲」字。

他是暗指我嗎？

眼眸轉了轉，蕭雲抿嘴一笑，提起筆在右上方寫下兩行字。

經過趙長輕的一番培訓，蕭雲現在寫起字來得心應手，十個字沒有一處停頓，筆走龍蛇般順暢。

題完字，蕭雲跑去裡間的休息室。她在梳妝檯的小抽屜裡收了一枝描眉筆，現在還在，那種筆用來畫素描最好。

她在宣紙的空白地方畫上了趙長輕的肖像。雖說不是專業的，但是從前的美術課她都很認真，畫出五分像絕對沒問題。

剛畫完，蕭雲就聽見有人來了。

「公子。」是秀兒。她進來說道：「公子，王爺在那邊那個房間裡準備了熱水，請公子過去沐浴。」

蕭雲滿臉欣喜，這麼冷的天，泡個熱水澡實在太美好了，他真是太體貼了！

秀兒為蕭雲高興道：「公子，趙王爺對妳真好。」

「嘿嘿。」蕭雲羞赧地笑了笑，有點不好意思。

來到以前住過的房間，吟月已在裡面恭候多時。她笑著對蕭雲說道：「府中還有許多事要王爺親自批示，夫人先沐浴更衣吧！」

「喔，好。妳們有事就去忙吧！」蕭雲說道。「順道幫秀兒解決一下今晚的住宿問題。」

「這個夫人放心，奴婢已經安排好了。」吟月恭順地答道。

吟月和秀兒都知道蕭雲沐浴的時候不喜歡人伺候，所以她們坐在屏風外等著。蕭雲也知道吟月是個十分守規矩的人，不可能擅自離開，所以蕭雲泡了一刻鐘便出來了。

換上乾淨的衣服後，吟月拿來一件白色的大氅給蕭雲，道：「這是王爺送給夫人的，天寒用它保暖最好。」

「哇，好漂亮，一看便知是上品。」秀兒看著光滑純白的皮草大氅，雙眼放光地讚道。

「用的全是九尾狐身上最柔軟的毛，好多隻才湊成這一件。」吟月介紹道。王爺出手，豈會有俗物？

「好殘忍啊！」蕭雲一臉痛苦地說道。她在心裡默哀了幾秒鐘，又祝願牠們下輩子投胎到好人家去，然後不客氣地披上了大氅。反正牠們已經犧牲了，就給她取個暖唄！

第四十五章

一披上身，蕭雲整個人的氣質陡然變了，恍若纖塵不染的仙子，純潔安然。秀兒忍不住讚美道：「公子披著它好美啊！」

「秀兒，妳該改口了。」吟月含笑提醒道。

秀兒一愣，隨即笑著點了點頭。

蕭雲不以為意。一個稱呼而已，叫什麼都可以。

吟月上下欣賞了一番，道：「王爺那件恰好是黑的，夫人披著它，與王爺站在一起當真匹配。」

經她一提醒，蕭雲猛然想起趙長輕那件黑色的皮草大衣，和她現在這件白色的不就是——情侶裝？他們一黑一白站在一起，不就是黑白配？蕭雲忍不住抿嘴一笑。

「夫人，王爺交代請您沐浴之後去書房等他，他處理完王府的事就過去。」吟月說道。

蕭雲想，他們晚飯還沒吃呢，應該是喊她過去一起吃飯的吧？

趙長輕交代了管家一些事情後，單獨見了沈風。

「眾多人中，我唯獨選中你做近身侍衛，這些年你也的確不曾教我失望。」趙長輕面無表情，口氣平淡，不帶一絲情緒，讓人猜不出他的想法。「這次卻因為你一時疏忽，差點讓我找不到雲兒。」

「屬下該死！」沈風跪地認罪。

他得知趙長輕要迎娶宛露公主後，不知道該不該如實告訴蕭雲，所以耽誤了幾天時間。等他打算去請示趙長輕時，煦王別院的防守突然加重了，他無法出去，便斷了與趙長輕的聯繫。

許久，趙長輕說道：「算了，你去換無彥吧！」

沈風微愣。僅是如此嗎？王爺不重罰他？

「那時我實在抽不開身，若你及時告訴雲兒，她負氣做出什麼傻事，那我必是悔恨終生，你也算是陰差陽錯地將功補過了。」

「屬下不敢領功，多謝王爺從輕發落，這便去換無彥回來。」沈風話一說完，即刻就動了身。

所有的事情都解決了，趙長輕回到書房，視線在屋裡環顧一圈，尋找蕭雲，瞥見書桌上原本空白一片的宣紙被填滿了，不禁好奇，走過去一看，視線當即被深深吸住了。

畫上的人是他嗎？好像！

只用了黑色一色，便將人的五官畫得層次分明，彷彿立在眼前一般。

宮廷畫師用盡所有色彩，也難以將一個人描繪得如此逼真，別消說只用一種顏色。

趙長輕用手指在畫上揩了一下，然後將黑了的指尖放在眼前仔細觀看，又放到鼻尖下聞了聞，思索良久，他終於想起，這個有點像小時候在母親那兒見到的畫眉筆。

「不可能。」趙長輕沈思片刻，又否定了這個猜測。畫眉筆怎麼能作畫呢？眼角無意間瞄見畫像的右上方還題了字，那字一看便知是出自蕭雲之手——他教的，自然能認出。

兩行小楷寫的一筆一畫，看得出寫字的人當時很用心。

不過真正讓趙長輕高興的，不是蕭雲的字在他的指導下大有進步，而是那十個題字表達的涵義。

趙長輕情不自禁地掀起嘴角，眼睛裡射出無限柔光。他朗聲吩咐道：「來人，給本王找洛京裡最好的裝裱師傅。」

他要將這幅畫裱起來，一生珍藏。

半晌後，蕭雲來了。

趙長輕上下看了看蕭雲，滿意地點點頭，眼裡充滿了柔情密意。「很美。」

「謝謝。」蕭雲害羞地低了低頭。

趙長輕伸手探上蕭雲的臉頰，如看稀世珍寶般凝視著她。她真的很特別，別的女子被人誇獎，總是謙虛地否定別人的讚美，但是她們眼裡的驕傲和得意卻出賣了自己真實的心思。他的雲兒被誇了，毫不謙讓，還從容地道一聲謝，面露恬靜的微笑，自信到了極致，卻讓人瞧不出一絲張狂，這種大氣的作派，他無法不為之傾倒。

「我好餓。」蕭雲仰起臉，然後側眸掃了掃桌子，見沒有飯菜，於是失望地問道：「怎麼沒有飯？」

「餓了？」趙長輕的語氣和眼神裡滿滿的都是寵愛。「應該快送來了，我去看看。」

蕭雲拉住他。「也不是很餓，再等等吧！」讓王爺下廚房為她催飯菜，實在是……消受不起。

話音方落下，兩個傳膳的侍女便來了。

「雪中送炭啊！」蕭雲眼巴巴地盯著侍女手中的食物。

「小饞貓。」趙長輕體貼地將蕭雲身上的大衣卸下，柔聲提醒道：「再餓也不能吃太急，知道嗎？」

侍女聞言，端盤子的手抖了抖，心裡無不羨慕蕭雲，王爺對蕭大夫好溫柔啊！

飯菜擺齊了，趙長輕沈聲說道：「不用伺候了，妳們退下。」

「是。」侍女畢恭畢敬地行完禮，退了出去。

出了門外好遠，那兩個侍女仍舊不敢開口聊天。方才管家交代過了，王爺下了禁令，不准在背後議論主子，更不准對府外之人提起關於主子的事，聽說這府裡到處都是暗哨，她們如果不守規矩被逮到，那就慘了。

書房裡，兩人吃完飯，蕭雲拍拍肚皮，滿足地說道：「吃飽喝足，該回籠睡覺了。」

「我記得，有句話好像是……」趙長輕起身，從蕭雲背後抱住她，在她耳邊低聲說道。

「飽暖思什麼？」

「什麼什麼呀？不懂你在說什麼。啊，好睏！」蕭雲打著哈哈，裝聽不懂。

趙長輕笑盈盈地睇著她，附在她耳邊悄聲說道：「不懂？我告訴妳。」

蕭雲感覺脖子癢癢的，身體往一邊傾倒，躲開他的引誘。

趙長輕忽然將蕭雲打橫抱起，往書房裡面走去。

蕭雲嚇得慌忙摟住趙長輕的脖子，以免掉下去。明白他的用意後，她又晃著身體，叫嚷道：「你要幹什麼呀？快放我下來！」

「好，放妳下來。」趙長輕大跨步邁進了書房內間，邊柔聲哄道：「這就放妳下來。」

他將蕭雲輕輕放到了床上。

蕭雲嚇得往裡縮了縮身體，隨手一揪，將棉被擋在身前，防備地看著趙長輕。

「好了，不逗妳了。」趙長輕看著蕭雲的動作，忍不住笑了笑。須臾，他收起笑意，坐到床沿看著蕭雲，認真地表示道：「成親之前，我不會碰妳的，別擔心。」

蕭雲頓時覺得不好意思。「我不是那個意思。」她又不是古人，腦子裡可沒有古人那一套「發乎情，止乎禮」，只要感情到了一定程度，親密的事便會自然而然發生。

「雲兒，我不會因為妳曾嫁過便無視禮法，隨意侵犯妳。在我心目中，妳永遠都是純潔的。」

蕭雲好笑地白了他一眼。她本來就是純潔的。

「我要給妳最大的尊重，三媒六聘，八抬大轎把妳從正門娶進來。」趙長輕鄭重許諾道。

蕭雲愕然，頓時雙頰飛紅。這是在求婚嗎？

趙長輕看著蕭雲，情不自禁地聯想起了剛才在郊外發生的那一幕，身體裡的血液又開始湧動起來。他自嘲地笑道：「只是有時候，總會控制不住自己。」

蕭雲猛然脹紅了臉。裡面沒有點燈，對著湖邊的一扇窗戶關著，他們彼此只能看到對方朦朧的身影，而看不清對方的表情。

此時正是萬籟俱寂的時刻，趙長輕的聲音一停下，便顯得特別靜謐。

夜深人靜的時候孤男寡女，不出點事就不是正常人了。

蕭雲開始坐立不安。她不排斥婚前那什麼行為，但是他們才剛開始，她還沒有完全進入狀態，不能急速發展。於是，她先開口打破了沈默，道：「不早了，還是回去睡覺吧。」

「不急，妳把衣服脫了，我看看妳的身體。」趙長輕一本正經地說道。

蕭雲嚇了一跳，手中的被子不由得拽得更緊。「你、你說什麼？」

趙長輕失笑，從懷裡掏出一個小瓶子，說道：「吟月說妳身上還有鞭痕，我派人給妳找了這祛疤痕的藥。」

「那點小傷，」蕭雲安心地順了順胸口，無所謂道：「就還剩幾道痕跡，祛不祛沒關係啦！」

「既然有了這個藥，便試試吧。」

「不用了。」蕭雲忸怩道。轉瞬間，她靈機一動，故意岔開話題，問道：「這個藥你是從別的地方找來的？白錄還在我面前吹噓他能製出來，我就知道他製不出來，他要是能，你後背上哪還有那麼多傷疤？」

「他不是沒那個本事，只是其中有幾味藥，並不生長在洛國。」趙長輕耐心解釋道：

「我是男子，身上有點傷算什麼？女兒家皆愛美，不喜歡身上有瑕疵。我估計無法幫妳報這個仇了，只能想法子幫妳祛除身上的疤痕。」

蕭雲也沒打算要他幫她報仇。她撇撇唇，無奈地道：「算了，算我上輩子欠了他的。」

趙長輕眼裡閃過一絲狠意，道：「以後，我決計不會再讓他傷妳分毫！」

「那可說好了，如果他要是再惹我，你得替我狠狠抽他，往死裡抽！」蕭雲憤憤地道。她不會主動去找變態王報仇的，但是，有句老話叫做「風水輪流轉」，遲早有一天，他會落在她手裡，到時候……哼哼！

「不會再有下次了。」如果有，他會殺了他。趙長輕語氣裡透著冷意。頓了頓，他又柔聲對蕭雲說道：「來，把衣服脫下，我幫妳上點藥。」

「唉呀不用了，烏漆墨黑的，什麼也看不見。」蕭雲擺擺手，拒絕了。

趙長輕凝視著蕭雲，輕笑道：「妳認為我有那個勇氣掌燈？在心愛的人面前，有幾個男人能夠坐懷不亂？」

蕭雲心裡一甜，雙頰驟然緋紅。深黑的夜裡，她感到一束熾熱的視線正緊緊地鎖在身上，讓她有些恍惚。

「好了，快告訴我位置。」趙長輕已經將蕭雲的身體拉過來。「上完藥早點休息。」

蕭雲一把奪過他手中的藥，一頭鑽進了被子裡，在裡面喊道：「我明天讓秀兒幫我塗啦！」

趙長輕頗為無奈。也罷，說不定待會兒碰觸到她細嫩的肌膚，他也會恍惚起來，控制不住自己。

「那妳今晚就在此休息吧，我回房了。」趙長輕起身，走了出去。

聽見輕微的關門聲，蕭雲拿下被子，開心地笑了笑，然後將藥放在枕邊，朝枕頭上一倒。今天太累了，她要美美地睡一覺。

夜靜，人寐。一片靜謐祥和中，輕盈的雪降下來了。

翌日清晨，趙王府的下人穿著厚重的棉衣，有的忙挑水，有的忙早膳，還有一批人在院子裡掃雪。

後花園裡，趙長輕穿著單薄的衣衫，手持銀劍，幻化揮舞著不同的招式。他身上的衣衫早已被汗水浸透，顯出精壯的身軀。

蕭雲睡醒了之後，又倒頭來了個回籠覺。等到日上三竿，她終於依依不捨地從被窩裡爬出來，懶洋洋地伸個懶腰，裹上衣服去開門。

「哇！」看到銀裝素裹的白色世界，蕭雲忍不住驚嘆了一聲。「好漂亮。」

洛京就是雪多，這年都過完了，大雪依然漫天飛舞，半分沒有撤退的跡象。

靜靜欣賞了半刻，蕭雲隱約聽到有個聲音從花園那邊傳來。她往那個方向張望去——這時間，長輕還在晨練嗎？

揣著一顆好奇的心，蕭雲來到了花園一看，果然是趙長輕。

她記得他以前早早便起身晨練的，今早起遲了？仔細想想，她終於明白了。以前長輕只能練臂力，現在要多練腿上功夫，時間當然也要增多了。軍人一般都嚴於律己，長輕不僅要勤奮練武，可能更想將以前荒廢的練習都補上來。

趙長輕面容沈著，劍若霜雪，周身銀輝，雖是長劍如芒、氣貫長虹的態勢，卻絲毫無損他如月色般光華的謫仙之氣。

「好帥啊！」蕭雲被他瀟灑的身影深深攝住了，不由得發出了一聲讚美。

趙長輕眼角餘光瞥見花園外站著一個亮麗的身影，唇角忍不住微微上揚，身體突然旋轉一圈，從高空中垂直入地，手裡劍花變幻，舞出令人眼花撩亂的招式來。

當蕭雲恍然之際，他迅速地掠過蕭雲身邊，摘星般地將她一把攬入了懷中。

「啊！」蕭雲嚇得尖叫一聲，慌忙摟緊趙長輕的脖子。

太刺激了！像坐雲霄飛車一樣。

趙長輕攬著蕭雲躍到屋簷上，放眼望去，一片白雪皚皚。蕭雲呆呆地欣賞著，喃喃道：「好像白雪精靈降世。」

趙長輕偏頭看著蕭雲，她一身白色大氅裹身，就彷彿一個純潔的仙子。趙長輕含著笑，別有所指地應道：「是啊，令人心動。」

兩人站了片刻，蕭雲猛然轉頭，臉上帶著怒氣瞪著趙長輕，著急地將身上的大衣脫下來，往趙長輕身上披。「穿這麼點衣服站在這兒吹寒風，你想生病啊？」

「一個男人連這點寒意都忍受不住，還算什麼男人？」趙長輕霸氣說道。他推開蕭雲的大衣，重新給她披上。

蕭雲佯裝生氣地威脅道：「我知道你是硬漢，可是你剛出完汗，不能吹冷風。你不回去，我跳下去了啊？」

「已是初春了，難得還有這樣的大雪。下一次，怕是要等到年底才有，豈可錯過？我帶妳好好領略一番。」趙長輕擁住蕭雲，說道。

蕭雲一手抵住他的胸口，假裝厭惡地捂住鼻子，說道：「你身上一股汗味，我不想抱你。」

趙長輕明白蕭雲的用心，無奈地笑道：「好，我這便去沐浴更衣。」

參過軍的人做什麼事都非常俐落，一炷香時間，趙長輕便一身清爽地站在蕭雲面前。

看在他這麼聽話的分上，蕭雲抿唇一笑，上前親暱地挽住趙長輕的胳膊，柔聲說道：「我們走吧！」

「好。」趙長輕滿足地應道，略帶粗糙的大手溫柔地摩挲著蕭雲柔嫩的臉頰，俯身在上面吻了一下。

兩人緊緊擁在一起，趙長輕施展輕功，在洛京的上空盤旋著，他帶蕭雲從空中盡情領略洛京的風光。

趙長輕氣質卓絕，衣袂飄然，蕭雲膚如白雪，眼眸清澈如水，兩人時而面帶微笑地偏頭看向對方，眼裡滿是溫柔繾綣之色。

「時光是琥珀，淚一滴滴被反鎖；情書再不朽，也磨成沙漏；青春的上游，白雲飛走蒼狗與海鷗；閃過的念頭，潺潺地溜走，命運好幽默，讓愛的人都沈默，一整個宇宙，換一顆紅豆，回憶如困獸，寂寞太久而漸漸溫柔……」

這首歌裡，蕭雲最喜歡的就是那句「一整個宇宙，換一顆紅豆」，那種「捲簾人已去，天地化為零」的心情，她現在終於能體會了。

他們初次見面的畫面不斷浮現眼前，恍若昨日。起初見他，面無表情，冷冽的眸子裡不帶一絲溫度，蕭雲知道他不是木訥的人，但是也確定，他絕不是一個浪漫的男人。

現在經過證明，她發現趙長輕其實是有浪漫細胞的。

或者，當妳愛上一個人的時候，他與妳所做的每一件事，都覺得很浪漫。

「想繼續逛，還是想回去用早膳，嗯？」在洛京的上空逛了一圈後，趙長輕低頭問蕭雲。不能只顧著帶她欣賞美景，卻讓她餓肚子。

蕭雲摸摸肚子，想了想，說道：「還是回去吃飯吧！」

趙長輕溫柔地笑道：「好。」

兩人回去一起用了早膳，蕭雲將秀兒喊來，告訴她要去玉容閣住一段時間。

「住玉容閣？」秀兒愕然。難道王爺要攆她們走？偷偷瞄了一眼趙王爺，他肅著面，讓人猜不出他在想什麼。

「妳不想去？那也行，妳在這裡等我。」蕭雲完全尊重秀兒自己的選擇。

秀兒更驚訝。哪有主子走，她一個丫鬟留下的道理？夫人是在說氣話嗎？

「長輕，秀兒留在這裡沒事吧？」蕭雲問向趙長輕。

第四十六章

「夫人，秀兒絕無此意。」秀兒急忙解釋道：「夫人去哪兒，秀兒就去哪兒。秀兒只是奇怪，為何夫人不留在趙王府，要去外面拋頭露面？」說著，眼睛有意無意地瞥了瞥趙長輕。

趙長輕掃一眼秀兒便清楚她的想法，對此，他並無所謂。決定跟蕭雲在一起時，他便已經料到他們的關係昭告天下之後，外人說道的會更多。

若沒有強大的內心，他在這條路上無法堅持到最後。既然決定開始，他便做了萬全的準備，不管面對什麼，他都會義無反顧。

蕭雲覺得很對不起趙長輕。不談別的，光是讓外人知道趙王爺同意自己的女朋友去風月場所，他的名譽就等於被毀了一半。趙長輕的接受能力實在太強了！

但不知道他能不能接受，她只是一縷幽魂這件離奇的事？

為了避免給他帶來更多的麻煩，蕭雲堅持走後門離開，並且不用他送別。

「雲兒？」趙長輕皺眉，怨惱地看著蕭雲。

「長輕，拜託你了，讓我心裡好受一點吧！」蕭雲乞求地看著他，說道。

趙長輕湛黑的雙眸蘊含了炙熱的感情，直視蕭雲。「別這麼說，我甘之如飴。」

蕭雲輕輕搖了搖頭，傷感地說道：「如果我們在一起的煩惱，大於我們在一起的快樂，那我們就是錯了。愛情是讓人開心，一想到就覺得很踏實的東西。如果有一天，我們一想到愛情便覺得很苦惱，那我們就不應該再繼續。」

愛情，沒開始前是一種加法，對方的好在心裡一點點累積，到達一個高度時，那種想在一起的衝動便會爆發。過了三個月的熱戀期，愛情就開始是減法，對方的不好在心裡一點點累積，不斷下降，降到一定程度，這段關係便維持不下去了。

她並不期待一輩子在一起，但至少分開後，大家心裡沒有怨言，彼此能夠記住對方的好，偶爾還願意想起對方，而不是一提到對方，心裡就覺得特別累。

蕭雲的這種思想讓趙長輕大感震驚。她的心太自由了，自由到任何事物都無法左右她的步伐，他甚至感覺他們只是在一條路上遇到的同行者，一旦某天他們選擇了不同的路，蕭雲會堅持走自己的路，不管一個人走下去有多困難，她都不會向對方妥協。

哪怕是成親了，也無法讓她打破自己的堅持。

這讓趙長輕覺得抓不住她，可偏偏又對她欲罷不能。

至今沒有哪個人，能給他這樣的危機感。

如果蕭雲能給他一輩子這樣的感覺，那麼，他甘之如飴。

他心甘情願地寵著她，盡可能地給她最高的放縱和尊重。

蕭雲說不讓他相送，他便不送。

相處這麼久以來，他發現只要自己態度強硬一點，蕭雲便會心軟，但是在這種無關緊要的事情上，他沒必要堅持。給她最大程度的自由，反而會讓她覺得內疚，那麼對於他提出別的要求，她便會退讓一些。

這一套欲擒故縱的方法用在蕭雲身上，倒是非常實用。

趙長輕看著遠去的馬車，無奈地笑了笑。他可是用心良苦，但願他的雲兒能夠明白自己的一番苦心。

蕭雲帶著秀兒來到了玉容閣。

看到門外站崗的士兵，蕭雲吃了一驚，太子真是說一是一啊！守門的士兵非常嚴格，他們攔住蕭雲，讓裡面的人出來認人，才讓蕭雲通過。

「我們進進出出的，會不會很麻煩？」幽素擔憂道。

蕭雲安撫道：「我們可以做個身分牌，到時候跟他們商量一下，應該沒問題。」

玉容閣的姊妹們已經在大堂內聚齊了，蕭雲一進去，她們便兩眼期待地盯著蕭雲，彷彿隨著她而來的是希望的曙光，是新的開始。

蕭雲站在老位置，放眼掃了下面的人一圈。她們顯得黯淡許多，每個人身上都裹著厚重的襖子，顯得很臃腫，不似以前那麼精神。生意的蕭條，給她們的精神也帶來了重創，寒冷的天氣讓她們縮手縮腳，每個人凍得萎縮成一團，毫無形象。

如今她一回來，大家的臉上馬上煥發期待的神采。

「首先，我要宣布一件事，我，以後叫蕭雲，不叫什麼藝名了。記住，蕭雲，白雲的雲。」蕭雲鄭重地宣布道。

接著，她把這次的大事件宣布了一下，並且當即表明了決心。「我們不僅要通過這次的選拔，更要讓全天下的人，甚至後世之輩，永遠記住我們。我們要開創先河，讓洛國的貧民女子可以透過自身的努力爭取榮耀，追求自己的價值！」

蕭雲不是空口說白話，也不是想得太美好，或許她最終會失敗，但是一定要有一個這樣的人先走這條路。她自身有這個能力，而且戰爭剛結束，正是譜寫新歷史的好時機，天時地利人和，再不成功，那便是天意了。

蕭雲的話，玉容閣的人從不懷疑。只要蕭雲開口，她們就信心百倍。

「只要有妳在，我們就有信心。」其中一個姊妹高興地朗聲說道。

眾姊妹紛紛附和道：「對，沒錯。」

「那好，廢話不多說，準備舞衣，我們今天就開始練習。」蕭雲當機立斷。

眾人去換衣服的時候，吟月來了。她對蕭雲恭敬地說道：「王爺說，奴婢以後便是夫人的人了，只聽候夫人一個主子差遣。」

吟月會武功，脾氣也不錯，蕭雲當然不想拒絕，但是……她問吟月：「那妳的意思呢？」

「奴婢以前聽王爺的，以後聽夫人的，一切但憑主子作主。」吟月畢恭畢敬地回答道。在她的觀念裡，只有服從，沒有自己的意願。若問她的想法……跟了夫人一段日子，她覺得跟著這樣的主子也不壞，相比之下，王爺嚴厲多了，稍微不慎犯了錯，便會被罰。

「我尊重妳的選擇。如果哪天妳想離開，告訴我一聲就行。妳永遠是自由的。」蕭雲說道。

吟月感激地對蕭雲點了點頭，繼而拿出一疊銀票，展開正面，對著蕭雲拱手奉上。

「還送禮？」蕭雲用食指指著銀票，意外地道，順勢瞄了一眼，嘴巴驚訝得大大張開。上面居然是一張一萬兩的大票！

「這個是王爺吩咐奴婢交給夫人的十萬兩銀票。」

「十萬兩？」蕭雲大驚，頓時感覺自己攀上了一個大戶。

有了錢，蕭雲立刻去安排了這段時間的伙食，正計算要買多少炭火時，有人送來了。送炭的工人說是一位老爺叫他們送來這裡的。

一定是趙長輕吩咐管家去辦的。蕭雲十分篤定。他總是會為她考慮得十分周到。

室內的溫度逐漸上升，大家換上單薄的舞衣，舒展著被束縛許久的四肢，開心地聊天，死氣沈沈的玉容閣頓時有了一股生氣。

「既然決定重新來過，妳們……」蕭雲優雅地笑著，手指從左指向右。「想不想來點不一樣的，完全顛覆以前的風格？」

大家興致勃勃地盯著蕭雲，紛紛點頭說想。

「我就知道妳們不會讓我失望。」蕭雲勾起嘴角笑道：「這次，我想排一支很大很大的舞蹈，想參加的每一位都會很辛苦。」

「只要有妳在，我們不怕。」

「對，我們不怕。」

「我們不怕吃苦。」眾人立刻表明道。她們不但不怕，聲音裡還夾雜著興奮。

蕭雲非常開心聽到她們說這些。還好她們沒有變懶，一切還有希望。「那好，不多說了，時間緊迫，我們現在就開始。我先教妳們一個展翅的動作，看著我啊，先壓住手腕，再提肩膀，按照順序再提起手肘，肩走手腕，這樣……看清楚沒有？」

展翅的動作看起來非常簡單，但是嘗試了下，大家就發現想要將這個動作連貫起來，做出展翅飛翔的感覺，真的很難，幾個笨拙的人試了幾下就亂了套。

「不要灰心，按照我指示的步驟，一步一步來，動作正確了再做熟練，讓身體形成記憶，以後一跳到這個動作，便會自然而然地做出來。」

蕭雲採用了習舞和唱歌穿插的教導方式，跳得累了，便換成唱歌，嗓子累了，便再起舞。

大半天時間不知不覺過去了。大家臉上都寫著疲憊，蕭雲讓大家散了，回去洗洗睡下，明天繼續。

她來到自己的房間裡，秀兒和呤月給她端來了盥洗用水，洗完之後，蕭雲在燭光下繼續工作。

她要策劃一下具體方案，心裡好有個譜。

秀兒和呤月有自己的房間，她們想留下來陪蕭雲，卻被蕭雲攆走了。

「我在創作，孤獨才能給我靈感，明白嗎？」蕭雲假裝正經地說道。

秀兒和呤月相視一笑，退了出去。

蕭雲伏案寫寫畫畫良久，心裡大概有了一個方案。展開四肢大大伸了個懶腰，動動僵硬的脖子，一雙手臂悄然從後面環住了她。

「辛苦了，娘子。」趙長輕貼在她耳邊，輕聲說道。

蕭雲仰頭，衝他甜甜一笑，柔聲問道：「你怎麼來了？」

「妳剛走，我便開始掛念妳。忍到現在，若再見不著，怕是要一夜無眠了。」趙長輕半真半假地笑道。

蕭雲咯咯地開懷大笑。他越來越油嘴滑舌了，以前怎麼就沒發現呢？

「屋裡現在還冷不冷了？」

「正好不冷不熱。」蕭雲捂住胸口，調侃道：「你雪中送炭，我暖到心窩裡了。」

趙長輕莞爾失笑，將蕭雲打橫抱起，溫柔地放到了床上，替她掖好被子，在她額頭上落下一吻，道：「早點休息。」

「這麼快就走了？」蕭雲著急地伸手抓趙長輕的衣袖，脫口而出道。

趙長輕戲謔地笑問道：「捨不得我？」

蕭雲咬咬下唇，有點不好意思，點了點頭。

趙長輕俯身，撐著雙臂，將蕭雲鎖在身下，俯視著她的雙眸，低低地調笑道：「捨不得什麼？」

「明知故問。」蕭雲沒好氣地瞋了他一眼，羞得滿臉嬌紅。趙長輕的身體越來越低，蕭雲輕推了他一把，忿忿地怒視著他。

「雲兒……」趙長輕低喃，深邃的雙眸滿載濃情，灼熱地凝視著蕭雲。

蕭雲的心跳在瞬間急若擂鼓，她無力地揪住他胸前的衣襟，被他的目光侵略得全身發燙，身體逃避地往下縮了又縮。

「好了，不逗妳了。」趙長輕滿足地低嘆了一聲，微微拉開距離，憐惜地看著蕭雲，替她攏了攏額前的亂髮，道：「忙了一天，累壞了吧？早點休息。」

「那，你也早點回去休息。」蕭雲輕聲說道。

趙長輕笑得愜意而輕鬆。「以後每日我都來此，守著妳一夜，可好？」

蕭雲眨了眨眼睛，說道：「要不，給你在這兒安排一個房間？不過我們家的保鏢都睡在前面，後院沒有男的。」

「我要看著妳。睡在別的房間，與睡在王府有何分別？」趙長輕雙手橫抱於胸前，直直地坐在床沿。「妳睡吧。」

蕭雲微微訝異。「你不會是打算這樣坐一夜吧？」

「不必為我擔心，我晨時打坐運氣一周天，便可恢復精神了。」

「那坐著多無聊。」蕭雲好笑地瞋了他一眼，乾脆朝裡面挪了挪，空出半邊床，用很有義氣地語氣道：「大家有福同享，借你半邊。」

趙長輕低眸思索了一下，嚴肅地問道：「有沒有多餘的棉被？」

「喔，在那個櫃子裡。」蕭雲指了指牆角的一個大櫃子，趙長輕過去，從裡面抱出兩條棉被，將其中一條捲成長筒，放在床的中間。

蕭雲徹底驚呆了，無奈地朝天翻了個白眼，忍不住調侃道：「你還怕我吃了你？」
趙長輕當真了，肅著臉否定道：「我是怕不合禮法，損了妳的清譽。」
蕭雲無語了。眾人皆知，她是個棄婦，一個被休的棄婦，還有什麼清譽可言？他是在逗她嗎？
她知道趙長輕是個古代男子，更是個正人君子，他所接受的教育就是在沒有成親之前不能與異性有肌膚之親。如果他踰矩、不守禮法，他不會受到什麼影響，但是女方會受到別人的唾罵，清譽大損。
趙長輕對她無微不至的愛護，蕭雲切切實實地感受到了，一個男人能控制住自己的慾望，切身為她考慮，她真的覺得很窩心。
只是這樣一個傳統的男子，真的不會介意她曾經被人休過嗎？
蕭雲偏頭，複雜地看向隔著一條棉被的趙長輕，黝黑的眸子在深夜裡閃著迷離的光芒。
敏銳的趙長輕驀然睜開眼睛，轉過頭來，與蕭雲對視，低低問道：「在想什麼？」
蕭雲嘴角噙著溫柔的笑意，微微地搖了搖頭，道：「就是想看看你。」
「雲兒……」看著蕭雲溫柔的眼神，趙長輕感覺自己的心莫名地停了一下，忍不住將身體轉過去，向她靠了靠。
這條阻礙了他們一半視線的棉被，就好像銀河，而他們就是那對苦命的鴛鴦。蕭雲被自己的假想逗樂了，噗哧笑了出來，隨手將棉被一扯，蓋到了自己身上。
「也對。」趙長輕莞爾微笑道。「我在夜深人靜時踏入妳的房間，已經失禮，一條棉被又有何用？」

蕭雲定定看了趙長輕片刻，正準備開口說句話浪漫一下，寂靜的夜裡忽然有一聲異常的響動跳入耳朵裡。

「有人——」蕭雲驚了一下。

「噓。」趙長輕忙對蕭雲噤了一聲。

他的眼眸閃了閃，嘴角驀然逸出一抹詭異的笑。蕭雲眨眨眼睛，以為自己看錯了，迷茫間，趙長輕已經欺身過來，吻住她的唇，順勢將她壓在身下。

「唔……」蕭雲瞪大眼睛不解地看著趙長輕，雙手抵在他胸前，試圖推開他問清楚，到底發生什麼事了？他是不是練了什麼魔功，到了午夜就會獸性大發？

「別動。」趙長輕似乎真的是獸性大發，他一改先前的溫柔，強硬地抓過蕭雲的手腕，將她的兩隻手臂牢牢固定在她的頭頂上方，下半身死死壓住她的雙腿，讓她動彈不得。

「你幹什——」蕭雲晃動腦袋，拚命閃躲著趙長輕突如其來的攻勢，剛發出質問，便被趙長輕用唇堵住。掙扎中，蕭雲只能發出「唔」的抗拒聲。

屋子裡沒有點燈，漆黑一片，只有從女子喉間逸出的聲音，這種聲音在黑暗的房間裡響起，無法不令人浮想聯翩。

「謝容雪，妳這個蕩婦！」洛子煦憤怒的聲音轟然爆發，伴隨著花瓶破裂的聲音，在漆黑的夜裡顯得格外的刺耳。

趙長輕驀然停下動作，不悅地道：「閣下半夜闖入女子深閨，卻說別人不是，不覺得可笑嗎？我倒想問問，閣下深夜來訪，是何居心？」

蕭雲身前一空，慌忙坐起來將被子抱在懷裡，企圖尋找一點安全感。聽到趙長輕清冷的聲音，剎那間，一道靈光從蕭雲腦中閃過。她終於明白趙長輕為何會無緣無故地過來，說要守著她一夜。

他一定是料到了變態王會來。他想刺激變態王，讓他以為他們已經生米煮成熟飯了。蕭雲放心地撫了撫胸口。她差點以為趙長輕真的走火入魔了，剛才可著實把她嚇了一大跳。

「長輕，你假裝不認識我，是覺得愧對我這個表弟嗎？」洛子煦語氣輕蔑地道：「我是謝容——我是蕭雲的夫君，她是我的妃子，我來她的房間，什麼居心都不為過。反而是你……」

第四十七章

「閣下莫是認錯人了吧？」趙長輕不急不緩地打斷了洛子煦的話，緩緩起身落地，說道：「她是我未過門的妻子，與真正的子煦早無半點瓜葛，又怎會不知這一點？」

話還沒說完，他便躍起，如利劍出鞘般衝著聲音來源的方向飛去。「你冒充我趙某人的族弟，究竟有何意圖？」

洛子煦憤然接招。他一肚子的火，正愁沒處發呢！

兩人大打出手，這個房間太小，不夠他們施展身手，打著打著，他們便出了房間。

房間附近的人被吵醒了，玉容閣的後院瞬間燈火通明。

「發生了什麼事？」

「怎麼了？」

「好像是夫人那個房間。」吟月聽到聲音，倏地一下睜開眼睛，沒有片刻遲疑，俐落地穿上衣服就往蕭雲的房間跑去。

不遠處，吟月看到趙長輕和一個身形高大的人在院子裡交手，再看看夫人的房間，房門大開。

駐守在外面的士兵聞訊，破門而入，拿著長矛圍成一個圈，將他們二人困於其中。這兩人顯然都不是玉容閣的人，夜色黑，他們也認不出是誰，其中一個士兵衝他們喊道：「你們住手！乖乖地束手就擒吧！」

這時，蕭雲一邊整理衣服一邊從屋子裡跑出來。

「怎麼回事？」似乎是領頭的那個士兵轉頭看向蕭雲，疑惑地問道。

「他們是……」蕭雲指指打得難捨難分的兩個人。本想趁別人還沒認出他們，趕緊打圓場設法將這群士兵騙走，免得傳出難聽的流言，但視線觸及洛子煦，蕭雲陡然眼珠一轉，改變了主意。

她伸出食指指著趙長輕，又指指洛子煦，說道：「看到沒有？那個人，他是奉太子之令來找我商量點事情的，正巧碰上這個採花賊，你們快點抓他，抓他！」

「什麼？我們在這裡，他還敢來？這個採花賊也忒大膽了！」那個首領驚訝道。

「就是，太不把你們放在眼裡了。你這麼英明神武，一看就知道不是好惹的，居然敢挑戰你，太過分了！」蕭雲在一旁添油加醋。

那個首領毫不懷疑蕭雲的話，只覺得自己被藐視了，手臂一展，朗聲命令自己的士兵舉起長矛對準洛子煦，瞄好機會隨時下手，拿下這個膽敢無視他們的採花賊。

「這個該死的女人！」洛子煦聽到蕭雲的話，氣得低聲咒罵了一句。想他一個王爺，居然被冤枉成採花賊，要是傳出去，教他還有何顏面？

他第一次體會到什麼叫做啞巴吃黃連，有苦說不出，都是因為這個該死的賤婦！

趙長輕蹙眉，憤然出拳，狠狠地打向洛子煦的胸口。

洛子煦能拿得出手的只有輕功，論實戰，他根本不是趙長輕的對手，必須全神應對，才能勉強守住自身。剛才他分了心，更罵了一句讓趙長輕非常不高興的話，於是趙長輕不客氣地給了他重重一擊，將他打得飛出去。

趙長輕飛身過去，一把抓住洛子煦的衣襟，將他提起來，又給了他一拳，然後將他扔出了牆外。

趙長輕也縱身過去，故意避開後面追過來的人。

「長輕，你夠狠！」洛子煦吃痛地皺著臉，一手捂住胸口，單肘撐在冰冷的地面上，怒瞪著趙長輕，道：「仗已經打完了，你打算假戲真作嗎？」

趙長輕目光一滯。「什麼意思？」

洛子煦揉揉臉頰，齜牙說道：「你不是一直在懷疑她有可能是御國的奸細嗎？你靠近她，無非是想試探她。」

「你是如何得知？」趙長輕轉眸想了一下便猜到了。「你看了我寫給太子的信？」

「前段時日，父皇派我去東宮找東西，無意間看到的。」

趙長輕幽深的眸子閃了閃。他看完信竟然沒有毀掉，而是留了下來。他要做什麼？

「這個謝容雪的確不像以前那個謝容雪，可是，我們以前誰也不認識她，也許是她一直在韜光養晦。我試過她，她根本不會武功，從什麼地方看都不像是個細作的料。」

趙長輕暗覺不妙，頓時面色凝重，蹙眉問道：「你已將此事告訴了她？」

「御國已敗，國主都換了，有什麼不可說的？她還真當你為她傾倒？」洛子煦已經緩過氣來，正準備起身。

趙長輕一步跨過去，憤然給了他一拳，再次將他打倒在地。

洛子煦悶痛一聲，不可置信地睜大眼睛看向趙長輕，橫眉冷對道：「趙長輕，你——果真對那個賤婦動了真情？」

「子煦，我告訴你，我的確揣著試探她的心故意接近她，但是在我們相處的過程中，她的性情深深吸引了我。不管她是誰，都無法改變我要娶她為妻的決心。我不想傷害一起長大的好兄弟，更不想心愛的女人被兄弟傷害。」趙長輕冷冷地睇著洛子煦，語氣裡不帶一絲溫度，十分鄭重地說道：「方才我只用了五成的功力，你若再侮辱她，我會用上全力，絕不留情面。」

洛子煦譏笑地問道：「所以你為了她動手打兄弟？趙長輕，為了她，眾叛親離也值得嗎？」

趙長輕淡淡吐出四個字。「與你無關。」隨即轉身離開。

「趙長輕，我不會放手的！」洛子煦衝著趙長輕的背影低吼了一聲。他希望自己的堅持反對，能夠改變趙長輕的想法。

趙長輕頓住腳步，幽幽轉過身，傷神地瞟著洛子煦，道：「你我兄弟一場，我自問沒有任何對不住你之處，休書是你親手寫下的，有許多人作證，你不放手又能如何？」

「我……」洛子煦無言以對，冷哼一聲，別過頭去。

「你最初想娶之人，便是現在的謝側妃，當初的謝家三小姐，你已經得到了自己想要的，為何不能祝福我呢？」

洛子煦諷刺地笑笑，道：「你的胸襟寬闊得很，一個我不要的女人，你當寶。」

趙長輕不以為然。「既然你不要，便莫再糾纏下去。」

「一個我休掉的女人，你要娶她為正妃，你這麼做，既是打了我的臉，也是毀了你自己！」洛子煦低吼道。

洛子煦並不會為了一個女人跟一起長大的好兄弟相爭，更不可能為了一個女人而跟最好的兄弟翻臉，他也不是見到蕭雲有多好，值得自己這麼做。只不過，這個女人偏偏是他恨過、休掉的，趙長輕偷偷藏了她做妾也罷，竟然還要立她為正妃，這已經不是女人的問題了，這個關係到男人的面子問題。

是他的面子，也是趙長輕的面子。

趙長輕轉過頭背對著洛子煦，面無表情地說道：「既然你如此愛惜你這張臉，那還是快些離開吧！有人追過來了，被逮到，你的臉可就保不住了。」

那群士兵已經出了門，往這個方向尋過來。

洛子煦皺皺眉，忿忿地起身，啐了一口，狼狽地飛身而去。

趙長輕腳尖一點，施展輕功回到了院子裡。

「採花賊跑了？」蕭雲似笑非笑地看著趙長輕問道。

趙長輕見她等在寒風中，兩頰被吹得有點發紅，不禁心疼，過去撫了撫她的臉，用溫暖的掌給她焐一焐，輕聲責備道：「為何不進去，要在外面吹冷風？」

「我在看星星啊。你看，多美。」蕭雲指指天空，仰頭說道。

看熱鬧的人已經被她趕了回去，她獨自留在院子裡，等了幾分鐘後覺得冷，正想進去慢慢等的，突然發現今晚的星星特別明亮，所以就留下來欣賞了一陣子。

趙長輕抬頭仰望天空，笑著說道：「自從知道妳愛看星星，我便開始留意夜晚的天空。在邊關待了多年，上次回去我才發現，沙漠的星星更美，彷彿伸手便能摘到。」

「我也聽說沙漠的星空美不勝收，我早就想去了。」蕭雲脫口而出道。

趙長輕收回視線，拉過蕭雲的手，溫柔地看著她，承諾道：「我一定會帶妳去看。」

「嗯。」蕭雲興沖沖地點頭說道：「等這次忙完了我們就去，好不好？」

「好。」趙長輕寵溺地揉了揉她的秀髮，柔聲應道。

兩人含笑對視了片刻，趙長輕拉著蕭雲回屋。

「好睏啊！」蕭雲打著呵欠爬上了床。在外面冷了，不覺得睏，一進來就想睡。她笑咪咪地斜睨著趙長輕，對他招招手，刻意挺直腰板，粗聲粗氣地玩笑道：「快點過來，給大爺我暖床。」

「折騰了這麼久，趕緊睡吧。」趙長輕笑嗔道，人卻已過去，將蕭雲抱入懷中，蓋上被子，給她溫暖。

男人的身體就是一個天然的暖爐，蕭雲偎在他溫厚的懷抱中，覺得無比踏實。很快，她便進入了夢鄉。

翌日上午，陽光早已普照大地，蕭雲睜開惺忪的睡眼，看了看旁邊，空空如也，只有枕頭陷下去的那一塊證明了確實有人睡在她身側。

他應該不會在這裡晨練，多半是回自己家去了。

今晚，他還會來嗎？

蕭雲失神了片刻，猛地回過神來，狠狠甩了甩頭。瘋了瘋了，這人才剛走沒多會兒，就開始想他了。

「秀兒——」

蕭雲一喊，沈寂的後院頓時又熱鬧起來。秀兒和吟月飛速端著洗漱用具進來，幹雜活的婆子們開始大力劈柴、搥洗衣服，不再靜悄悄、慢吞吞地幹活。

今天除了教幾個要領動作，蕭雲還唱幾首歌曲，讓大家挑選一下做配舞用。

到了晚上，蕭雲急匆匆地吃完飯，回到屋裡。

看著空無一人的房間，蕭雲失望地嘟起嘴唇，悻悻地坐到書案前，發了一會兒呆，拿過筆記本，開始聚精會神地描繪舞蹈動作。

畫了一個多時辰，蕭雲感到頭昏腦脹，揉揉太陽穴，感覺好點了，又繼續埋頭作畫。

約莫過了一刻鐘，她再次停下筆，苦惱地將雙手抵在額前。動作越畫越複雜，她實在想不下去了，決定滾回床上休息。

躺下後，蕭雲閉上眼睛。

良久，屋子裡有了細微的動靜。

「沒有我，睡不著？」趙長輕帶著戲謔的聲音在黑暗裡響起。

蕭雲睜開眼睛，從床上坐起來，帶著欣喜的語氣對著床外說道：「你來了？」

輕盈的笑聲從趙長輕的齒間傳出，他抱住蕭雲，柔聲道：「我來了妳這麼高興？」

蕭雲不好意思地往他懷裡鑽了鑽，悶悶地笑了幾聲。

「快躺下，蓋好了。」趙長輕將蕭雲放下，拉上棉被蓋好，俯身之際順勢在她額上吻了一下。

「你怎麼知道我沒睡著？」蕭雲奇道。

「從一個人的氣息可以辨出是否陷入了沈睡。」趙長輕簡單地回答道。

「喔。」蕭雲溫順地躺在他懷裡。他身上淡淡的書香味讓她覺得無比的安心。

趙長輕撫摸著蕭雲的髮絲，像在哄一個孩子入睡。

「要不，你給我講個故事吧？」蕭雲忍不住要求道。

趙長輕低眸，疑道：「講故事？講什麼故事？」

「隨便你講，都行。」蕭雲撒嬌道。

「我的故事都是打打殺殺的，妳聽了不怕作惡夢嗎？」

「那我還是不要聽了吧。」蕭雲說道。她不是怕作惡夢，她怕勾起趙長輕不好的回憶，那些血腥的故事已經成為過去，就讓它過去吧！

趙長輕垂了垂眸，語氣裡有微微的擔憂。「雲兒，妳……會不會怕我？」

「怕你？我為什麼要怕你？」蕭雲笑道：「你又不吃人。」

趙長輕的雙瞳猶如無底深潭，漆黑悠然。「我不吃人，但我殺過人，很多很多。正因為如此，很多人敬畏我，卻從不敢與我靠近。」

所以多年來，他一直活得很孤獨。

縱然生死相交，士兵們對他五體投地，但伴君如伴虎，在邊關，他就是王者，大家自然擔心自己一不小心說錯了話，他一怒之下將自己處死，所以，不如保持距離。

蕭雲有點心疼地望著他，心房裡溢滿了甜蜜。一個在腥風血雨中活下來的男子，本該是鐵石心腸、冷血無情，或是大男人主義嚴重，對女人呼來喝去；他給外人「冷面戰神」的嚴肅和漠然，卻獨獨給了她溫柔與深情，包容和尊重。

這世間，真的有錚錚鐵漢能為了一個女子，百煉鋼化成繞指柔。

生命中能遇到這樣一位男子，每個女人的心都會極度膨脹，蕭雲也不例外。她覺得自己好幸運，能夠遇上他。她終於明白，上天給了她穿越時空重生的機會，就是為了賜予她這一份幸福。

「高處不勝寒。」蕭雲動容地伸出手臂，緊緊勾住趙長輕的脖子，眸色清輝如洗。「以後，只要你需要我，我就會一直陪在你身邊，不再讓你孤單。」

「雲兒？」趙長輕低眸，眼波裡漩著欣喜，看著蕭雲堅毅而溫柔的眼神，趙長輕說不出的心動。他低下頭，對著蕭雲的櫻唇深深地吻了下去。

他靈動的舌從蕭雲微開的貝齒間進入，強悍地攻占，貪婪地吸吮著獨屬於她的芬芳。

蕭雲又羞又澀，笨拙的回應換來趙長輕更加肆意的進攻，與她嬌嫩的小舌纏在一起，趙長輕感覺渾身的慾火漸漸燒毀了理智。

他想擁有她全部的美好，他想要她，想得快要發瘋了。

「雲兒……雲兒……」趙長輕極力忍耐著，只有這樣低低喚著她的名字，將她緊緊抱住，不讓她動，他才能稍微壓制自己想瘋狂掠奪的慾望。

不知何時，外面似乎颳起了大風，呼呼聲像個從煉獄出來的魔鬼，帶著企圖吞噬一切的目的，強勢地吹向大地。

房間裡，粗重的喘息聲逐漸平息下來，襯得屋子裡越發寂靜。趙長輕和蕭雲緊緊擁在一起，默默地聆聽著窗外的呼嘯聲，誰也沒有開口打破這份寧靜。

久久的，蕭雲縮在趙長輕的懷中漸入夢境，突然聽到頭頂傳來他低柔的聲音。「雲兒，睡著了嗎？」

「快了。」蕭雲含糊地應了一聲。

「如果有一天，妳知道我一直在懷疑妳，很多事情都瞞著妳，妳會不會恨我？」

蕭雲抬頭，半睜矇矓的睡眼看著他，一臉無辜。「你懷疑我什麼？」

「不管懷疑妳什麼，都別恨我，這一切皆因我職責所在。我不會全數信了妳，但也絕不會加害於妳。」趙長輕撫著蕭雲的背，道。

「喔。」蕭雲懵懵懂懂地回道。

次日上午，蕭雲轉醒，身邊依舊是空的，但她已經不再對著那個位置失神，反而笑了笑。他們好像一對老夫妻，白天各自去上班，不用打招呼就出家門，這是一種長久生活在一起，無形中養成的默契。

白天，蕭雲在前面教舞蹈，唱歌、聊天，晚上回到房間，沐浴完之後伏案工作，到了差不多睏的時候，趙長輕便如期而至。

「你為什麼每天都來這麼晚？早上上早朝，晚上要上晚朝嗎？」蕭雲坐在案桌後的板凳上，歪著身體問向趙長輕。

「怎麼，等我等得著急了？」趙長輕笑著走過去，從後面抱住蕭雲，在她耳邊輕聲道：「那我明晚早些來。」

蕭雲豎起三根手指，非常誠懇地道：「我絕對、絕對沒有埋怨你的意思。我對燈發誓，我純粹是好奇，現在天下太平了，你還有什麼可忙的？」

趙長輕失笑。對燈發誓？燈能把她怎麼樣？「是為夫不對，沒有及時彙報行蹤，這廂給娘子賠禮了。」他也忍不住開起了玩笑。

「我真的沒有埋怨你。」蕭雲覺得自己跳進黃河也洗不清了。

這卻換來趙長輕更加開心地大笑。他將蕭雲從座位上抱起來，放到床上，然後自己也上去，長袖一揮，脫下外袍的同時，熄滅了屋子裡的燭光。

屋子裡暗了下來，趙長輕擁住蕭雲，感到無比的滿足。這樣的溫馨讓他心裡十分安寧。

第四十八章

「我早上回去後，便開始習武，直到午時。在王府裡用完膳，我會到書房中小憩片刻，下午開始讀書、習字。我不必上早朝，也不必上晚朝，所有應酬，都被我拒之門外。」趙長輕簡單明瞭地概括了一下。

蕭雲汗顏了一下，很想再次聲明，她真的沒有埋怨他。不過，他的生活聽起來還真是索然無味。

「很無趣吧？」趙長輕問道。

「你自己也覺得？」蕭雲反問道。

趙長輕點了點頭，緩緩說道：「我以前的生活就如一潭死水，每日不是練軍打仗，便是談論作戰，即便某天戰死沙場，也沒有一絲遺憾和留戀。直到妳的出現，我的生命就像妳送至我手中的彩虹，突然有了顏色。」

蕭雲嘴角微微上揚，心裡很是自豪。想不到自己的出現，給他帶來這麼大的改變。

「雲兒，妳說過的，會一輩子留在我身邊，不許反悔。」趙長輕忽然收緊手臂，將蕭雲摟得更緊。「若妳一直不出現，我倒也不覺得活著是一件多麼痛苦的事。但是我無法想像，妳來過再離開，我將會是什麼樣子。」

「不至於吧？」蕭雲不以為然，半認真半開玩笑道。他們還在熱戀期耶，他每天閒在家裡，如果真愛到了骨子裡，不可能早上看一眼，晚上再看一眼，聊聊天就甘心了。

還是他天性使然，只懂得長相廝守，不懂得什麼叫做浪漫、如膠似漆？

疑惑了一陣子，蕭雲無奈地在心中嘆息了一聲。古人談戀愛，應該就是這麼死板吧！看來想談一場浪漫的戀愛，得好好調教他一下才行了。

「雲兒，別當我是在說笑，我是認真的。」趙長輕忽然嚴肅說道，轉而又深情款款地低訴。「天知道，我每日有多麼期待天黑。」

這話說的，好像是在控訴她白天的時間都給了工作，沒有多抽點時間陪他似的。蕭雲心虛地撇撇唇，低了低頭。

好吧，她承認，她現在確實沒有多少時間陪他。

「每日人在書房，心卻在妳這兒。」

「其實，我晚上回來挺早的……」蕭雲弱弱地說道。

趙長輕低呼了一聲：「雲兒……」語氣裡充滿了無奈和苦澀。「妳到底知不知道，要一個正常的男人面對心愛的女子，需要多大的忍耐力才能坐懷不亂？」

蕭雲驚訝地眨眨眼，原來他是害怕相處的時間長了——想起趙長輕一邊抱著她，一邊控制著本能的生理慾望，蕭雲忍不住爆笑出口。「哈哈哈哈……」

「還笑？」趙長輕對這個女子又氣又愛，他的窘迫全被她揭穿了，卻拿她一點辦法也沒有。普天之下，也就只有她敢放肆地取笑他了。

趙長輕懲罰般地在蕭雲的腰上掐了一把，與她調笑道：「再笑我可就不忍了。」

蕭雲捂住嘴悶笑。

「不管了。」趙長輕一「氣」之下，攬住蕭雲的腰肢貼近自己，邪惡地笑道：「明日就娶妳過門，正好娶親的東西，趙王府都有現成的。」

蕭雲慌忙收住笑容，搖頭擺手道：「我不笑了、我不笑了，保證不笑！」清澈的眼睛真誠地看著趙長輕，即使他看不到她的誠意，她也要表現出來。

「就這麼怕嫁給我？」趙長輕反而有些怨惱。

「不是怕，是……時間的問題，再等一等嘛，上班還要三個月的試用期呢！」

趙長輕皺皺眉。「三個月的試用期？」

蕭雲暗暗地唉了一聲。如果她說：「你以為結過婚，關係就穩定啦？」不知道趙長輕會不會瘋掉？

「不管，說好的，三個月一結束，我便娶妳。」趙長輕忽然用孩子般任性的口吻說道。三個月後，忙完御國朝聖一事，他絕不會再跟她分開。

「那你爹娘不同意怎麼辦？」蕭雲半真半假地問道。

「我們不住同一府邸，我們盡該盡的禮數，他們不應，是他們的事。」

會有這麼簡單嗎？

蕭雲沒有繼續問下去。以後的事，她不想留在眼下煩惱，這個話題對於她來說還太沈重，她故意岔開了它，道：「那你現在是不是等於賦閒在家？你的上司給不給你帶薪休假啊？」

「帶薪休假？」趙長輕的理解能力越來越強了，他愣了一下，便答道：「應該算是吧！朝中近來沒什麼大事，我正好躲個懶，過段清閒的日子。」

蕭雲聞言，不免可惜。這大好的時機，他們應該出去約會、度假，唉，都怪她。等忙完了手頭的事，她一定要好好補償他。

「那你現在的俸祿夠開銷嗎？那十萬兩銀票放在梳妝檯的抽屜裡，你明早走的時候帶回去吧！我的錢夠用。」蕭雲認真地說道：「你是個王爺，難免要交際應酬，出手不能太寒酸了。」

趙長輕失笑。正如她所說，他可是王爺，他雖沒有清點過自己的財物，但是俸祿封賞、良田商鋪，加起來少說有上百個十萬兩了吧？「在娘子眼中，為夫是不是很窮？」

「這麼說，你很有錢嘍？」蕭雲眨著亮晶晶的眼睛，在黑夜裡對著趙長輕閃啊閃的，一副小財迷的樣子，可愛極了。趙長輕心中一柔，伸手捏了捏她的臉蛋，玩笑道：「養十個、八個妳應該不成問題。」

「什麼？」蕭雲佯裝生氣地瞪眼問道：「你還想養十個、八個娘子？」

趙長輕配合地求饒道：「娘子神威，為夫不敢了。」頓了頓，在蕭雲得瑟（注）的時候，他又加了一句：「妳這麼頑皮，養那麼多個豈不是要累死？一個便足矣。」他吃吃地笑出了聲音，心情十分輕鬆。

「哼！」蕭雲不滿地嘟囔道：「說得我好像一無是處似的。」蕭雲撇撇嘴，在外人看來，好像的確如此。她不由得暗下決心，一定要好好表現，不求讓全天下的人羨慕趙長輕，但求天下的人不要同情趙長輕有這麼個差勁的女朋友。

「雲兒，等三個月過後，我帶妳去塞外遊玩如何？」

「當然好！」蕭雲聞言，非常激動，急切地點頭應道：「我早就想去了。」

一提到玩，她就像個長不大的孩子似的，實在太可愛了。趙長輕勾起唇角，忍不住豎起食指刮了刮她的鼻子，調笑道：「將來的孩子若都像妳這般貪玩，我可如何是好？」

將來的……孩子？

蕭雲心中一震，不知該說些什麼。人類的感情發展到一定地步，男女雙方就會情不自禁地想要更加親密無間，這個身體，好像還不到十八歲吧？古代的安全措施又不發達，一不小心就會中招，那她豈不是要做未成年母親？

「不行不行不行，不行不行。」蕭雲抽搐似的拚命甩頭。

「妳又胡思亂想什麼了？」趙長輕蹙眉。他發現蕭雲總是愛神遊，很多想法和行徑都令人捉摸不透，有時候真想撬開她的腦袋，看看裡面都裝了些什麼。

「我沒事了，睡覺睡覺。」蕭雲老老實實閉上眼睛，強迫自己不再去想那些亂七八糟的事情。

趙長輕含笑搖了搖頭，愛憐地撫了撫她的臉龐，將心中的好奇忍不住問了出來。「妳又在打什麼壞主意呢？」

「哪有？我的心紅彤彤的，一點也不黑，怎麼會打壞主意呢？嘿嘿，就是有時候會亂

注：得瑟，東北話，獲得不值一提的成就或做成一件芝麻大的事就得意忘形。

想。俗話說得好，自從得了神經病，整個人精神多了。」蕭雲嘰哩呱啦亂說一通。

趙長輕好笑地睨著她。「又在胡言亂語什麼？」

「你聽不懂很正常，我自己有時候也不知道自己在說什麼。」

「小迷糊。」趙長輕寵惜地點了點蕭雲的鼻尖，喃喃低語道。忍不住低頭吻上她的唇，將她的可愛、她的柔媚盡數收藏。

兩人溫存了一會兒，漸漸的，屋子裡慢慢靜了下來，他們相擁，入了朦朧的睡意中。

第二日早晨，像昨天上午那樣，蕭雲趕到了舞蹈室。

看著眾位早起的姊妹，蕭雲衝她們慚愧地笑笑，打招呼道：「大家早啊！」

「早！」眾人含笑回了她一聲。

「嗯嗯嗯。」蕭雲乾乾地清了清嗓子，朗聲說道：「我說一下啊，今天我們要複習一遍飛仙舞。飛仙舞呢，是我們的經典，作為一種承先啟後，我們必須要用它來勾起觀眾對玉容閣舞蹈團隊的回憶，讓大家重溫經典。溫故知新嘛！大家還記得動作吧？」

「可是，汐月不在了。」有人提出了自己的疑惑。

「汐月不在，」蕭雲衝每個人笑道：「妳們還在啊！」

「我們？」大家妳看看我、我看看妳，一臉茫然。沒有領隊，飛仙舞就像群龍無首一樣，看上去亂糟糟的，沒有重點。

蕭雲微微昂起下巴，眸子因為自信而射出璀璨的光亮。「她是因為我取了汐月這名字，只要我覺得可以，妳們中的任何一個人都可以是汐月。」

「可是我們不會飛天。」

「是啊！」

「就是！」

眾人七嘴八舌，沒有一個人有自信，覺得自己可以勝任領舞。

不過還好，現在玉容閣裡有個人會輕功。

蕭雲說道：「飛天這個環節，我可以找個替身，只要配合得好，不會有人看出端倪來。」

「是誰？」

「誰啊？」

眾人好奇地問道。

「先給大家留個懸念，選出領舞之人再說。」蕭雲環顧一周，面色沈靜如水，問道：「妳們之中，有沒有人自薦？」

眾人面面相覷，無一人敢應聲。

「不如，妳上吧！」有人提議道。

這一提議，得到了眾人強烈迴響，她們紛紛附和讓蕭雲來領這支舞。

蕭雲張開雙手，壓了壓，示意大家靜一靜，然後她嚴肅地開口說道：「先不說這個事了，我們來複習一遍飛仙舞。」

她答應過長輕絕不露面表演，就絕對要做到。何況，她要是不在，飛仙舞就不跳了？太浪費了。既然沒人自薦，那她就回去想一下誰最合適，到時候再說。

蕭雲帶領大家重溫了一遍飛仙舞的動作，歇了一會兒後，正準備排練新舞蹈，外面有官兵進來報，有個人來探望她們。

「會是誰呢？」幽素茫然地嘀咕了一聲，派了一個小丫鬟出去將人迎進來。

見到來人，大家終於體會到蕭雲以前常念叨的那句「說曹操曹操到」的意思了。她們剛提到飛仙舞，一邊扼腕汐月走了，一邊羨慕她嫁了個好人家，有了歸處，這廂，人就來了。

汐月嫁了人後，身子豐腴許多，但是嬌媚之姿只增不減，她身後跟著丫鬟和家丁，每人手裡拎著大包小包，像回娘家似的。

她的神情依舊那麼高傲清冷，但是多了一點點「少奶奶」的氣勢。

「汐月！」眾位姊妹過去圍著她，親切地問長問短。

她們之所以熱情高漲，倒不是因為以前與汐月的關係有多好，而是在她們心目中，汐月是飛上枝頭變鳳凰的成功典範，她們想沾沾她的福氣，將來嫁個好人家。

「我給大家帶了點吃的，望姊妹們笑納。」汐月對大家展眉一笑。

印象中，汐月的性格冷冰冰的，極少對人笑。站在她們不遠處的蕭雲見狀，不禁奇怪地道：「今天的太陽打哪邊出來的？」

同樣沒有迎上去的幽素掩嘴笑笑，道：「妳這是拐著彎子埋怨人家呢？」她對汐月的境遇一點也不羨慕，她想要成為的，是像蕭雲這樣的人。男人是最信不過的，女人年輕貌美時還能得寵，風光一下，人老珠黃後，寵愛便會丟失。再以她們的出身，在大家族裡根本得不到什麼權利。

「我沒有。」蕭雲矢口否認，雙手抱於胸前，閒閒地問道：「她以前常來嗎？」

幽素搖了搖頭，說道：「自從她被周公子收了，便再也沒回來過。我看今日，我們八成是沾了妳的光，才得以見到周府的夫人。」看著滿目笑容的汐月，幽素中肯地評價道：「嫁了人之後，她的性子倒是熱起來了。看來在周府，她過得不錯。」

「我倒不這麼認為。」有人卻有不同的理解。「周家那麼大，以她的身分，若是不學得討巧些，必會受許多罪。」

蕭雲和幽素對視了一眼，不置可否。

和眾人打完招呼後，汐月來到蕭雲面前，和她打招呼。蕭雲和善地對她笑笑，特准大家休息半個時辰，和汐月敘敘舊，自己則去了書房。

須臾，敲門聲響了起來。

汐月進來了，臉上掛著淡淡的笑容，道：「聽她們說，妳改了名叫蕭雲？」

「嗯。」蕭雲淡淡地應道。

「我還是覺得，牡丹叫著親切。」

蕭雲真想拍桌子跟她開個玩笑說：「大爺我行不改名坐不改姓，本來就叫蕭雲。」但想歸想，她怕把汐月嚇著，就算了，用正常的語氣回道：「一個稱呼而已，不必在這上面執著。不過，妳還是叫我蕭雲吧！我喜歡別人叫我這個名字。」

「好吧。」汐月點了點頭，柔柔笑道：「我雖然身在內宅，但是常叫身邊的丫鬟打聽玉容閣的事，今日正好無事，便回來看看姊妹們，想不到正巧碰上妳回來了。怎麼樣，在外輾轉一圈，還是覺得這兒最舒服吧？」

蕭雲聳聳肩，默認了。這是她的事業開創地，沒有人會懷疑她是謝容雪，對她的過往刨根問底，大家對她都很友好，她可以完完全全地做自己，不用有任何顧慮。在這個世界上，還有什麼比這更肆意的？

「大家府院裡繁文縟節甚多，人與人之間不敢真心相付，有什麼事都要藏在心裡，繞十八個彎子再說出來試探對方，太累了。」汐月的語氣裡帶著少許的苦澀。

蕭雲轉轉眼睛，隨口答道：「路在腳下，好好走，會有好結果的。」

兩人寒暄了一番後，汐月忽然問道：「聽說妳跟了趙王爺？」

蕭雲一頓。「妳聽誰說的？」

「嗯……煦王爺與我家相公交好。」汐月怔了怔，回道，後面的話不言而喻。

蕭雲注視著汐月，淡淡地道：「妳消息挺靈通的。」隱隱覺得汐月哪裡不對。

汐月又說了些無關緊要的話題，蕭雲只是應著，和她有點話不投機。良久，汐月終於提出要走，蕭雲也沒有挽留，和她一起出了房間。

趙王府書房裡，趙長輕一手持木，一手握刀，正專心致志地埋頭雕琢。他身上穿著純黑色雲絲外袍，袖口處緊貼著手腕，一頭青絲扣在拇指大的墨玉裡，一絲不苟地束在頭頂上方。近來他一直是這樣乾淨爽利的裝束，唯有如此，才能不妨礙手頭上的細活。

他面前的書案上，擺著一把很大的琴，和一張圖紙。刻著刻著，他會抬起頭，用那雙深邃的眼眸凝望它們一會兒，再低頭將手中的木頭雕刻成看到的樣子。

「主上。」門外傳來一個男子壓得低低的聲音。

趙長輕眸光微閃了一下，手上的動作繼續，嘴裡淡淡吐出三個字。「進來吧。」

第四十九章

一個黑影咻一下在空中劃了一道弧線，再一看，書案前已單膝跪著一個人。他拱手道：「屬下無彥，特奉主上命令，換沈風而來。」

趙長輕漫不經心地道：「你可否清楚沈風每日的職務？」

「沈風已告知屬下。」

趙長輕終於停下動作，將視線投了過去，目光深沈如墨。「既然知道，日後便改口喚王爺吧！」

「是。」他應道。然後，從懷裡掏出一個圓形的東西，雙手奉上。「這是非彥託屬下帶給王爺的。」

「這麼點？」趙長輕睇了一眼無彥手中的東西，目光微滯了一下。

「這千年玄絲十分難尋，非彥竭盡所能，只能找到這一點。」

趙長輕無奈地點點頭。正因為這東西難得，他才讓非彥去四處尋找，雖然只有一點，想必也是非彥吃了一番苦頭才換來的。「辛苦他了。」

這個東西到手了，他手上的木頭卻還沒有成形，他得加快速度了。

無彥一走，趙長輕便繼續埋頭雕刻。桌上的茶涼了一杯又一杯，他來不及喝一口，全數心思都放在了手裡的木頭上。

到底是什麼東西，幾乎讓他到了廢寢忘食的地步？

白日漸漸謝幕，夜幕降臨前，趙王府忽然一下子來了許多士兵。

管家來到書房，向趙長輕彙報道：「王爺，謝副將回朝，特地前來拜見。」

趙長輕聞言，眉頭一鎖，面容微冷。

管家偷偷瞄了趙長輕一眼，心中暗忖，這個謝副將，一看就是個死腦筋，都臨近傍晚了，進洛京後便悄悄回家不好嗎？今晚好好休整一番，換身乾淨的衣裳，明早再來拜訪又有什麼？又不是去打仗，何必在乎這一時半會兒的呢？

「要不，老奴去回了他？」管家小心翼翼地問道。

「不必。」趙長輕起身出去。反正他遲早要來，不如趁早見了，免得又來打攪。

一到前廳，謝容風便跪下行禮。趙長輕掃了他一眼，不疾不徐地從他身旁越過，坐到上首的位子，淡淡地道：「免禮，起來吧。」

「謝王爺。」謝容風起身，憨笑著跟趙長輕閒聊了幾句，卻沒有得到一句回應，他呆呆地盯著趙長輕，不敢再說下去。

趙長輕等侍女沏好熱茶送來，緩緩呷了一杯，然後掀起眼簾，面色平靜無波地說道：「本王晚上還有些事，要出去一趟，不便為你接風，你彙報一下東境的情況便回吧！」

「喔……卑職惶恐，卑職一個副將，豈敢要趙王爺接風？擔不起、擔不起！」謝容風有些呆愣，侷促地說道。他比較不會說話，加上對趙長輕的敬畏，所以整個人顯得有些拘謹，講了多句話，都沒有進入主題。

「說正事吧！」趙長輕頗為不耐地冷聲提醒道。

「遵命。」謝容風呆頭呆腦地應了一聲，然後才開始跟趙長輕彙報駐守東境的情況。趙長輕平靜聽著，其間提到了幾個老將的名字，皆和軍務有關。

終於等他講完，趙長輕放下手中的茶杯，語氣淡然地道：「本王心裡有數了，你回吧！」

謝容風還想問趙長輕關於自己駐守東境的表現有沒有什麼欠妥之處，趙長輕一個冷眼睇過去，謝容風終於識趣地閉上了嘴，拱手告退。

「王爺，是否擺膳？」一旁的侍女低眉問道。按說她不該有此一問，每日都是這個時辰傳的膳，可是王爺方才說要出去一趟，侍女便問道。

趙長輕揮揮手，示意她退下。

他突然很懷念雲兒的手藝，和專屬於她的沁人香氣。

如果此時她就在他身邊，那該有多好？

好在他們的距離並不十分遠，這邊想念，那邊就能見到。

略一施展輕功，不出一刻鐘時間，他便到了玉容閣的後院。用暗語將吟月喚來後，他讓吟月傳話給蕭雲。

此時正是開飯時間，大家已經擺好碗筷，準備吃飯，吟月突然湊到蕭雲耳邊，對她低語道：「王爺在後面等夫人。」

「嗯？」蕭雲歡快地放下碗筷，嚷了一聲「不用等我」便飛快地跑了。

「她去幹什麼了？」眾人好奇地問吟月。

吟月坐到自己的位子上，語氣很和善，話裡的意思就有點一語雙關的味道了。「我也不知道，主子的事，我們下人從不過問。」

眾人互相望了望，訕訕地低頭吃飯。

後院，蕭雲一邊奔跑一邊翹首盼望。當她看到那個修長的身影立在院中時，臉上不禁露出欣悅的笑容。

「今天怎麼來這麼早？」蕭雲喘著氣，笑吟吟地問道：「吃過飯沒有？」

「怎麼穿這麼少？」趙長輕見到蕭雲，立即皺起劍眉，將自己的大氅脫下來給蕭雲披上，不高興地道：「著了涼又該病倒了。」

蕭雲不好意思地笑道：「出來急，忘了穿外套了。」

「這麼想見到我？嗯？」趙長輕擁住蕭雲，額頭抵在她的額上，語氣低柔，眼神纏綿地鎖在她身上。

「是啊，你好招我待見，行不行？」蕭雲扭捏了一下，承認道。

「乖。」趙長輕低喃道，傾身吻住蕭雲的唇，輕輕地舔吮著，嚐夠了滋味，他又深深地探索，溫柔地撫慰，強烈地占有……

蕭雲雙手放在他的胸膛上，感覺自己的身體已經化成了一灘水，她感受不到這個世界的存在，忘情地回應著他，與他緊緊鎖在一起。

這個吻深情而漫長，直到快要窒息，他們才戀戀不捨地分開。

兩人喘著氣息，心情仍然沈浸在剛才的甜蜜中。

靜默片刻，趙長輕手掌抵住蕭雲的腰肢，一下將她的身體摟到自己身前，薄唇總是若有似無地蹭到蕭雲的肌膚上，似是意猶未盡地引誘著她。

蕭雲左晃右動，假裝閃躲，不讓他得逞。趙長輕凝視著蕭雲，眼中盛滿笑意。蕭雲抿嘴悶笑。他們這樣好像在玩躲貓貓的遊戲，還玩上了癮。

「咕嚕嚕……」一陣異常的聲音響起。

蕭雲大窘地將頭埋進趙長輕的懷裡。

「餓了？」趙長輕撫了撫蕭雲的頭髮，柔聲說道：「還想嚐嚐妳的手藝呢！等妳做好，估計我們都餓壞了。我帶妳出去吃好吃的，好不好？」

「什麼好吃的？」聞言，蕭雲馬上來了精神。

趙長輕一頓，慚愧地笑了笑，如實說道：「我極少在洛京，還真不知這洛京城裡有什麼好吃的。」

蕭雲親暱地挽起他的手臂，道：「那，我們去喜福樓吧！」

「好。」趙長輕點點頭，溫柔說道。

喜福樓晚上的客人不多，屋子裡雖然點了許多燭火，但始終還是沒有白天的亮。蕭雲拉著趙長輕在靠窗的位子坐下，點了三菜一湯後，安靜地坐在那兒，時而互相對視，時而看看店裡的客人。因為天冷的緣故，窗戶關上了，如果是夏天，坐在這裡可以愜意地吹著夏日的晚風用餐。

等上菜的時間，兩人聊起了閒話。

「你認識周瑾安嗎？跟他關係怎麼樣？」蕭雲無意中問道。

趙長輕的眸色微不可見地沈了一下。「算認識，但並不相熟。」

「我跟他也是見過幾次，對他的性格稍微有點瞭解，我覺得他不像是喜歡冰山美女的人，想不到他跟我們玉容閣的冷美人還挺合得來的。」

「妳如何知曉他們合得來？那位夫人去玉容閣與妳說的？」

蕭雲愣了一下。「你怎麼知道她今天來過玉容閣？你們的消息都好靈通啊！汐月還問我，是不是跟你在一起了。我用膝蓋想都知道，不是太子就是煦王爺告訴周瑾安的，你還說他們不會說出去？」

說話間，菜已上來，蕭雲大快朵頤，趙長輕挾了一口她最愛吃的菜放進她碗裡，寵愛地看著她，柔聲提醒道：「都是妳的，沒人跟妳搶，慢點吃，小心噎著。」

「你都不挑食，我也不知道挾什麼菜給你？」蕭雲埋怨道。

趙長輕嘴角噙著濃濃的笑意，道：「雲兒給我吃什麼，我都愛吃，好不好？」

「嘿嘿。來，不挑食的好孩子，獎勵你的。」蕭雲挾了一大口肉末茄子給趙長輕。

「娘子有心了。」趙長輕笑道。

兩人一邊吃著，一邊繼續聊天。

接過剛才的話題，趙長輕說道：「謝容風回朝了，今日出門前，他來見過我。」
「謝容風是誰啊？」蕭雲咀嚼著嘴裡的食物隨口問道。
趙長輕抬眸，深深地看著蕭雲，一字一頓地道：「統領府謝家，嫡長子。」
蕭雲不以為忤，吃了兩口，陡然覺察不對，馬上停下咀嚼的動作，掀起眼簾一看，猝不及防地撞上趙長輕目光如炬地凝視著自己。
她不由得一下子想起那晚他說過的話，以及煦王爺給她看過，他寫給太子的那兩封信。
他在懷疑她！
一直都在懷疑她！
一種強烈的不被信任感盤踞心頭，蕭雲霎時胃口全無，什麼山珍海味在嘴裡都味同嚼蠟。她放下筷子，趙長輕心頭一緊，連忙解釋道：「我並非懷疑妳——」
見狀，趙長輕心頭一緊，愣怔地看著趙長輕，臉上寫滿了失望。
蕭雲冷冷地打斷了他，接道：「只是不能完全相信我？」
「雲兒，我絕不會傷害妳。只是我職責所在，不得不……」
「以前時局緊張，你懷疑我我能理解，現在已經天下太平了，你懷疑我什麼？」蕭雲真的很想知道。「兩個人在一起，如果不能彼此信任，那在一起還有什麼意思？」
她睨了睨，站起了身體，轉身面對外側，目視前方，冷聲道：「每天都提防別人，揣測別人是否對你別有用心，不累嗎？」
趙長輕渾身猛然一震。蕭雲周身散發出一種冷冽的氣質，突然讓他覺得她一下子距離自己千里之外，遙不可及。

他要失去她了嗎？

蕭雲徑直走向門外，經過櫃檯時對掌櫃的說道：「記玉容閣的帳。」

掌櫃的愣了一下，盯著蕭雲的背影看了老半天。「那個人是……」

「雲兒！」趙長輕追了出去，從後面拉住蕭雲的手臂。「妳聽我……」

蕭雲轉眸，哂笑道：「你心裡是不是又在懷疑，我這麼生氣，是不是因為心虛呢？對，我就是心虛。你知不知道你一解釋，就說明我贏了？你是個常勝將軍，怎麼能輸給一個女子呢？」

趙長輕搖頭，嚴肅道：「雲兒，妳聽我說！」

「我不想聽！」蕭雲像一頭發火的獅子，忿然地衝趙長輕低吼道，然後一把甩開他，大步往前走。

「妳無可否認，妳根本就不是謝容雪！」無奈之下，趙長輕沈聲指出了事實。

蕭雲驀地頓住身影。

趙長輕飛身過去，從背後抱住蕭雲，抱歉地柔聲哄道：「雲兒，別生我的氣了，我對妳真的沒有提防之心，相信我。」

「你不相信我，卻讓我相信你，你不覺得可笑嗎？」蕭雲挖苦道，身體奮力掙脫他的束縛。

趙長輕狠狠地將蕭雲固定在懷中，努力解釋道：「我只是對妳的身世有些猜忌。雖然我們和御國的戰爭結束了，可是還有西疆的人虎視眈眈地盯著我們，我身為一國將領，手裡掌控著洛國的兵權，必須步步為營。我無法全數信任一個人，包括我的雙親，這是身為一個將軍的職責，也是身為一個將軍的無奈。」

戰爭不是結束了嗎？怎麼又冒出一個西疆來？蕭雲沈默，開始有些理解他的難處。

「連妳自己也無可否認，妳身上有許多解釋不清楚的地方。」

「那又……」蕭雲語塞。從趙長輕的話中，她能夠體會他舉步維艱的辛酸。一個手握重權的人，他要顧慮的，不僅僅是這個國家，更是忠心跟隨他出生入死的將士們的性命。何況上次詐死，他親娘哭成那樣都沒有如實相告，卻在不確定她身分的情況下，現身出來見她，這足以說明他已經放下了戒心。

縱然他以前懷疑她，用盡辦法試探她，但是，從那個時候起，他應該已經選擇相信她了。

剛才他提到的謝容風，可是這個身體的親大哥，感情再不好，聽到親大哥的名字，也不可能像個陌生人一樣反問人家那是誰吧？畢竟是一個家宅中長大的。

這一點，任誰都會覺得奇怪，懷疑他們不是親兄妹。

「沒有人願意如履薄冰度日，我之所以養成這種壞習慣，實為無奈之舉。雲兒，希望妳能夠體諒我的為難。」趙長輕晃了晃蕭雲的身體，像在撒嬌一樣，聲音柔得能把人融化。

「莫再生我的氣了，可好？」

蕭雲目光瞄了瞄他，翻了個白眼，賭氣地將臉偏開。「哼！」

道。

「雲兒，我保證，只要妳不想說，我不會再多問妳半句。今日一切皆是我的錯，任妳如何罰我都可以，好不好？」趙長輕偏頭專注地看著蕭雲，將所有罪責攬下，好聲好氣地哄道。

蕭雲聽到這話，剛好點的心情瞬間又變壞了。「有疑問卻不說出來，而是憋在心裡，這樣連朋友都不如。」

「雲兒，妳曲解了我的意思。我只是不想強迫妳，我寧有滿腹疑問，也不想逼妳說不想說的事。知不知道剛才妳看也沒看我一眼便走了，我有多慌張？當年我身陷桎梏，都不曾有過一絲害怕，可是看到妳冰冷的神情，我的心一瞬間掉進了冰窟裡。」趙長輕的手臂用了用力，將臉深深埋進了蕭雲的頸窩中，低低地喃道：「我真的好怕失去妳……」

蕭雲的心一下子就軟了，她相信，他不曾驚慌過，更不曾以近乎低聲下氣的語氣哄過別人。他的溫柔，他的害怕，只在她面前才有。他的深情，他的執著，無一不令她動容。

「我，其實……」蕭雲猶豫，到底要不要把事實告訴他呢？

「雲兒，」趙長輕扳過蕭雲的身體，幽黑的雙眸灼熱地看著她，道：「不管妳是誰，都改變不了我娶妳的決心。妳不必強迫自己一定要告訴我，我會用一輩子等妳心甘情願地告訴我。」

「不了。」蕭雲已經想好了，坦然道：「晚痛不如早痛。你接受不了的話，我們的感情越深大家便會越痛苦；你接受得了的話，晚些說和現在說也沒什麼分別。我今天把所有的秘密都告訴你，希望我們以後可以坦誠相對，以後有什麼疑慮，不要藏在心裡。我們拋開公事不談，但生活上的事情，我希望我們能夠敞開心懷，完全地信任彼此，什麼事都不要瞞著對方。」

「雲兒，妳真的不必勉強自己。公事我不告訴妳，不是防著妳，而是不想妳為我擔憂，更不想妳信錯朋友，無意間走漏了風聲。所以即便妳坦誠相對，我也不會將所有軍統計劃都告訴妳。」

「我不是要和你交換條件。我沒想過要騙誰，只是，說出來你也未必會相信。不過我還是很想說出來，憋在心裡太難受了，想家的時候，連個傾訴的人都沒有。」

蕭雲固執地要在今天開誠布公。她受不了趙長輕心存疑慮地面對她，戀人之間如果不能完全信任，那還不如做朋友呢！

第五十章

「你懷疑得沒有錯，我的確不是謝容雪。我的真名，就是叫蕭雲。我不是這個世界的人，說得明白點，我只是一縷來自異世的遊魂，不知什麼原由，附到了這個身體裡……真正的謝容雪，可能已經死了吧！在她上吊那個時候……後來從懸梁上救回來並且活到現在的，便是我，蕭雲。」

蕭雲眼裡一派澄明，神情坦率而明媚，在黑夜裡發出懾人的光芒，天邊的月亮都顯得黯淡。

她將壓抑在心底的秘密全部說了出來，心情也輕鬆了。

「我其實是一隻沒有法術的鬼。也許你覺得我是在信口開河，也許你相信了我的鬼話，但是很害怕我。」

蕭雲無所謂地笑笑，聳了聳肩，感覺渾身輕鬆。「不管如何，自此，我沒有任何再瞞你的地方。」

趙長輕愣怔，滿臉詫異，瞠目結舌。

竟是這樣！

他如何也沒有想到，真相會是如此。

他想過一萬種答案，獨獨沒有想過這個可能。

不過這樣的說詞，她身上所有的匪夷所思之處便都解釋得通了。

「很不可思議吧？」蕭雲笑得有點苦澀。

趙長輕愣愣地微微點頭。的確，這種說法，不亞於天方夜譚，但是聽了這個解釋，他也就能夠理解蕭雲為何一直不敢說出來。

這個世界對於鬼神之說太避諱了。

她將這個秘密告訴別人，擔著別人出賣她、將她視為妖物斬除的危險。這樣的信任，何其之重？

「我們那個地方，有電視、飛機、坦克、大炮……好多好多高科技產物，你知道我為什麼單單會治腿，不會治其他的病嗎？因為我是久病成醫。自從我的雙腿失去知覺，我就開始研究治腿的方法，中醫、西醫、民間秘方，什麼法子都知道……」蕭雲不再有所顧忌，嘰哩呱啦地講起現代世界，努力證明自己說的話都是真的。

趙長輕不由分說地將蕭雲擁入懷中，內疚道：「別說了雲兒，我信妳。都是我不好，我不該質疑妳，對不起。」

「你相信我說的話？」蕭雲反倒意外了。她推開趙長輕，詫異地問道。

趙長輕憐惜地撫著她的臉龐，目光真切道：「只要是妳說的，我便相信。雲兒，謝謝妳相信我，此生我定不負妳。」

「你真的相信？你不怕我嗎？」

趙長輕搖搖頭，感到一陣心疼和內疚。實情的確讓人難以置信，她才沒說，自己卻一直不信任她。

蕭雲鼻尖微酸，有點感動。他真的信她，還接受了。

趙長輕溫柔地看著蕭雲，捏了捏她的臉蛋，打趣道：「妳這麼可愛，死在妳手裡也值了。」

蕭雲又是感動，又是佩服。如果是她聽到自己的男朋友說他是個鬼附身，她一定會被嚇到的，趙長輕居然只是驚訝了一下，然後就沒事了，還……欣然接受了這樣的她。

「你實在太強了。」蕭雲豎起大拇指讚道。

「妳這麼古靈精怪的，我不強點，如何配得上妳？」趙長輕含笑道。頓了頓，他斂下笑意，倏然認真道：「妳是什麼原由來此、身分為誰並不要緊，我在意的是，妳會不會再離開？雲兒，我要妳告訴我，這輩子都不會離開我。」

「這個……」蕭雲黯然垂眸，無可奈何道：「上天怎麼安排的，我也不知道。」

趙長輕擁住蕭雲的肩膀，柔聲說道：「我想，既然上蒼派妳來到我身邊，便是讓妳陪伴我終老的意思吧！雲兒，我不會放手的，哪怕上天遁地，我都會牢牢抓住妳。」

蕭雲抿唇，嫻雅地微微一笑，眸光閃亮地看著趙長輕，緩聲道：「執子之手，與子偕老？」

趙長輕握住蕭雲的手指，輕輕地在她的指尖上落下一吻，道：「對，執子之手，與子偕老。」

「所以，以後不管發生什麼事，你都不會丟下我的，對不對？」

趙長輕閉了閉眼眸，輕輕點了點頭，像是重重地許諾，默默地宣言。

蕭雲眼眶一熱，猛然伸出手臂環住趙長輕，語氣裡頗為心酸。「長輕，我也謝謝你相信我。以後，我想家的時候，可不可以跟你說說？」

「妳想傾訴，我隨時奉陪。」趙長輕微笑著慢慢道：「不過以後，我的家，便是妳的家。」

「這個麼……」蕭雲故意傲慢地揚起下巴，刁難道：「看你表現嘍！」

趙長輕湊近蕭雲，在她臉上偷了個香吻，低聲笑道：「為夫一定會好好表現的。」

說完，他打橫抱起蕭雲，縱身飛上了高空。

不一會兒，他將蕭雲帶到了趙王府自己的房間裡。用腳踢上門後，他便開始親吻蕭雲。他一手扶住蕭雲的後腦勺，一手扣住她的腰肢，不容她躲閃。

「唔……你……要……做什麼？」蕭雲試圖推開忽然熱情的他。

「為夫當然是在好好表現，好擄獲娘子歡心了。」趙長輕從親吻的空隙中調笑著回答蕭雲的問題。

屋中的燈也被莫名的一陣風吹滅了，蕭雲在不知不覺中被趙長輕帶到了床榻上。

「我們今晚就洞房。」趙長輕壓住蕭雲的身體，邪魅地勾起唇角笑道。

「不……不行！」蕭雲拚命地閃躲他的碰觸，好不容易偏開臉，可以張口說話了，她拒絕道：「我、我今天、不行啦！長輕──」

趙長輕含住蕭雲的耳垂，用帶著磁性的聲音低低地喃道：「雲兒，我想要妳。」

蕭雲頓時感到一陣酥麻的快感湧遍全身，她抵抗不住這樣的誘惑，大腦一片混沌。

趙長輕不顧一切地扯開蕭雲的衣襟，沿著她的下巴一路往下，忘情地在她白皙的脖頸上啃噬，停留片刻後，又向下轉移。

不行啦！蕭雲張張嘴，有些難以啟齒。

眼看著就要失控了，蕭雲用僅有的一絲理智弱弱地說道：「我今天有癸水。」

這句話猶如一桶冷水，從趙長輕的頭頂灌下，瞬間澆滅了他所有的熱情。

被拋之腦後的理智終於又回到了他的腦子裡，他趴在蕭雲身上，雙臂支撐在她的身體兩側，頗有幾分埋怨意味地盯著她。

「呵呵。」蕭雲抱歉地對他笑笑，縮了縮頭。「我不是故意的。」

趙長輕搖了搖頭，躺在蕭雲身側抱住她，道：「是我踰矩了。我太心急了，差點傷了妳。」

「我今天真的不方便。」蕭雲有點不好意思。她以前看過一些醫學報導，當一個男人的慾望即將爆發卻被生生地掐滅，是件很傷身的事情。

趙長輕語調低柔，沒有半分責怪，反倒像是自責的口吻。「是我不對，越禮了。我今日是太高興了。」

「高興？高興什麼？」蕭雲不解。

「有很多。」趙長輕幽深的黑眸注視著蕭雲，眼底藏著淡淡的笑意，忽然問道：「所以，為太子懸梁自縊的事實為真，卻並非妳？」

情。

「呃？當然不是我了。」蕭雲愣了一下，隨即馬上否認，一副絕不可能為男人自殺的表情。

趙長輕滿足地笑了笑。

蕭雲見他這樣，生氣地鼓起腮幫子，白了他一眼，惱道：「還說不在乎我以前的事？騙人！」

趙長輕誠實地答道：「不管妳經歷過什麼，妳心中不曾裝過其他男子，始終只有我一人，我自是十分歡喜的。」

「誰心裡只有你一個？自戀！」蕭雲賭氣地否認道。

趙長輕莞爾一笑，知道她說的是氣話，並不在意，繼續說道：「我之所以常勝，是因為手下培植了一批專門打探消息的高手，知曉敵情，想輸都難。妳出現後，我曾派人四下查探妳的身分，皆無所獲。我幾度懷疑他們能力不足，現在看來，是我冤枉了他們。」

「呿！」蕭雲無語地朝天翻了個白眼，嘔氣地嘟囔了一句：「活該！」

趙長輕忽而語重心長地告誡道：「雲兒，妳記住，日後再見到月夫人，防著一點。」

「汐月？」蕭雲一驚，迷茫地問道：「為什麼要防著她？」

趙長輕雙眸閃了閃，安撫似的摩挲著蕭雲嬌嫩的臉頰，實話說道：「她是西疆派來的細作，周瑾安是我安插在朝中的一個眼線。」

「什麼？」蕭雲瞪大眼睛，不敢相信。「不可能吧？」

「雲兒，妳是個聰慧的女子，我相信妳可以保護好自己，但是，這些細作的手段防不勝防。我聽聞西疆有個秘密部落的族人擅長一種懾心術，妳千萬當心，明白嗎？下次見月夫人，一定要將吟月帶在身邊。」

蕭雲陡然明白了一件事。「難怪你會懷疑我，你是看汐月在玉容閣裡，以為我跟她是一夥的？」

趙長輕失笑，無奈地捏了捏蕭雲的鼻子，為自己申冤道：「我起初懷疑過妳，後來不是信了妳嗎？記仇的小東西。」

「我說錯話了還不行嗎？你沒有懷疑我，你只是不確定我的身分，現在你確定了吧？」蕭雲急忙澄清道：「我跟汐月真的不是很熟，不過你這一說，我覺得她現在好像真的是有意在跟我親近。她不會是因為知道我們在一起，打算關鍵時刻利用我來威脅你吧？」

趙長輕給了蕭雲一個讚賞的眼神。「所以妳記住，少見她為妙。也不要刻意躲著她，讓她覺察出什麼。實在非見不可，定要將吟月帶在身邊。」

蕭雲的大腦瞬間靈光一現。她終於將趙長輕前後的行為全部洞悉了——當初他將吟月派到她身邊，就是為了防著她，她居然一點都沒看出來！

現在，吟月又成了她的保鑣。

關係轉變得這麼大，吟月卻始終波瀾不驚，讓人覺察不出一絲異樣，好高明的演技啊！

「太厲害了！」蕭雲由衷地讚嘆道。如果吟月身在二十一世紀，絕對會成為一個優秀的情報人員。

「娘子，妳這麼說，為夫該不高興了。」趙長輕調笑道：「她是為夫一手培養出來的，娘子應該稱讚為夫厲害才對。」

蕭雲銜趙長輕諂媚地笑笑，很配合地故意誇張道：「你厲害，地球人都知道，這還用說嗎？」

趙長輕被蕭雲逗樂了，挑起她的下巴，笑道：「嘴真甜，值得獎勵。」說著，在她唇上印下一個吻。

「那白錄、沈風他們背後，是不是都有什麼不為人知的本領？」蕭雲好奇心大發，急切地問道。

趙長輕半真半假地道：「為夫如此厲害，身邊豈會有凡夫俗子？」

蕭雲不得不感嘆，千萬不要小看趙長輕身邊的任何一個人，隨便拖一個出來，都是高手；能培養出高手的人，自己本身肯定也十分厲害；能讓這些高手心悅誠服地跟隨自己，更是厲害得不得了！蕭雲心中頓時自豪不已。這麼厲害的老公，是她的呢，實在太幸運了！

趙長輕看見蕭雲崇拜地看著自己，心裡說不出的滿足。被心愛的女人這樣注視著，真是一件美妙的事情。趙長輕一陣情動，緩緩低下頭，想親吻這個給他如此奇妙感覺的可愛女子。

「我想起來了！」蕭雲陡然咋呼了一聲，驚道：「有一次玉容閣來了一個戴面具的人，指名要見六月坊。你說那個人是不是她的同夥？當時我被煦王爺欺負，他還救了我呢！我覺得他不像壞人。」

趙長輕苦笑了一聲，斂回朦朧的情意，睇著眼前這個不解風情的女子，答道：「那個人是我。我得到消息時，正好在附近辦事，便過去親自試探她。」

「你？」蕭雲詫異道。「這麼說，救我的人是你？」

趙長輕道：「是啊，妳給子煦那一巴掌，我可聽得清清楚楚，瞧得真真切切。若我記得沒錯，子煦長這麼大，第一次有人打他。」

蕭雲滿不在乎地呿了聲，心裡暗道：給他一巴掌算便宜他了！如果能力允許的話，姑奶奶我還想左右開弓呢！

當時的情景歷歷在目，尤其是那一巴掌，夠狠！蕭雲的外表看上去瘦弱嬌小，一副軟弱可欺的模樣，骨子裡卻透著一股堅毅，從她身上迸發出的力量，恍若無堅不摧。在趙長輕的印象中，他見過蕭雲幾次，蕭雲便讓他震撼了幾次。她身上有著令人側目的光芒，讓人的視線不由自主地停留在她身上。

「娘子當時好威武，日後為夫定會引以為戒，不敢輕易得罪了娘子。」趙長輕故作害怕地調侃道。

「哼，他活該！」蕭雲不滿地瞪著趙長輕，頗為怨惱地指責道：「還說我是你娘子，看到娘子被人欺負，居然就那麼算了？」

趙長輕微微嘆息了一聲，思緒不由得回到了那個時候。「那時，我還不知道自己的心意，只是覺得妳這個女子有些……奇特，不知怎的，就出手救了妳。若換作以前，我不會管那等閒事。」

他想了想，好不容易才找到一個比較適用的詞。沒錯，他以前對她的感覺，就是奇特，奇怪而特別。

「算了，不知者無罪。下次你可記住了啊，以後他要是再敢欺負我，你就狠狠地……」

趙長輕目光森然一冷，聲音不帶一絲溫度。「我會殺了他。」

蕭雲汗顏了一下。「也、也不用這麼血腥，狠揍他一頓就行了，畢竟是表兄弟嘛！」

「他明知我們的關係，還敢欺凌妳，足以說明他毫不顧念手足之情，既然如此，我又何必留情面？」

「其實我就是隨口說說，我想他不敢再亂來了。」蕭雲說道。如果他還敢亂來，那就真的是找死的節奏了。

趙長輕微微淺笑。「但願如此。」心裡卻不樂觀，他瞭解子煦，他很清楚，子煦絕不會善罷甘休。

「現在什麼時辰了？」蕭雲有了睏意，揉了揉眼睛，問道。

「在這兒睡吧！明早我送妳過去。」趙長輕伸出長臂讓蕭雲枕在頭下，手在她身後將錦被塞緊。

蕭雲像一隻溫順的小貓，乖巧地蜷在他溫暖的懷抱裡，安心地閉上了眼睛。

兩人相擁而眠。

等蕭雲睡飽了醒過來，發現自己已經躺在玉容閣後院，自己的房間裡。長輕什麼時候送她回來的？她怎麼一點感覺都沒有？

難道是她半夜裡夢遊回來的？

「呵呵呵。」蕭雲被自己這個離奇的想法逗笑了，自嘲地傻笑了一陣。

「小姐！」秀兒在院子裡打掃，突然聽到蕭雲屋子裡傳出來的傻笑聲，不禁嚇了一跳，趕忙跑過去敲門，關心地問道：「小姐，沒事吧？」

蕭雲擺擺手，搪塞道：「沒事沒事，想到一個笑話，就笑了出來。」

「傻丫頭！什麼笑話，把妳笑成這樣？」秀兒柔和地瞥了蕭雲一眼，語氣裡充滿了慈愛。

「嘿嘿，一下子又忘了，等我想起來再告訴妳。」蕭雲伸了個懶腰，然後起床，準備開始新的一天。

白天依然是舞蹈教習，到了晚上，吟月又在昨晚那個時間過來對蕭雲說了同樣的話。

蕭雲與沖沖地跑到後面，看到院中等著自己的趙長輕，情不自禁地揚起唇角。

趙長輕見到蕭雲，也是展顏一笑。

他牽起蕭雲的雙手，柔聲說道：「昨晚掃了妳的興，沒讓妳吃到好吃的，今晚好好補償妳。」

「咱倆還客氣什麼呀？」蕭雲假意推辭了一下，用肩膀頂了頂趙長輕，衝他挑挑眉，喜笑顏開道：「還去喜福樓？」

趙長輕溫柔地答道：「妳作主吧！不管想去哪兒、想吃什麼，我都會設法將它們送到妳嘴邊。」

「真的？那……」蕭雲靈眸轉了轉。他那麼厲害，不提點高難度的要求，不是不給他面子嗎？

趙長輕一看她這副表情，便知她又打起了歪主意，心中暗叫一聲不妙，後悔已經來不及了——

第五十一章

「我知道有一個地方，一天十二個時辰都會準備食物，而且還匯聚了各色美食，天上飛的、地上跑的、葷的素的，應有盡有，還色香味俱全。」蕭雲壞笑道。

趙長輕深眸閃了閃，流露出錯愕。他已經猜出蕭雲說的是哪兒。

似苦惱地揉了揉眉心，他露出無奈的笑容，眼裡滿是寵愛。「妳這個丫頭，膽子可真大。」

蕭雲哈哈大笑，戳了戳他的胸口，揚眉道：「怎麼樣，不敢了吧？」

「難是難了點，不過……」趙長輕話音一轉，語氣裡充滿了縱容。「我的女人，有大膽的資格。」

說完，他展臂攬住蕭雲的腰肢，準備施展輕功往那兒去，蕭雲反而驚詫道：「你來真的？」

「怎麼，不敢了？」趙長輕斜睨著蕭雲，調侃道。

「誰說我不敢？」蕭雲挺直腰板，摟緊趙長輕，說道：「有你在，我沒什麼不敢的。」

趙長輕含笑，修長的身影敏捷地穿梭在御林軍的防禦中，沒有驚起一絲動靜，便到了目的地。

但看趙長輕，銳利的雙眸靜靜地觀察著四周環境，呼息平靜如常，彷彿是漫步走來一般輕鬆。

輕功真好！蕭雲暗讚道。

「妳在這兒等我一下，我進去解決了他們再來接妳。」趙長輕將蕭雲放在屋簷上，交代道。

蕭雲拽住趙長輕，笑咪咪地說道：「欸，不行，那樣太麻煩了。等他們醒了，這件事還是會驚動到你舅舅那兒，讓你舅舅知道有個人不聲不響地洗劫了他的御膳房，他會寢食難安的。」

趙長輕忍俊不禁。若教皇上知道洗劫他御膳房的竊賊這麼替他著想，是不是還會頒聖旨感謝她？「那娘子打算如何？」

「你看今晚的月亮多圓，你將好吃的拿上來，我們坐這兒一邊賞月，一邊吃，多愜意啊！我相信，以你的厲害，完全可以在他們的眼皮底下，神不知鬼不覺地……你知道我愛吃什麼的。」蕭雲壞笑道。

趙長輕失笑。恐怕自己當初怎麼也沒料到，自己苦學的輕功，有一天會用在這上面。

蕭雲捂嘴，得意地偷笑。有個高手在身邊，她也可以學洪七公那樣，享受御膳房的美食。

大概過了五分鐘，趙長輕回來了。他不但「偷」了好吃的，還順了一個食盒子。他一襲素衣，筆挺的身姿提著一個竹籃子走在月下，有點像天宮降凡的天神。蕭雲看著看著，就出神了。

前。

「喏。」趙長輕淡淡將食盒子放在蕭雲眼前，道：「都是妳愛吃的。」

蕭雲搖頭感慨，明明是偷東西回來的賊，居然邁著從容的步伐，風度翩翩地走到她面前。

拜託，今晚你是個賊！拿出一點身為竊賊的自覺好嗎？

蕭雲恨恨地大口咬著雞腿，心中暗想，如果換作她，她一定會賊眉鼠眼地左右觀看，臉上全是偷到東西後的竊喜表情，無法控制。

「吃慢些，我拿了很多妳愛吃的，不要一下子吃飽了。」趙長輕說道。

「喔，那你幫我吃點。」蕭雲從雞腿上扯了一塊肉下來，遞給趙長輕。

趙長輕拿著雞腿肉，吃得慢條斯理。

「欸，你到底是不是習武之人？人家都是大口吃肉大口喝酒，你的吃相怎麼比個書生還斯文？」蕭雲嚷嚷道。雖然知道趙長輕的規矩好，但是在桌子上斯文一下和場景也還相配，現在在屋頂上，就該吃得像個江湖大俠那樣豪邁。

趙長輕笑笑，淡淡地道：「我雖為武夫，可也是趙家之後。」吃東西仍然一如既往的慢條斯理。

趙家乃書香門第，在朝廷裡一直當文官，趙長輕雖然選擇做馳騁沙場的將士，但是骨子裡仍然有趙家的書香血統。他從小受到環境的耳濡目染，自然養成了彬彬有禮的言行舉止。

蕭雲撇撇嘴，無可奈何。難怪他會跟那些出身草莽的士兵走不到一塊兒——僅是出身就高不可攀，後來做了冷面將軍，更是令人聞風喪膽。

「長這麼大，是不是第一次幹這種盜竊行為？」蕭雲撞了撞趙長輕的身體，訕訕道：「我感覺我都把你給帶壞了。」

「妳應該讓我感激妳，帶給我這麼奇妙的際遇。妳不是一向很有自信嗎？」趙長輕調侃道。

蕭雲沒有回答，而是一笑。他不知道，她所有引以為傲的自信，在他面前早已潰不成軍。

「嗯？」吃了幾口，蕭雲聞到一股清香和酒精混合的味道，循著味道聞過去，她看見趙長輕端著一個小杯子仰頭喝了下去，掃一眼食盒，裡面除了吃的，還有一壺酒。

「這裡的酒，始終沒有我在軍中喝的那種烈。」趙長輕吐著氣說道。

蕭雲目瞪口呆。「我還以為你就拿了我愛吃的呢！這樣你便可以安慰自己，都是蕭雲的錯，我只是受了她的指使，我還是那個剛正坦然的趙王爺。你這樣，不就等於跟我同流合污了？」

趙長輕摸著蕭雲的頭髮，嗔道：「說什麼呢！」

「我這下真把你帶壞了。」蕭雲有點自責。「這個會不會成為你一輩子的污點？」

「雲兒。」趙長輕抓住蕭雲的手，握在掌心，直視著她正色道：「雖然妳我尚未成親，但在我心中，妳遲早是我趙長輕的妻子。夫妻本是一體，妳不要把我們的關係說得如此淺薄。」

蕭雲抱歉地低下頭。「我只是不想耽誤你的前——」

趙長輕俯身吻住蕭雲的唇，不讓她說下去。他認定了她，跟她在一起做什麼都是心甘情願的，說他自甘墮落也好，影響前程也好，這輩子，他只要她。

天邊的月兒幽幽照著這一對癡情的戀人，直到他們離開……

翌日，趙長輕回到王府，像往常那樣到後花園中晨練。

一個時辰後，他停了下來，沐浴更衣。然後，他坐到書房裡，拿出兩塊大木頭，一個已經成形，一個只有雛形。旁邊還有一張圖紙，他對著樣子，一手扶著雛形木頭，一手握著匕首，在木頭上面精雕細琢。

為了能早日完成它，趙長輕縮短了其他的時間，除了晚上去找蕭雲，其餘時候都在這裡研究這個東西。他還特意吩咐管家，拒絕一切來訪，也不准到書房打擾他。

今日，管家卻來到書房，敲了敲書房的門。

平時這個時候，趙王府的下人沒有趙長輕的命令，是從不敢來書房的。管家一敲門，趙長輕便知有緊急的事。

「進來。何事？」趙長輕沒有斥責，直問道。

「王爺，皇上攜皇后娘娘微服駕到，太子、煦王爺、太學大人和平真公主隨行，現已到了前廳。」

既是微服，便不會提前派人通報。他片刻耽誤不得，必須馬上出去。趙長輕放下手中之物，起身繞過書案。

行至門口，趙長輕倏然回眸，睨著最顯眼處的那幅畫像定了定神，幽深的眸子轉了半圈後，他的嘴角勾起一抹深意的笑，折回去將桌子上的東西一一收好，放到了隱密的地方。悠然行至前廳，趙長輕拱起雙手，欲躬身行禮。「皇上——」

皇上擺擺手，笑呵呵地道：「都是自家人，無須多禮，坐吧！」

皇后在一旁附和道：「皇上說得是，都是自家人，哪來那麼多虛禮？」

趙長輕收回身體，卻半轉過去，對一旁的雙親躬下身體，恭敬道：「孩兒拜見父親大人、母親大人。」

趙太學滿意地嗯了一聲，對趙長輕擺擺手，示意他坐下，平真公主含笑嗔道：「快坐吧！」

「長輕。」太子衝趙長輕點了點頭。

趙長輕回以一笑，視線轉到洛子煦時，洛子煦冷然偏開臉，在太子身邊落坐。趙長輕淡淡一笑，毫不在意。

這一幕恰好落到了皇后眼裡，皇后以為他們兩兄弟鬧小矛盾，對趙長輕的大度投了一個讚賞的眼神，意有所指道：「不愧是趙家之後，長輕雖待在邊關多年，性子還是如此溫雅有禮，卸下那身鎧甲，一身書生氣，草莽之氣半分也無。」語氣裡頗有幾分驕傲。

「皇后娘娘謬讚。」趙長輕謙恭道。

「今日閒暇，正好在後宮碰到皇后與平真說起你的婚事，朕便想來看看趙王府準備得怎麼樣了。」皇上用聊家常的語氣隨口說道：「結果好像很慢啊！」

皇后關切地道：「是不是趙王府的奴才不夠用？本宮原是為你準備了一批人手，派人問你，你卻說足矣。到底是第一次娶親，不懂其中的繁瑣，這立妃一事，可要費精力了。你府裡這點人哪夠呀？回頭，本宮再將他們派來。」

「長輕多謝皇上與皇后娘娘關心，趙王府人手足夠，只是天寒，長輕擔心他們在外布置得久了，凍壞了身體，影響到迎親那日。算算時間尚有餘，便吩咐他們慢些。」趙長輕有條不紊地答道。

沒有外人在時，皇上令趙長輕不要以「微臣」自居，而是說名字，顯得親近。

「慢些好。俗話說慢工出細活，迎娶公主，自然要小到細節之處都不容馬虎。」太子開口幫襯著。

皇上贊同地嗯了聲，點點頭，又道：「長輕啊，你在家中休整了多日，可是厭了？何時到朝中輔佐朕哪？」

「多謝皇上厚愛，長輕一介武夫，在朝上恐怕無用武之地，難得清閒，便容長輕多歇幾日吧！」趙長輕說道。

皇后擔憂地問趙長輕。「近來天寒，雙腿是否老犯疼？」

眾人眼裡劃過一絲遺憾，趙太學和平真黯然對視了一眼，臉上流露出心疼。長輕回來後，在他們父母的堅持下，特意讓御醫複診了一遍，御醫說過，這腿傷雖痊癒了，但是受過傷的骨頭，陰寒之日最容易疼痛，疼起來終日難受，而且這種痛會一輩子跟隨著他。

「娘娘不必為長輕擔憂，長輕無礙，一點小痛，受得了。」趙長輕面色無波地說道。說來奇怪，這陰寒的天氣，他的雙腿竟然一次也沒有疼過。連雲兒都說會疼的，看來以後得問問她是怎麼回事。

不過既然皇后給了他這個藉口，他正好藉此躲避上朝。

「長輕，為父今日再問你一次，那個救你雙腿之人究竟是誰？為何你就是不肯告訴我們？」趙太學慈祥的雙目故意微瞠起來，讓他看上去顯得嚴肅、認真。

平真附和道：「就是。那個人既能幫你治好腿疾，或許就有辦法應對你的雙腿陰寒之症，你為何就是不說呢？」

「太學大人、姑姑，既然長輕不願說，便自有他的理由，你們就不要逼他了吧！」太子替趙長輕解圍道。

「長輕啊，朕算是明白了。」皇上似笑非笑地道。「你是怕朕將你這位恩人請進皇宮，被宮裡那些御醫問煩了。長輕，你該知道，朕是個惜才之人。」

趙長輕一反常態，不再隱瞞，嘴角噙著笑意，緩聲說道：「其實她乃一介平民女子。」聲音不大，卻清晰地傳到了每個人的耳朵裡。

以前他不說，是因為不確定雲兒的身分，所以一直無法拿出對策，便只能瞞著。

皇上、皇后、趙太學和平真公主聞言，皆是一愣。

「喔？是個女的？正好，近來朝中有大臣提倡選拔女官，她若醫術了得，可留在後宮中，專為內眷而用。」皇上高興地說道：「朕會給她足夠的優待，讓她做洛國第一任御用女官，光耀門楣。」

趙長輕微微一笑，道：「皇上莫急，容長輕再賣個關子，她正在覲見皇上的途中。」

皇后一見趙長輕提到那個女大夫時，眼裡總是含著笑意，便笑著問道：「長輕，你與那位女大夫，是不是日久生情了？」

「什麼？」平真公主一怔，狐疑地看向自己的兒子。

皇上也是詫異地看著趙長輕。「可有此事？」

太子急忙開口阻止他們繼續問下去。「父皇、母后，瞧您們，跟晚輩們在一起時總愛提到這事，說您們老了還不信。我們在一塊兒時，談天說地，就是不提這些。」

「你這孩子，你父皇說沒外人，不必拘禮，是對著長輕，誰允許你沒大沒小了？」皇后瞋怪了太子一眼。

洛子煦突兀地站起來，面容平靜地說道：「孩兒有個提議，趙王府落成有些日子了，父皇與母后還從未參觀過，不如趁著大家今日得閒，一起去各院子裡觀賞一番吧？長輕，你不會不歡迎吧？」

「好極了，我正有此意。你提出來，更好。」趙長輕淡然一笑，深邃的眸子閃了閃。這個提議正中下懷，若是他自己提出來，反倒容易被他們識破他的用意。

趙王府的後院，已然不是以前的模樣，花草、樹木、假山、人工湖，凡是蕭雲曾數落過的地方，全部改造了一遍，等她再來到這裡，絕對不會再像以前那樣唉聲嘆氣地指著他說：「你知道地有多值錢嗎?很多人奮鬥一輩子連個廁所都買不起，你占這麼大一片空地，居然什麼也不種，這是在暴殄天物啊！」

如今她說的東西一應俱全，她應該會愛上這裡的。

趙長輕放眼看著自己精心布置的院子，每走過一處，他的腦子裡便會閃現出蕭雲當初指著這裡說「這裡要是有什麼什麼，那就太完美了」的情景，一切歷歷在目、恍如昨日，可是那時，他又怎會想到，自己的一顆心，最終會落在那個他曾嫌棄她粗魯得沒個女子樣的人身上呢？

「長輕好雅興，上次還聽子煦說你這裡一片荒蕪，一看便知缺女主人。」皇上滿意地看著院子裡的花草樹木，說道：「想來暖春一到，你這裡必是繁花錦簇啊！」

「到底是要成婚了，懂得種些花草，討你未來的妃子們歡心。」皇后打趣道。

趙長輕笑笑，也不解釋，淡淡地道：「以前忙於打仗之事，心思不在此間，如今休養在家，便藉此打發打發時間。若長輕將來的妃子能夠歡喜，便是再好不過。」

「這點隨你父親，他啊，沒事最喜歡養些花草，說是可以修養身心，為娘閒著時，也慢慢養成了這個習慣。」平真笑著對趙長輕說道。

太子和洛子煦意外地看著滿園繁華。他們都知道，趙長輕這麼大的改變，其實是為了誰。

走著走著，他們到了書房前面。皇后說道：「長輕生於書香世家，現在卻成了將軍，本宮覺得他身上既有文人的儒雅之風，又有大將的豪邁之氣，不知他的書房，會是什麼樣子？」

皇上也表示非常好奇，想進去看看。

「地方小了些，若不嫌棄，那長輕便恭請皇上、皇后娘娘進去小坐片刻。」趙長輕躬身請他們進去，並命侍女去沏茶。

一進屋中，他們幾人便看到醒目的一幅字畫掛於牆壁上，畫中之人的輪廓、五官和趙長輕一模一樣，尤其是眉宇間的那股神韻，真真切切，不看得清楚些，差點讓人以為那是個真人。

「這是何種畫法？如此維妙維肖！」皇上大為驚嘆，再定睛一看，字畫右上方有兩行娟秀的小字，看那筆鋒，定然是女子所為。

「思君如滿月，夜夜減清輝。」

皇后照著字慢聲唸著，然後看向趙長輕，端肅地問道：「這是哪家女子送你的？好大的膽子，卻為何沒有落款？」

第五十二章

若是男女雙方相愛，以字畫互託真心倒也沒什麼，可是趙長輕從未提過此事，想必是那個女子一廂情願。

洛國民風開放，卻還不到女子可以大膽地對男子表露愛意的地步。

太子和洛子煦注視著那幅字畫，畫像上方有個淡色的雲朵，不正是署名為「雲」字的落款嗎？

「微臣覺得，既然長輕將此畫掛於書房正中，心裡必是有那個女子的，可能長輕還沒來得及與我們長輩說起。」趙太學威嚴中透著一抹慈祥地說道。

太子接過話說道：「太學大人說得極對，長輕在邊關待了那麼多年，即便有意中人，也多半是那位公主。」

「孩兒也聽說，御國女子的言行向來大膽直率，以孩兒之見，這幅畫多半是出自那位公主之手。不然，這種畫風，我們怎麼可能不知道？」洛子煦也跟著附和道。

皇上滿意地笑道：「言之有理。」

趙長輕低下頭想法子應對，大家卻當他是默認了。

皇上說道：「昔日你們二人礙於身分不得結果，如今御國立了新君，歸順我洛國，你們這對苦命鴛鴦，終於可以有情人終成眷屬了。」

「眾多兄弟中，你們三人年紀相仿，太子和長輕立了正妃，子煦，接著就該你了。上次為了謝側妃的事，你母妃可求著本宮好久，這次你如何也要選個讓你父皇、本宮和你母妃三人中意的女子。」皇后看著洛子煦點名道，又用教導的口吻說道：「正妃可不是鬧著玩的。」

「母后放心，這次孩兒一定聽父皇、母后的話，也絕不會再讓母妃操心。」洛子煦難得恭順地答應道。

皇上和皇后，以及趙太學和平真都對洛子煦忽然變得這麼恭順有禮而意外。

孩子們長大，長輩們最關心的就是他們的婚事。趙長輕的正妃定為和親公主，皇后提議道：「你一直忙於打仗，後院連個女人都沒有，本宮看，不如連著娶了吧！」

「這件事不必商議了，皇后，這就交給妳來辦吧！」皇上直接讓皇后為趙長輕作了這個主。從政治上考慮，她一個戰敗國的和親公主，讓她做王爺正妃已是格外開恩，又豈能容她獨大？

趙長輕眸色沈靜地說道：「皇上，此事可否稍緩一下？」

「嗯，為何？」

趙長輕語氣不急不緩，但是口吻很堅定。「長輕明白皇上的意思，也明白遲些與早些沒什麼分別，但，長輕有個難言之隱，暫時不便透露。等時機得宜，長輕會向皇上主動提出。還請皇上放心，長輕保證，此事絕不會影響大局。」

「孩兒覺得不妥。」洛子煦立即反對道。

幾個長輩奇怪地看著他，趙長輕面色一冷，複雜地看向洛子煦。

趙太學慢慢起身，拱起手緩聲說道：「微臣多謝皇上對犬子的厚愛，微臣相信，既然犬子提出過段時間再議此事，便自然有他的道理。犬子不是孩童，知曉輕重，微臣懇請皇上允許。」

人家親爹的一席話，勝過任何反對。

皇上欣然一笑，道：「你們兩兄弟到底在玩什麼把戲？把我們幾人都弄糊塗了。」

「皇上，長輕比太子小，他還未立正妃，怎麼能讓長輕趕在前頭？臣妾覺得，現在我們應該說說太子妃一事。」皇后細心地觀察了一下趙長輕的神情，於是替他解圍道。

「母后？」太子怨惱地瞋了皇后一眼。怎麼又扯到他頭上了？

「皇上，臣妾幾日前還與平真公主說起，要將朝中大員家的嫡女以一個名義聚在一起，由我們親自來挑選兒媳。」皇后笑呵呵地道。

「如此甚好啊！那就快快辦吧！朕若是有時間，也去見見。」皇上抬抬下巴，想了一下，點頭同意道。

臨近傍晚，皇上攜皇后回宮，趙太學和平真公主與他們不同路，便垂首恭送他們。

皇上的聖駕一走，平真便沈下臉，急著問兒子。「長輕，你如實回答娘，那幅畫，是不是你以前那個寵妾雲兒所作？還有你的腿，娘去了幾次，只看見她一個外人在府中，其實她就是幫你治療腿疾的那個女大夫，對不對？」

平真生於皇宮，從小飽讀詩書，聰慧過人，有著敏銳的觀察力，她將前後可疑之處連貫起來一想，便全都明白了過來。

「是。」趙長輕沒再隱瞞，坦然回道。

平真渾身一怔。「那她……實則知曉你是假死？」

趙長輕歉然看著平真，又看了看趙太學，低眸說道：「對不起，長輕投軍多少年，你們二老便為長輕擔憂了多少年，長輕一廂情願地以為，二老早已做好長輕隨時會為國戰死的準備，所以狠心瞞下……」

「你這個不肖子！不忍心雲兒傷心，卻狠心瞞著我們。我們在你心中的分量，還不及那個雲兒！」平真傷心地指責道。

「好了平真，妳就別怪長輕了。他說得有道理，那位女大夫救了長輕的雙腿，對他有再造之恩，也等於間接地協助了洛國戰勝了御國。這些年，我們時刻都在做好長輕為國捐軀的準備，可是那位女大夫不同，那位女子不但醫術了得，看那幅字畫，想必文采也十分出眾，長輕能得這樣的女子傾心，是他的福分。妳這個當娘的，應該為兒子高興才是。」趙太學拍了拍平真的肩膀，既是安慰，也是替兒子說好話。

趙長輕感激地對父親笑了笑，趙太學慈祥地望了他一眼，示意他哄哄平真。

趙長輕會意，立刻低下頭，輕聲認錯道：「娘，孩兒知錯了，您就好好懲罰一下孩兒吧！」

平真繃起臉斜了他一眼，道：「且罷！幾次見雲兒，都十分得為娘歡心。你告訴為娘，她現在身在何處？你為何就是不肯告訴皇上她的身分？」

「爹、娘，孩兒遲早有一天會帶雲兒來拜見你們。」趙長輕正色道。
「現在有何不可？」趙太學不解地問道。
趙長輕肅然道：「現在真的不是時候，請恕孩兒不能說。」
「你越是如此，我跟你爹越是好奇想知道。」平真不甘心地繼續問道。
趙長輕態度堅決，趙太學和平真拿他沒辦法，只能暫且好奇著，日夜期盼著。
當然，好奇又盼望著的，不只他們，趙長輕這個當事人也十分期盼那天快快到來。如果不是蕭雲要求什麼三個月試用期，他早就帶著她去見所有的長輩了。
除了他們，玉容閣的女子們也在期盼，時間過得快一點、再快一點吧！
眾人盼星星盼月亮，時間終於一步步逼近，到了選拔賽正式開始那一天，蕭雲大大地鬆了口氣。
能令她緊張的，從來都不是比賽。在比賽之前，她的全部神經繃緊，直到比賽那一天才放鬆下來。反正她已經努力了，結果如何，看老天怎麼安排了，她只求自己問心無愧。
選拔賽一共分為五天，前四天的每一天都會選出一個最精采的，到了第五天，再從這四個舞蹈團隊中選一個最好的。其前後順序是按照抓鬮的方法來安排，每個前去選拔的舞蹈團隊都被標上了號碼，幽素由玉容閣的人一致推薦，作為代表前去抓鬮。
幽素不負眾望，還真的抓了一個第四天倒數第二個出場的順序回來。
蕭雲有信心，她們一定能在當天的選拔中脫穎而出，直接參加第二天的最終選拔。這樣一鼓作氣，對於參賽選手來說最好不過。

蕭雲藉機鼓舞大家，朗聲說道：「妳們看看，看看，連老天都在幫我們，妳們這次肯定能勝出。」

眾姊妹齊聲歡呼，信心十足。

這次選拔賽場面十分浩大，為了防止不明人物伺機混入皇宮，選拔賽的地點定在了郊外的皇家別院。每個出入的舞姬皆是單薄的舞衣裹身，並且通過嬤嬤們的搜身，確定她們沒有帶利器才准進去。而在別院外面，宮裡專門派人搭建了一個很大的棚子，供候選舞姬們休息、換衣服等。

別院裡有個足夠容納一千人的廣場，正前方有個穩固的觀望臺，專門用來觀賞歌舞表演。觀望臺的最前方共有十個評審位子，為了保證選拔的公正性，這些評審每天都會更換，而且全部都是皇上欽點的。

評審臺後面擠滿前來看熱鬧的人，這些人或是評審們的內眷，或是官場人家閒著無事的。他們每人手裡都有一疊木牌，觀賞完表演後，他們會把自己認為不錯的舞蹈團的號碼寫下，交給專門監票的人。

在侍衛們的嚴格把關下，選拔賽進行得十分順利。

前來參加這個選拔的舞姬們都是由各個鄉鎮舉薦而來，每個團隊裡都有一個拿得出手的絕活，選拔賽開始的頭一天，大家就看得目不暇給，難以取捨誰最好。

終於輪到玉容閣的人上場了。

預料之中，玉容閣以經典飛仙舞輕鬆拿下了當天的第一名。美中不足的是，那個飛起來的女子動作似乎比較僵硬，不似以前那個嫻熟。

「妳已經做得很好了。」蕭雲對吟月說道。對於一個初學舞蹈的人來說，吟月能跳出幾分神似來，真的是已經出乎了蕭雲的意料。吟月自己本身不愛跳舞，蕭雲想教她，她也不想學，她肯做替身客串一下，蕭雲已經謝天謝地了。

飛仙舞畢竟是曾經轟動一時的舞蹈，這件事傳到了百姓口中，消沈了很久的玉容閣終於再次引起了百姓們的注意。第二天，前來湊熱鬧的百姓明顯增多了幾倍，不過，也不排除是皇上擺駕親臨，百姓們想瞻仰聖容的原因。

皇上今天親自前來，欽點太子和趙王左右護駕，場面十分浩大。

「怎麼辦、怎麼辦……我好緊張……」

玉容閣的姊妹們聽說皇上來了，個個都緊張得渾身發抖。

「鎮定、鎮定！」蕭雲揮著雙手，勸道：「大不了就是不過關，拿出妳們看家的本領就行了。」

各位神靈保佑啊，千萬別出亂子！蕭雲默默地在心裡祈禱了好久。

玉容閣被安排在中間出場。當她們到了門口時，檢查的人質疑地看著她們的穿著，問道：「妳們是來跳舞的嗎？怎麼穿成這樣？還這麼多人？」

蕭雲雙手交疊放在腹前，姿態端莊地婉約淺笑，從容地答道：「她們穿成這樣，是為了迎合這個舞蹈的意義。我們自帶了奏樂者，共有八人，剩下的皆為獻舞者。」

「妳們不知道是不允許自帶樂器的嗎？」一個嬤嬤厲聲說道。

「我們知道，裡面什麼樂器都有，她們不帶樂器進去，她們只負責奏樂即可。」

那個嬤嬤轉頭跟負責檢查的一群人商議了一下，然後將蕭雲帶來的三十二個人全部仔細地檢查了一遍，確定沒有問題了，她們互相看看，點點頭，讓她們進去。

蕭雲不是舞者，不允許進去。她不放心，又開始苦口婆心地安慰眾人。「平常心、平常心，記住啊！」

須臾，敲鐘的聲音從裡面傳來。

當美麗嬌柔的女子們清一色地穿著灰衣布衫出現在場內時，全場所有人都驚呆了。她們不點容妝，素面朝天，頭髮全部綰成一個髻盤在頭上，身著粗衣，腳蹬黑色布鞋，全身上下不著一絲綴飾，若不是她們嬌小的身體、姍姍移來的步伐，別人幾乎看不出她們是女子。

「她們是來搗亂的吧？」評審臺後面有個家眷目瞪口呆地指著臺下的女子，說出了自己的想法。

玉容閣的人置若罔聞，全部低著頭，跪地向臺上正中央的位置朝拜。

坐在右側的趙長輕眼底含著濃濃的笑意，視線朝入口的方向睨了睨。

「哼！」坐在太子那邊的洛子煦卻是一臉不屑，低聲批評道：「還以為她有多大的能耐，不知從哪兒得來的飛仙舞，還不見好就收？真當自己有天大的本事，居然敢推陳出新？自以為是。」

「小聲點！被父皇聽見，小心他厭煩，責令你出去。」太子轉眸給洛子煦一個提醒。

洛子煦撇唇，小聲嘀咕道：「看一眼就知道下面沒什麼看頭，要不是我懶得動，我早出去了。」

所幸他的聲音像隻蚊子一樣，這裡空間大，皇上隔得又遠，所以他的話沒有傳到皇上耳朵裡。

「平身。朕很想知道，妳們今日要表演什麼？聽說妳們昨日的飛仙舞十分精采，妳們就是穿這一身跳的嗎？」皇上洪亮的聲音帶著若有若無的威嚴，響徹了整座廣場。

「啟稟皇上，奴家今日攜眾位姊妹，為皇上帶來了另一支舞。」幽素沒有起身，依然跪在地上，低著頭，聲音裡微微的顫抖表露了她此刻緊張的心情。

皇上露出期待的表情，別人都是卯足勁把一支舞練好，她們很有膽量，竟然準備了兩支舞，光是這點，就比其他人勝出一籌。「起來吧！讓朕看看，妳們今日這支舞，究竟有何特別之處。」

要知道，她們的飛仙舞讓外人把她們放在一個很高的位置，如果她們跳別的舞，哪怕比之飛仙舞稍差一點，便會令人們大失所望。

她們今天選擇別的舞蹈，冒了很大的險。

皇上欣賞勇於冒險創新之人，但是不喜歡有勇無謀的匹夫。

「皇上，奴家斗膽，有個不情之請，還望皇上成全。」幽素說道。

「嗯？」皇上微愣。「說來聽聽。」

幽素對身後的奏樂者打了個眼色，讓她們出列，然後對皇上申請，讓她們自帶的樂師自選樂器為她們奏樂。

「格調很高啊！」舞蹈還沒開始，皇上的胃口已經被她們吊得高高的。「准了。」

別看那八個女子身量嬌小，挑起樂器來，不是大鼓就是號角，而且是單獨使用。眾人越發好奇，她們到底要表演什麼？

「請各位欣賞——」幽素起身，朗聲報出節目的名字。「萬民同樂。」

她的聲音一落下，響亮的號角便嗚地揚聲，緊接著，咚咚咚的鼓聲密集敲起，由小逐漸變大。編鐘樂聲奏起，尾隨而上，吹笛子的、拉胡琴的一一連上，還有的人站在那兒，雙手掩嘴，將口技穿插在音樂中。

八種聲音互不干擾地各自響起，音調又相互呼應，每個音節前後自然地銜接起來，連貫成曲，毫不唐突，給人強烈的節奏感。

熟悉的音樂在耳邊旋繞，玉容閣所有人瞬間找到了恍若置身練習室的感覺，沒有人注目，沒有人對她們評頭論足，她們不必在意別人的眼光，只需拿出自己最好的水準，跳出動人的旋律。

她們像排練一樣，有條不紊地站成一排，從最左邊開始，先是搖擺身體表演出波浪的形狀，然後又靜止下來。最左邊的女子豎起雙臂，轉動身體躍向東方，後面那個做出展翅飛翔的動作，下面的人連接表演起床見到陽光的樣子，然後是做家務、趕集，一直連貫下去。

就在大家紛紛猜出她們的動作是什麼意思之後，她們又突然變換隊形，三兩成團，有的捲起衣袖似在浣衣，有的在討價還價做買賣。所有動作的起點和落點都配合音樂，像是雜亂無章，可定神看下去，便發現她們的動作井然有序，而且十分生動。她們以舞臺表演的形式，維妙維肖地將街上百姓們的生活百態表現了出來。

大家彷彿看到，一幅鮮明的百姓生活圖展現在眼前。

「聰明！」皇上頷首，渾濁但犀利的眼睛裡透出讚賞的光芒。

第五十三章

趙長輕聞聲，嘴角微微揚起。

皇上想的，正是他所想。儘管他知道蕭雲是個聰明的女子，可是沒想到，她敢揣測聖意，並且如此巧妙地加以利用。

太子也一下子明白了她們穿成這樣的用意。

百姓們只有生活安康，才有多餘的精力和時間放在舞樂上。她們越是出色，越是能表明洛國的繁榮昌盛。皇上舉行這次選拔，目的就是想從平民中挑選出一支最好的舞蹈隊伍，向御國展示他們洛國不僅僅在兵力上勝過他們，在各個領域上更是強於他們。

這支「萬民同樂」，在名字上就取了巧，正中皇上心意。它所表達出的繁榮景象更是相得益彰，將皇上最想看到的完完全全地演了出來。

他們以為，這支舞的意義就是這支舞的精華了，沒想到更精采的還在後面。

臨近尾聲，音調平緩下來，舞臺中央的舞者突然扯下外面的衣服，眾人被她們的動作嚇了一跳，不由得倒抽一口氣，有的甚至捂住眼睛。

再一看，她們裡面穿著白色紗衣，寬大的地方貼繞在身上，外衣一脫下，衣袂展開，她們變身成了純潔的仙子，飄逸自在。

她們將脫下的外衣瀟脫地甩手一扔，抛至舞臺一旁，然後迅速排列成幾個重疊在一起的圓圈。各就各位後，她們放開身姿，揮舞著長袖，開始旋轉身體。

看似平凡的白色紗衣，其實衣緣都是不整齊的，而且上面帶了不同的色彩。當舞娘們穿著它旋轉起來後，起初會形成一種宛如從淤泥中盛開的白蓮花之感，完全綻放之後，大家看到的則是百花爭豔的景象。

百花齊綻，昌盛繁榮。

尤其是從高臺上看下去，這種視覺效果又會增倍。

「哇，好漂亮！」臺上的眾人由衷地發出了讚美。

誰也沒料到衣服裡面還暗藏了這麼多玄機，大家的眼睛都看直了。

當音樂結束後，場內響起了如雷般的掌聲，經久不息。

等在外場的那一批舞娘們聽到這個，不由得擔憂地互相看看身邊的姊妹，紛紛猜想前面的那些人都表演了什麼。

蕭雲沒有在外面等。她在帳棚裡收拾東西，等玉容閣的人回來，一起將東西塞進租來的馬車裡。

回到玉容閣後，蕭雲堵在門口，對大家神秘地笑了笑。

「妳要做甚？快讓我們進去，我們好冷。」眾人紛紛抱著身體問道。

雖然已經到了春天，可還是有點冷，大家被蕭雲攔在外面，一頭霧水，搞不懂她要幹什麼。

「各位姊妹稍安勿躁。我知道妳們冷，就一小會兒，我說兩句話，好不好？」

「進去說不一樣嗎？」大家指著裡面嚷嚷道。

「不一樣不一樣，我為大家準備了——」蕭雲故意頓了一下。「驚、喜——噔噔噔噔！」

蕭雲讓開身子，讓大家進去。

大廳中央有個由很多小桌子併在一起的大桌子，上面擺滿了美食，是她今早讓人去喜福樓訂的。

「怎麼樣？是不是很高興？我知道大家最近辛苦了，今天我們來好好慶祝一下，我們不醉不歸！」蕭雲跳起來大聲喊道。

大家圍坐在一起，幾口飯下肚後氣氛熱鬧起來。蕭雲提出一人講一個自己認為最糗的事，讓別人開心開心。

大家最糗的事無非在年少不經事時，一提到小時候，她們臉上都流露出無限的懷念。輪到蕭雲時，蕭雲很自然地跳了過去，給大家講了個笑話。

飽餐一頓後，蕭雲回到屋中，門剛關上，便落入了一個結實的懷抱中。

「雲兒。」

低柔的呢喃聲吹拂著蕭雲耳朵上細小的茸毛，蕭雲吃吃一笑，縮了縮腦袋。「癢癢。」

「那心裡癢不癢？」趙長輕戲謔地張開雙唇含住蕭雲的耳垂，調笑道。

「好癢啊！」蕭雲將頭縮向後面，退後一步，躲避趙長輕的挑逗。

趙長輕乾脆換一邊，在她那邊的耳朵上又咬了一口。蕭雲一直笑著閃躲，趙長輕用身體將她一步一步推向床邊，他的大手抵在她的腰背上，蕭雲無所顧忌地倒向床面，趙長輕順勢壓了上去。

「主動帶我到床榻之上，知不知道這對於男人來說，意味著什麼？」趙長輕的雙眼露出迷離之色。

蕭雲摟住趙長輕的脖子，將頭微微抬高一點，壞壞地笑道：「我就是那個意思。」

「不怕我是不是？」趙長輕眸光閃爍。「大膽的丫頭，妳會後悔的……」說完，俯身對著那兩片嬌嫩的粉唇深深地吻了下去。

蕭雲主動迎了上去，嘴裡時而發出愉悅的癡笑聲。

趙長輕停了下來，側目看著蕭雲，大掌懲罰似的在蕭雲腰上掐了一下，邪魅地笑問道：「真的不怕我把妳吃了？」

蕭雲搖搖頭，自信地說道：「你不會的。」她太瞭解他了，他可是出生在書香世家，從小受禮儀規範的束縛，在男女之事上絕不會做出格的事。所以她才深信，他跟那個和親公主之間真的沒什麼。

「小壞蛋。」趙長輕被蕭雲氣得只能拿眼睛瞪她。她猜得沒錯，他出自名門，對於男女大防之事絕不會踰矩。他對蕭雲的親吻，已經超越了他所受的禮儀教規。誰讓她這麼可愛，每次跟她在一起都會忍不住心動，控制不住自己想一親芳澤的衝動。

「我就壞，有本事你也壞啊，你壞回來呀，哈哈！」蕭雲戳著趙長輕的胸膛笑道。

趙長輕抓住蕭雲的手指，假裝放進嘴裡咬一口，蕭雲笑得前仰後合。趙長輕翻身抱住她，在心中默唸了一遍清心訣，臉上恢復平常之色後，他認真地看著蕭雲，說道：「好了，不鬧了，說正事。我方才試探了一下皇上的口風，他明日必會召見妳。」

「真的？」蕭雲驚喜道：「他老人家定下我們了？我們贏了？」

趙長輕溫柔地看著蕭雲，笑道：「妳把她們調教得很出色，我看著她們的時候，就想像著是妳在我面前翩翩起舞。雲兒，什麼時候，妳能單獨為我跳一支舞？」

「對喔，你好像還從來沒看過我跳舞呢！想不想看？我現在就跳給你看？」蕭雲作勢要起身。

趙長輕壓住她，在她臉頰上親了親，柔聲說道：「我們有一輩子的時間，不急。眼下，還是說說明日皇上召見妳一事吧！」

「不，我答應過你，不表露身分，我讓幽素代我去，反正皇上也不知道是我在背後教她們的。」

「皇上何等聖明？三兩句話便可問出來。屆時，他可是能以違抗聖意降罪於玉容閣。抗旨不遵加上藐視聖意，罪名很大。」

蕭雲皺眉，苦惱道：「啊？那怎麼辦？」隨後又堅決道：「不管，反正我答應過你，說到做到。」

「傻瓜。」趙長輕撫著蕭雲的頭，寵溺地笑了笑。幸好他把事情都安排妥當了。「皇上的召見，必是為了兩個月後的盛宴。妳心裡可有想法？」

蕭雲點點頭，給了他一個放心的眼神，信心滿滿地說道：「我以前參加過很多次這樣的大型演出，雖然沒見過國家元首，但是高級長官見過許多的，絕對沒問題。」

一下子聽到蕭雲嘴裡蹦出了好多新詞，趙長輕思忖了片刻，才明白其中的意思。「既然如此，那便沒什麼問題，妳就像當初接侯府演出一樣，不必顧慮其他。我已經把一切都安排好了，時間也拿捏好了。」

蕭雲迷茫。「你安排什麼了？」

「說起來繁瑣，妳記住就行，明日皇上問起妳，妳稱自己是臨南人便可，堅決否認自己與謝家的關係，明白嗎？」

蕭雲擔憂道：「可是，我的這個皮囊還是……這張臉，雖然有了點變化，但是謝老頭一看到最多驚訝一下，還是能認出來的吧？這個能否認得了嗎？」

「我已設法將子煦支開，他明天不會在場。太子雖然在，但他不會揭穿妳的身分；至於統領一家，他們沒有資格在場。世上長得相像的人很多，妳說妳不是謝容雪，他們也沒有辦法，最多懷疑罷了。妳把皇上當成一個平常的顧客，就像當初接下侯府演出一樣。」

蕭雲看著趙長輕，不再問那麼多。既然他這麼說，就有他的道理，她相信他會把一切都想好的。

蕭雲笑咪咪地問道：「那我可以跟他開個高價嗎？當初小侯爺跟我哭窮，我一心軟就、就只在他身上撈了一點點。」

趙長輕莞爾一笑，捏了捏蕭雲的鼻子，道：「小財迷！把這事辦好了，可謂名利雙收，還擔心這個？」

「哼，我們是平民百姓，當然要從賺錢出發。我們並不在乎那些虛名，活得好吃得好才是最重要的。名聲再好，能當飯吃嗎？你們這些衣來伸手飯來張口的大少爺，懂我們民間疾苦嗎？」蕭雲半真半假地說道。

趙長輕抿嘴一笑，曖昧地看著蕭雲說道：「我的人都是妳的了，我的錢自然也都是妳的，妳還要愁那些做何？」

「真的？」蕭雲兩眼放光地盯著趙長輕，不敢相信自己的耳朵。「你真的是這麼想的？」

趙長輕笑道：「為夫何時騙過娘子？」

「你真好！」蕭雲莫名地一陣感動。

趙長輕一本正經地說道：「真覺得我好？那，值不值得獎勵一下？」他故意側臉向蕭雲湊近些。

蕭雲一聲悶笑，瞋了他一眼，在他臉頰上吻了一下。

「真乖。」趙長輕滿足地拍了拍蕭雲的頭，將蕭雲擁緊。

將她抱在懷中，彷彿擁有了全天下，身和心都無比的寧靜。

他們相互依偎，相互取暖，共同度過寒冷的夜晚。

翌日，蕭雲被幽素搖醒，一睜眼，看見幽素焦慮的神情，迷迷糊糊地問道：「幹麼，天塌下來了？」

「聖旨來了。」幽素一字一頓地說道。

蕭雲倏地一下睜開了惺忪的睡眼，清醒過來，轉頭看向幽素。「妳說什麼？」

幽素面容緊張地重複了一遍。「聖旨來了，讓我們玉容閣全體舞姬接旨。」

蕭雲一骨碌爬起來，迅速地穿衣洗漱。

跑到前面，一個電視上見過的那種黑白髮相間、戴紗帽的公公坐在那兒，慢悠悠地喝茶等著。

「來了來了。」站在一旁伺候的人指著進來的蕭雲說道。

公公急忙起身，上下端詳了蕭雲一眼。

「你好。」蕭雲衝他淡淡地笑了笑，禮貌地點頭問好。「不知這位公公如何稱呼？」

「宮裡人都叫小的『陳公公』。」陳公公畢恭畢敬地對蕭雲躬身行禮，道：「您就是蕭雲蕭姑娘，玉容閣的執掌人？」

蕭雲一愣，隨即明白，趙長輕雖說幫她安排好了，但是他不住在宮裡，應該不會安排了這件事。估計是太子跟他打過招呼，所以他才對自己這麼客氣。「您不必這麼客氣，我就是蕭雲。」

「那，我們宣讀聖旨吧？」陳公公請示道。

蕭雲苦澀地笑了笑，無奈地搖搖頭。她猜得沒錯，絕對是太子先前跟他打過招呼。能來宣讀皇上聖旨的，絕對不是一般的小公公，頗有幾分地位的公公，不可能沒有架子。

太子殿下真是暖男啊……

聖旨裡面用的全是文言文，蕭雲大概聽出是玉容閣成功打敗所有參加選拔的人，成為御用舞隊，皇上宣她進宮的這個意思。

謝恩後，眾人站起來，拉著手雀躍道：「太好了，我們終於成功了！」

「欸，去給我找塊紗巾來。」蕭雲推了推幽素，道。

幽素不解。「做何用？」

蕭雲敷衍道：「沒什麼用，妳去找一下。」

陳公公笑著對蕭雲說了幾句恭喜的話，然後告訴她，專門接她的馬車已經在外面等著了，他對蕭雲做了個「請」的姿勢。

「有勞公公。」蕭雲點點頭，走向了門外。

見到豪華的宮廷馬車，送蕭雲出來的姊妹們不約而同地哇了聲。

蕭雲回頭，對她們咂咂嘴，瞪了她們一眼，又瞥瞥陳公公，用眼神告訴她們，別一副沒見過世面的樣子，讓人瞧了笑話。

幽素故意清清嗓子，用眼神警告一下眾人。

坐上馬車後，蕭雲開始思考兩個月後的盛宴該怎麼辦。

過了好長時間，終於到了皇宮，他們又換了轎子。

對於洛國皇宮，蕭雲很想拉開簾子看看它到底是不是那麼宏偉，但是她要是把頭伸出去，那實在太難看了，還是先忍住，以後要來表演，難免會進進出出的，有時間再慢慢欣賞也不遲。

不知過了多久，聽到一聲尖細的「停轎」，蕭雲的思緒收了回來。

下了轎子之後，陳公公看見蕭雲，咦了聲，蕭雲對他微微一笑，沒有說話。

陳公公不是多嘴的人，便沒有問。

陳公公對身邊一個年紀看上去很小的小公公耳語了幾句，那個小公公點點頭，馬上跑開了。

「蕭姑娘，這邊請。」陳公公指著前面的大殿，對蕭雲躬身說道。

「有勞公公帶路。」蕭雲禮貌地回了他一個禮，然後目不斜視地跟在陳公公身後，雙手交疊於腹前，毫不被金碧輝煌的宮廷裝飾迷了眼睛，優雅而不失大方。走在她右前方的陳公公不禁在心裡暗暗地讚了一番。這等從容，絕非一般女子。

剛才那個小公公是去通報皇上，蕭雲到了大殿上，皇上也同時到了。

從太監的傳報聲中，蕭雲知道皇上和皇后都來了，趙太學大人和平真公主也來了，另外還有太子和趙長輕。

趁著他們步入座位的空檔，蕭雲趕忙掃了他們一眼。

皇上穿著龍袍，皇后穿著鳳袍，談不上盛裝出席，但也雍容華貴，他們身上的金飾差點閃瞎了她的眼。

趙長輕還是穿著一身黑色，不過那身黑色有金線繡紋，腰間纏著一條錦絲帶，上面繫著一只玉墜。衣服一板一眼，很正式，像官服。他的頭髮也不似平時那樣不羈地散下，而是用玉冠束起，一副貴族公子的形象。

太子穿著華服，面如冠玉，眼睛裡透著沈靜與睿智，看上去依然那麼儒雅。

蕭雲的視線最終落在平真公主身上。她穿著宮廷貴婦裝，妝容得體，舉止得當，皇家公主的氣質在她身上表露無遺。

正當蕭雲幻想，這樣性格柔和的婆婆對未來兒媳會是什麼樣的時候，平真公主突然轉眸看向蕭雲，眼神複雜，似乎含著不明的深意。

蕭雲渾身一怔，不自然地抬手摸摸臉，心裡嗔惱趙長輕。趙長輕啊趙長輕，你支開了煦王爺，怎麼不記得支開你媽媽呢？她不會已經認出來了吧？

「咳咳！」

「嗯嗯！」

皇上等人已經坐下，蕭雲杵在那兒，絲毫沒有下跪行禮的意思，太子和趙長輕不約而同地裝咳嗽、清嗓子來提醒她。

蕭雲不假思索地收回思緒，看向趙長輕和太子。

趙長輕正欲啟唇，用口形對她說「行禮」二字，皇上身後的太監便尖聲喊道：「皇上駕到，還不速速行禮？」

蕭雲幡然反應過來。她差點忘了，見到皇上要跪地行禮來著。

心一橫，蕭雲撲通一聲跪到了地上。

膝蓋碰到地上的一剎那，蕭雲無聲地痛呼了一聲，低下去的面容因為疼痛而扭曲——天，這個地怎麼這麼硬？

——未完，待續，請看文創風272《被休的代嫁》3（完結篇）

2015年1月出版

君許諾

文創風 255～257

一雙人，到白首，不相離，問君憶記否？

雙世情緣，愛恨難明／陸戚月

前世她全心全意沈浸在夫君許諾的「一生一世一雙人」，
可最終丈夫不但背信納了妾，她還因一碗毒藥送了性命……
今生她想方設法要擺脫嫁入慕國公府的老路，
誰知，兜兜轉轉還是難逃命數，奉旨成婚做了他的妻。
她本打算與他相敬如「冰」、安分守己地做好妻子的本分，
無奈這婆婆無理、小姑刁蠻，要相安無事共處內宅實非易事，
不過，出身侯府又深獲太夫人賞識的她也絕非省油的燈。
原以為這一世因她重活一遭，導致有些事的發展有所變化，
豈料，一幅描繪前世夫妻恩愛的畫軸，
揭開了枕邊人亦是重生的秘密，
回顧這段日子他的情真意切，已讓人剪不斷、理還亂了，
再加上這筆「前世債，今生償」的帳，她該如何拎得清？

家好月圓

柴米油鹽的農家記趣，
酸甜苦辣的逆轉人生，
日子再苦再難又有何懼？
有她在，生活一定會蒸蒸日上！

波瀾更迭，剛柔並蓄／恬七

別人是高唱家庭真幸福，溫月只能怨嘆自己遇人不淑，
不僅爹不疼、娘不愛，還看到老公與小三勾勾纏，
她一怒之下，借酒澆愁，沒想到宿醉醒來竟離奇穿越？
不過幸好上天待她不薄，除了賜她一位良人，
還讓一直冀望有個孩子的她，一穿來就有孕在身，
只是……這夫家生活也太苦了吧～～
打獵她不會，種田更是沒經驗，這該如何是好呀？
好在她腦筋轉得快，運用現代絕活也能不愁吃穿，
不只繡藝技壓群芳，涼拌粉條更征服了古代人的胃，
可好日子總是不長久，最渣的「大魔王」竟出現了──
失蹤的公公突然歸來，不僅帶回兩個美妾，還說要休掉正妻？
果真是色字頭上一把刀，更何況這狐狸精心懷不軌，
既想謀奪家產，又想當他們的後媽，哼，門兒都沒有！

醫嬌百媚

她堂姊不識藥材、未讀藥書，夫君卻視如珍寶，唯願娶之；
她努力辨藥、苦讀藥書，卻被棄如敝屣，話不投機。
原來，她這輩子的存在，不過是個笑話罷了……

妙手回春冠扁鵲，起死回生賽華陀／上官慕容

為了討夫君歡心，被公婆貶為妾的寇彤幾年來努力辨藥，
每當夫君需要，而她立即就拿對藥時，總會得來夫君一笑，
這個時候，她便覺得自己真是世上最幸福的女子了，
只要夫君喜歡她，願與她同房生子，她便沒什麼好擔心的。
整日盼呀盼的，終於，離家一年的夫君被她盼回來了，
但，他卻穿著大紅喜袍，還笑容滿面地與人拜堂成親！
她當場吐血身亡，幸得老天垂憐重生，回到未嫁前，
原本她是打算此生鑽研醫術，好好帶著寡母過活就好的，
偏偏，永昌侯世子關毅卻闖入了她平靜的世界，
照理說，他們這輩子應該是很難有什麼交集才對，
壞就壞在她曾一時心軟，救了身上帶傷倒地的他，
說實在的，那就是道小傷，對她來說是個微不足道的小忙，
可自此後他就看上了她，對她百般的好，還要以身相許！
若說對他沒好感是騙人的，但她實在是怕了男人的無情背叛，
面對他這份上天送來補償她的大禮，她是收還是不收啊？

文創風 248-250

芳草扶疏雁南歸

全套三冊

未來公公是上一代戰神，
親爹是這一代戰神，準夫婿是下一代戰神，
有三代戰神從旁護持，你敢惹她?!

擅寫甜寵文·深情入你心 ／月半彎

上一世的姬扶疏，作為神農山莊最後一位傳人，她受盡寵愛。
這一世重生為陸扶疏的她，成了爹和二娘認定的掃把星，
小小年紀就和大哥被送到這貧瘠得草都不長一根的小農莊，
雖然過著自己吃自己的生活，但她卻快樂似神仙！
這世她不想情情愛愛，只想低調過日，
偏偏老天爺讓她遇見前世自己救過的那個小不點兒楚雁南，
竟已長成驚天地、泣鬼神的絕世美男，還對她疼寵得不行，
意外露了一手本事也攪亂了她平靜的日子……

前世，當她是小菜一碟處理了，
這世，她教你懂得——什麼叫高人不好惹！

為流浪貓狗加油 和貓寶貝 狗寶貝 廝守終生(一定要終生喔！)的幸福機會

對人來說，貓寶貝狗寶貝只是生活的一部分，但妳（你）對牠們來說，卻是生活的全部，領養前請一定要考慮清楚——

▲ 漂亮溫柔的斷掌媽媽Nicole

性　　別：女性
品　　種：混狼犬
年　　紀：約3歲
個　　性：沉穩溫馴，親人且服從
健康狀況：已結紮，有晶片，已施打十合一、狂犬病預防針，四合一、焦蟲套組都過關
目前住所：新北市

本期資料來源：http://www.meetpets.org.tw/content/57798

第247期推薦寵物情人

『Nicole』的故事：

Nicole是被前主人棄養而進五股收容所的孩子，並且那時就少了左後腳掌。Nicole個性相當沉穩溫馴，又很親人，卻因為身體缺陷遲遲等不到愛牠的人。若繼續下去，被安樂的機會很大，於是我們將Nicole接出來，暫時照顧牠。

接牠回家後，我們才發現牠懷有身孕，甚至意外發現可憐的Nicole似乎曾被人類利用來生產小狗。這讓我們很心疼，尤其Nicole是這麼好的狗狗。雖然經歷了那些難過的事，但我們從未看過Nicole消沉的模樣，牠總是敦厚且溫和，吃飯時秀秀氣氣的；散步時偶爾流露好奇心，可愛地東嗅西聞；和人玩時，也不因動作不方便為苦，仍然像健康的狗狗一樣十分有朝氣！

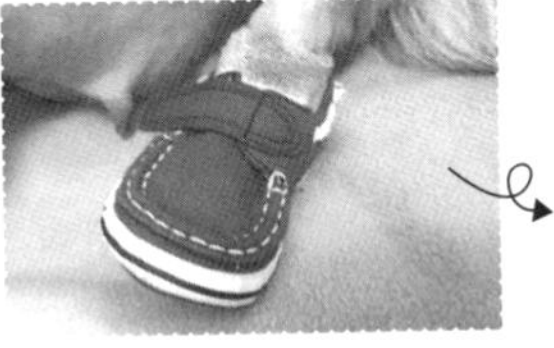

中途馬麻幫套小鞋子，避免斷掌踩地不舒服

即使Nicole生產的時候，由於一開始不清楚懷的狗仔數量不少，再加上剛來前營養不良，牠沒有足夠體力好好生產，過程之驚險艱辛更讓我們心疼得心酸掉淚。結果很遺憾的是有一隻小幼幼當小天使去了，不過幸好Nicole仍然平安成為10個毛小孩的媽媽。

如今10個可愛毛孩子都順利找到好人家，帶著媽媽和我們的祝福展開新生活。我們非常希望溫柔漂亮的Nicole媽媽也能早日跟孩子們一樣。如果你願意許諾Nicole幸福的生活，歡迎來信carolliao3@hotmail.com，主旨註明「我想認養Nicole」，讓Nicole擁有一個美滿的歸宿。

（編按：有意詳知Nicole生產過程請看https://www.facebook.com/liao.carol.3/media_set?set=a.10204769236287502.1615840763&type=3；想關心可愛10毛孩的歸宿請看https://www.facebook.com/liao.carol.3/media_set?set=a.10204774594421452.1615840763&type=3。）

認養資格：

1. 認養者須年滿20歲，有獨立經濟能力，並獲得家人與同住室友的同意。
2. 因Nicole左後掌斷了，希望是居住一樓或是家有電梯的認養者。
3. 非學生情侶或單獨在外租屋的學生，須能提出絕不棄養的保證。
4. 須同意送養人日後之追蹤探訪。
5. 認養者需有自信對Nicole不離不棄，把牠當家人，愛護牠一輩子。

來信請說明：

a. 個人基本資料：姓名、性別、年齡、家庭狀況、職業與經濟來源等。
b. 想認養「Nicole」的理由。
c. 過去養寵物的經驗，及簡介一下您的飼養環境。
d. 若未來有當兵、結婚、懷孕、畢業、出國或搬家等計劃，將如何安置「Nicole」？

被休的代嫁 2

國家圖書館出版品預行編目資料

被休的代嫁 / 安濘著. --
初版. -- 臺北市 : 狗屋, 2015.02
冊 ; 公分. --（文創風）
ISBN 978-986-328-421-5（第2冊：平裝）. --

857.7　　103027855

著作者　安濘
編輯　張蕙芸
校對　黃薇霓　蔡佾岑
發行所　狗屋出版社有限公司
地址　台北市104中山區龍江路71巷15號1樓
電話　02-2776-5889～0
發行字號　局版台業字845號
法律顧問　蕭雄淋律師
總經銷　知遠文化事業有限公司
電話　02-2664-8800
初版　2015年2月
國際書碼　ISBN-13　978-986-328-421-5
原著書名　《被休的代嫁》，由起點女生網（http://www.qdmm.com/）授權出版

定價250元
狗屋劃撥帳號：19001626
網址：love.doghouse.com.tw　E-mail：love@doghouse.com.tw